长篇报告文学

小海的梦想

吴克敬　著

陕西师范大学出版总社

图书代号　WX20N1352

图书在版编目（CIP）数据

小海的梦想／吴克敬著.—西安：陕西师范大学出版总社
有限公司，2020.9

ISBN 978-7-5695-1682-1

Ⅰ.①小…　Ⅱ.①吴…　Ⅲ.①报告文学—中国—当代
Ⅳ.①I25

中国版本图书馆CIP数据核字（2020）第101810号

小 海 的 梦 想
XIAOHAI DE MENGXIANG

吴克敬　著

选题策划	刘东风　郭永新
责任编辑	熊梓宇　姚蓓蕾
责任校对	杜莎莎
封面设计	后声文化
出版发行	陕西师范大学出版总社
	（西安市长安南路199号　邮编 710062）
网　　址	http：//www.snupg.com
印　　刷	龙山海天艺术印务有限公司
开　　本	690mm×980mm　1/16
印　　张	18
插　　页	3
字　　数	220千
版　　次	2020年9月第1版
印　　次	2020年9月第1次印刷
书　　号	ISBN 978-7-5695-1682-1
定　　价	58.00元

读者购书、书店添货或发现印装质量问题，请与本公司营销部联系、调换。

电话：（029）85307864　85303629　传真：（029）85303879

细想过来，每个人的生活也同样是一个世界。即使是最平凡的人，也要为他那个世界的存在而战斗。

——路遥《平凡的世界》

在红色的土地上（代序）

　　一切将会怎样发展？什么时候闪电？什么时候吼雷？什么
时候卷起狂风暴雨？

——路遥《人生》

一

　　"为了什么呢？为了吃得饱，穿得暖。"

　　中华人民共和国成立七十周年的前一天，我上延安，来到脱贫攻坚的现场，去搜集、整理这方面的典型材料，采访突出代表。有点红色记忆的人都知道，这里是中国革命的圣地，是中国共产党在抗日战争时期创建的红色革命根据地，是党中央和中国工农红军长征的落脚点，是全民族抗日战争的出发点。在这里，毛泽东思想走向完善、成熟，延安精神光耀千秋。我赶在国庆节前去延安，是有我的想法的。我要先走进建在延安市的八一敬老院，与在那里疗养的老八路、老革命，进行一次重温革命历史、不忘初心的恳谈。

　　我是在延安市作家协会党组书记霍爱英的陪同下，前往八一敬老院的。我与在那里疗养的老八路、老革命一起恳谈，有六位身体状况不错的老人，分别谈了他们自己参加革命的情况，让我深刻感受到，革命的初心是必须铭记并发扬光大的。

六位革命老人是：

同景飞，93岁，志丹县义正镇人，原三五九旅轻机枪手。

孟振亚，90岁，洛川县石头镇人，原三五九旅重机枪手。

王步福，101岁，延安市宝塔区蟠龙镇人，原三五九旅战士。

王乃胜，92岁，延川县永坪镇人，原西北局战士。

高志昌，89岁，延安市安塞区坪桥镇人，原西北局战士。

李福功，88岁，米脂县城关镇人，原西北局战士。

与六位革命老人恳谈，我听到他们说得最多，也最为集中的一个话题就是，他们参加革命的初心，就是"吃饱饭，穿暖和"。

志丹籍的同景飞老人回忆说，他们兄弟姐妹满共九人，在当时的社会条件下，出身贫苦农民家庭的他们，吃不上、穿不上，前前后后饿死了好几个。父母亲为了让他能活下来，13岁就送他参加了革命。他说刚参加革命时年纪太小，做不了甚活，就是整天整天地纺线线。他可能纺线线了，一天纺个七八两棉花，一点麻达都没有。他因此还获得了纺线线能手称号哩！去南泥湾开荒种地大生产，他更是一把好手。最后跟着队伍上战场，扛着枪，打胜了扶眉战役，就还一直往西打，解放宝鸡，解放天水，解放兰州……在革命的队伍里，他不会饿肚子了，甚时候都吃得饱，穿得暖！

同景飞老人与我们恳谈时，身上是穿了件军装的，在军装的左胸前，佩戴着几枚灿亮的军功章。这就使有了把年纪的同景飞老人，神采焕然，雄赳赳、气昂昂的，很是为我敬慕。军功显赫，却还如此淡泊，要有怎样的修养，才能做到呀。

同景飞老人讲述了他的革命经历后，接着就是王步福老人了……他一开口竟然说了这样一句。

王步福老人说：我出来"闹红"，是我爸把我打出门的。

老人说他年轻的时候，遇到一位衣衫破烂、面黄肌瘦的讨口人，有气无力地讨到他家窑院门上来了。他不仅没给讨口人一口食，还恶作剧地放出他骑在胯下的大黄狗，作势作态地撵走了讨口人。那时候的陕北，苦极了，谁家都缺吃。他父亲为了家里人不至于太受饿，就学了门石匠的手艺，农忙时收种碾打在家里，农闲了就到处揽活，给人打石条箍窑。父亲并不知道他撵走讨口人的事，是他说给父亲的。他说了还想得到父亲的夸赞哩，结果被父亲抬手一个巴掌，打在他的后脖子上，把他打得趴在了地上。

父亲打趴了他后依然没有收手，还揪住他的后脖领，把他拽出窑院门来，拽到一处背洼地边，压着他的脑袋，让他跪在了一堆乱草前……乱草下有两只光脚露在外面，他看了一眼，头便"嗡"地大了起来。他绝对没有想到，被他撵走的讨口人，就那么凄惨地死在了野外。

石匠父亲吼他了：道道！

石匠父亲的吼声从来没有如此严厉：做人是要讲道道的，家里有一口吃的，自己吃一半，分给讨口人一半，你咋能忍心让讨口人饿死呢！

沉痛的教训被王步福老人记下来，并且记了一辈子，恳谈时说给了我，让我亦感受到一种心灵的震撼。

为了什么呢？王步福老人最后说了。说的就是我写作这部报告文学时，想了很久，放在文首的那句话。不仅他这么说，孟振亚、王乃胜、高志昌、李福功几位革命老人，恳谈时说出来的话都大同小异，尤其在说到他们革命的初心时，言语差不多都一样。

二

我没有想到，我的采访对象柯小海，立志乡村建设，带领乡亲脱贫致富奔小康的初衷，居然与八一敬老院革命老人参加革命的初心一模一样。

柯小海是这样说的。他说：小时候吃不饱，穿不暖。

柯小海说：我们是遇上了一个好时代，我们不仅要吃饱穿暖，还要有新的成长、新的发展。

柯小海在与我说这些话前，刚刚赴京参加了庆祝中华人民共和国成立七十周年大会群众游行活动，他当时就站在"乡村振兴"的彩车上，接受党和国家领导人检阅。我坐在电视机前，看着屏幕里的他，想象着接下来对他的采访，应该也会如那国庆花车游行一样华彩壮丽吧。

宏达壮阔的国庆庆典上，来自陕西的元素有许多，国防建设、科技教育、航天航空……其中，农村、农业、农民代表，就柯小海一个人。"乡村振兴"的彩车上，包括柯小海在内，只有九位代表。柯小海荣耀地成为其中一位，那是他的骄傲，也是红色土地延安的骄傲，更是我们陕西的骄傲……当然了，他也应该骄傲，骄傲于他不负青春，为了家乡、为了家乡的百姓，锲而不舍、坚定不移、奋勇向前所做出的贡献。

他所做出的贡献，得到了党和人民的充分肯定。就在参加国庆群众游行前五天，他还在人民大会堂获颁2019年全国"最美奋斗者"荣誉称号。

我因此敬佩他，被他感动，甚至羡慕他！

我羡慕他荣誉满怀，荣耀满身……正是因为我心怀对他的那一份敬佩，那一份羡慕，同时也为他所感动，所以我坚持等，终于在他的家乡黄陵县等到了从北京载誉归来的柯小海。

与我一起等待柯小海的，既有我到达延安市后，接待我的市委常委、宣传部部长柯昌万，还有延安市作协的领导霍爱英等人。早在2018年，柯部长就带着黄陵县委常委、宣传部部长秦延辉，到我西安的家里来找我。他俩是想让我到延安去，采写柯小海。当时，央视热播的电视剧《初婚》，是由我的同名长篇小说改编而来的。两位部长看了，发现我是懂得农村生活的，坚信我能写好柯小海。我的面情软，拗不过他俩那一份真情，即被拉到了延安。第一次见柯小海，连去带回，三天时间。我必须承认，有过长期乡村生活经历的我，是被柯小海的所作所为打动了。但我有我的写作计划，因此没有把写柯小海立即提上日程，而是在寻找机会。现在这个机会来了，而且来得那么及时，我带着国务院扶贫办和中国作家协会的文件，再一次来到延安。

2018年的时候，我见到柯小海是在10月，2019年见到他还是在10月。

我不知道其中有什么奥妙。我到延安来，首先见到了柯昌万部长，他看了我带来的文件，没有犹豫，仍推荐了柯小海。2018年去见柯小海，柯昌万与秦延辉这两位部长，还有延安市作协的领导霍爱英，以及文友成路陪同着我，这一次还是他们几位陪同。这一日，我在采访笔记本上，记录得很清晰，即柯小海从北京回到他们索洛湾村的第二日。我们从延安出发，驱车前往那个山清水秀的小山村。因为熟悉，我与柯小海一见面，没说别的话，直截了当地说了一句路遥在他的成名作《人生》里讲过的话："一切将会怎样发展？什么时候闪电？什么时候吼雷？什么时候卷起狂风暴雨？"

黄土高原上的陕北，早前人民作家柳青，以一部名为《创业史》的长篇小说，深得陕北人的喜爱。路遥是新时期的名家，他先以中篇小说《人生》圈粉无数，紧接着又有一部三卷本的长篇小说《平凡的世界》问世，使全国的读者喜欢上了他，更让陕北人因他而自豪骄傲，无不以他为荣。前次与柯小海见面，我们即已谈到了路遥，我说了我与路遥的交往，他说了他对路遥的崇拜，所以就有了重见时，以路遥的名言开场的情景。

路遥的这句话绝不是刻意选择的结果，完全是见了柯小海后，从我的内心涌起，脱口而出的。

柯小海喜欢这样的开场，他笑了，笑得那叫一个开心。

三

现在想来，我之所以说出路遥《人生》里的那句话，是我感知到了：柯小海的人生，可不就是那样的吗？我因此还又想到此前在八一敬老院，与那里的老八路、老革命恳谈，发现他们的人生，也都是这样的。

还有我在后来的深入采访中知道的那位，曾在他们索洛湾村担任首任村党支部书记的柯玉斌，同样是这样的呢！

柯玉斌是柯小海的血亲大伯。他们一家人在柯小海的爷爷辈，因为贫穷，受人欺凌，从他们祖居的秦巴山地区，背井离乡，退不知退路，前不知前路，千里迢迢，沿路乞讨，经历了常人无法想象的悲惨际遇，这才来到桥山深处的索洛湾村，在当地落下脚来。但是人生地不熟，要想扎根下来，有一口饭吃并不容易。好在当地有觉悟的人们，在柯小海的爷爷千辛万苦带着一家人来到索洛湾村的时候，以这里的小石崖为根据地，打土豪、分田地，"闹红"闹得红红火火。这一闹就闹到了柯小海大伯柯玉斌的心坎上。他参加了"闹红"的队伍，与队伍里的劳苦人民一起，在共产党的领导下，为老百姓闹出了一个自己做主的新社会。

柯小海的大伯柯玉斌，在"闹红"的队伍里，立场坚定，态度坚决，敢于与反动派斗争，也善于斗争，并积极向党组织靠拢，成长迅速。他在与敌对势力战斗的火线上加入了中国共产党，光荣地成为一名共产党员，并在他们生活的索洛湾村，建立起以他为书记的党支部，把索洛湾村拉进了小石崖革命根据地的版图当中。

柯小海的大伯柯玉斌去世早，但他敢闯敢干、勇于革命的精神，给他们那个苦难的家庭，留下了深刻的印记。柯小海就听老辈人说过，他大伯活着时，说得最为刻骨铭心的话是：穷人的肚子，是要依靠革命来填饱的。

这应该就是柯小海家的传家宝了吧！

我与柯小海一见面，即用路遥《人生》里那句话说事，就含有这样的意味。这是因为我第一次到索洛湾村，就在柯小海的带领下，踏访了他大伯柯玉斌当年革命斗争的路线，去往现在被柯小海打造成一处乡村旅游景点的峡谷寨窨子沟。那几孔上不着天、下不接地的石窑洞，还原始地保留在悬崖上。

我头一次去索洛湾村，就在柯小海的带领下，攀藤爬坡，钻了那几孔石窑洞。这一次再来索洛湾村；我是还要攀藤爬坡，钻那几孔石窑洞的……就在柯小海陪着我，向那几孔石窑洞走去的路上，我却被村子中心广场吸引住了。那里有刚刚搞活动留下的痕迹，不用柯小海介绍，我已清清楚楚，是他从北京回来，村里人为迎接他搞活动了呢！

在后来的采风中，我从索洛湾村村民的嘴里，套出了几次村民迎接柯小海载誉回村的情景。

那是村民自发的行动哩！不过和前次作为代表参加中国共产党第十九次全国代表大会相比，这次登上"乡村振兴"彩车国庆观礼，村民迎接的活动是更为热闹，也更令人难以忘怀的……

而我采访柯小海，两次都在10月，他两次回村，也恰在10月。

哦！秋风送爽、雾岚辉映的时节呀，桥山密林深处的索洛湾村，时时听得见鸟儿的啼鸣，处处闻得见鸟儿的欢歌，还有小河沟里的流水，以及扑鼻的稻香，极大地丰富着山村特有的那一种富足、小康、和谐、美丽的景象……我遗憾赶来的时间，不是早了，就是晚了，没能亲眼见到迎接柯小海回村的场景，但我能从索洛湾村村民的笑脸上看到，更能从他们的言语中听到。

柯小海给他们传达赴京的体会与感受。柯小海给大家说：我见到习近平总书记了！

这是索洛湾村村民给我叙述时说的头一句话。他们不是一个人如此幸福地叙述了，而是你叙述了，他还要叙述的。每一个人的叙述，都是那么真诚、那么开心，都带着一股强烈的向往，仿佛柯小海见到了习近平总书记，就是他们见到了一样。

他们给我说，柯小海在迎接他的人群里，说着见到了习近平总书记，乐得合不拢嘴。他在大家的簇拥中，激情满怀地给大家分享着他的喜悦，分享着他的体会和感受。特别是前次他参加十九大回村后，用他浓重的索洛湾当地人的口音说了，习近平总书记在人民大会堂的报告，他一字一句地听着，说的都是老百姓的心里话。关于打赢脱贫攻坚战，习近平总书记在十九大报告中即明确要求：确保到2020年我国现行标准下农村贫困人口实现脱贫，贫困县全部摘帽，解决区域性整体贫困，做到脱真贫、真脱贫。

柯小海不仅牢记着习近平总书记在十九大报告中有关脱贫攻坚战的指示，还牢记着自2015年以来，习近平总书记围绕脱贫攻坚工作所发表的重要讲话。那是习近平新时代中国特色社会主义思想的重要内容，是马克思主义反贫困理论中国化的新贡献，为广阔天地的精准扶贫工作提供了根本遵循。

脱贫攻坚战历史性地在神州大地上打响，索洛湾村不能拖后腿，要早走一步，走快一步。虽然我们索洛湾村，只是陕北山沟沟里的一个小山村，但也挂在习近平总书记的心上哩！参加十九大报告讨论时，柯小海发言了。他的发言引起了到会参加讨论的国务院副总理张高丽的注意，他当即向会场上的代表们传达了习近平总书记对乡亲们的问候。习近平总书记在问候中，还特别提到了索洛湾村。

村民们给我叙述时，无不怀着强烈的感激之情。

村民们因此就更佩服他们的好支书柯小海，说他作为索洛湾村的当家人，可是找准了他们村发展的着力点，成功地找到了"变"与"不变"的支撑点，在推进索洛湾村村级产业由弱到强、集体经济由小到大、群众生活由穷到富"三个转变"的同时，持全心全意为人民服务的初心不变，使他们索洛湾村山清水秀、道路平坦、产业兴旺，成为远近闻名的"明星村""幸福村"。村民人均年收入突破3万元，村集体经济由过去的负债累累到如今积累高达6000多万元。

"最美奋斗者"柯小海，让村里人感激、感动的同时，还让周围村庄的老百姓感激、感动着。与索洛湾村相邻的店头镇南川社区副书记贺芳芳，就在听取了柯小海的一次报告后激动地说："听了柯小海书记的奋斗事迹，我很感动，也很受鼓舞。"她表示，每一个基层干部都应向柯书记学习，真正深入群众，从群众需要的一件件小事做起，真正获得群众的信赖和尊重。店头镇鲁寺村党支部书记张银锋也说了："柯书记就是我们村党支部书记的榜样。作为一名共产党员，特别是基层干部，就要想方设法带动群众增收，积极主动拓宽发展渠道，发挥领头羊作用，用我们最大的努力，带领群众早日过上幸福的生活。"

小海有梦想。他的梦想，就是带领山村百姓脱贫攻坚奔小康，他已实现了他的梦想。但他没有骄傲，更没有止步不前，而是向着更高的目标前进。万丈高楼平地起，柯小海给我说了，他说得既真诚又真挚。

柯小海说：索洛湾村当时发展是有根基的。

目　录

第 1 章

初心的力量

在我们亲爱的土地上，有多少朴素的花朵默默地开放在荒山野地里。

——路遥《平凡的世界》

一

索洛湾村的根基是什么呢？

是一棵树吗？当然是了。而且还有人。我与柯小海，就索洛湾村的根基这一问题，做了较为深入的讨论。在柯小海自己说来，索洛湾村发展的根基首先是人呢！我对他的认识，是举着双手赞同的，别说是一个村子的发展，便是一个小小家庭的成长，家庭里的人，也是根基中的根基。没有人，家就不是家，社会也就不是社会，人世上大事小事都将无法进行，更别说成就了。不过，在我身处索洛湾村的日子里，我还是要说了，他们村子的根基，有人的因素，还有他们村独特的文化根基呢。

一花一世界，一叶一菩提……我无意说佛，但我要说，索洛湾村的文化，就系于那样一棵了不起的树。

到处走动的我，每到一地总爱琢磨那个地方的名字。像我是关中道上的扶风县人，所以为用"扶风"两个字称呼我的故乡而骄傲，用得太绝妙了。风的诗意，风的浪漫，风的力量，让我不自觉地有种"扶风直上九万里"的快感！而索洛湾一个村庄的名字，我耳闻了，我眼见了，我蓦然地要敬仰了呢。

这是因为那样一棵树呢！

一棵叫娑罗的树。作为中国作家协会赴印度、尼泊尔代表团成员，

2015年，我有幸参访了佛祖释迦牟尼的诞生地蓝毗尼。那里与我国的孔庙有一比，也是被人称为圣地的。核心区有座摩耶夫人祠，祠内有一组浮雕，虽已残破，但还识辨得出摩耶夫人的诞子浮雕图。据《过去现在因果经》记载，怀有身孕的摩耶夫人走在花园中，见到一棵大树，花色鲜艳，枝叶茂盛，就举起右手想摘一枝。就在摩耶夫人折枝的那一刻，释迦牟尼慢慢地从她的右胁下，热乎乎地降生了。

那棵树就是娑罗树。

佛教界里有这么一条教规，包括娑罗树，还有菩提树、阎浮树、苾刍树，都被称为圣树的呢！然首选则为菩提树（菩提意为觉、智、道），常绿乔木，叶为卵形，茎干黄白色。传说释迦牟尼在菩提树下顿悟，创佛教，于是此树便成佛教"觉悟之树"。次则为娑罗树，又名无忧树，释迦牟尼在此树下生，又在此树下涅槃。三则为阎浮树，四则为苾刍树。前者谓释迦牟尼在该树下思考世间道理及人生真谛，最终出家成道，创立佛教。而后者因为释迦牟尼倡导佛僧宽容忍耐，刻苦修行，弘扬佛法，拯救芸芸众生脱离苦海，与人们常说的"苾刍"五大优点相类同。然而与树同名的"苾刍"，却并非木本的大树，只是雪山上一种草。佛僧又被称为"苾刍"或"比丘"，此树亦将错就错被称为圣树。

陕北山沟沟里的一个村庄，能够得此大名，确是大幸哩。

二

娑罗树是神圣的，我最初听闻时，还是有些讶异的。但我在与柯小海的交谈中，知道他们索洛湾村，确实有那么一棵娑罗树后，便没有什么好讶异的了。千里迢迢，万里遥遥，从大唐长安一路向西，也几乎就是神话小说《西游记》描述的那样，千辛万苦，取经天竺国，不仅取回了浩繁的佛教典籍，据说还带回了几粒娑罗树的种子。玄奘前往玉华宫翻译佛经，便将娑罗树种子也带了去。这种子，便在距离玉华宫还要北上几道沟沟梁梁的索洛湾村，天意地遗落了一粒。便是这一粒珍贵的娑罗树种子，是年发出了一株娑罗树秧苗，见风就长，没有几年工夫，便长成了一棵参天的娑罗树。可惜现在的玉华宫，我是去过几次，别说眼见，即是耳闻，也没有娑罗树的踪影。大家说的，就还是索洛湾村里的这一棵。

那句"有心栽花花不开，无心插柳柳成荫"，就这么不讲道理地又应验了一回。

为什么不成？为什么成荫？其中的奥妙谁又能说得清，大概只能归结为缘分了。机缘巧合，就没有不成的道理，自然更会插柳成荫。

没有确凿的依据可以说明，是先有了娑罗树，而后才有了索洛湾村，或是先有了索洛湾村，而后才有了娑罗树。说不清就说不清吧，总之，索洛湾村因得到了娑罗树的垂青，获得了这样一个有文化的名字。因此我要说，这是他们的一个大缘分，更是一个大风水。

尽管在漫长的发展中，村庄的名字，最初的娑罗湾村，被乡里人等习惯性地叫成了索洛湾村。但这又有什么呢？是不会改变他们深深的缘分，以及本就存在着的风水的。如此好的缘分，如此好的风水，怎么能不惠及索洛湾村的人呢！

这便是柯小海在与我交谈中，念念不忘的另一种根基了。

这个根基就是他们索洛湾村生生不息的人脉。想想看，可不就是柯小海说的吗？他们村子里钱、朱、岳、阮、王、秦，以及他们柯家诸姓，谁家没有"闹红"参加革命的？柯玉斌、钱文彬、朱彩梁、岳英才、阮世龙、秦启发等，多了去了。自告奋勇奔赴抗日前线、解放战争，还雄赳赳、气昂昂地跨过鸭绿江，抗美援朝，出生入死，他们是索洛湾村新时代建设的奠基者。索洛湾人不忘前辈们的功绩，沿着他们走过的道路，继续勇敢地前行，新的人才不断涌现、成长、发展……张军朝、路建民两个人，因为柯小海不断给我说、给我讲，便在我的耳朵眼儿里，像两位强悍的主人，居住了下来，让我绕不过去，不把他俩先写出来，笔墨就用不到柯小海的身上。

张军朝和路建民，我与他俩倒是都有一面之识。

头一次到索洛湾村，柯小海陪着我钻他们村的窨子沟。在已经被他们改造建设成一处蓝汪汪湖面的窨子沟沟口，我与柯小海从沟口夯土打起来的坝面上过，他俩当时即十分悠闲地在坝面上的廊道下，与村里的几位老人玩一种我弄不明白的纸牌。我在他们身后站了片刻，十分警觉的两人，便扔下手里的纸牌，站起来问候我了。从他俩简短的几句问候里，我听得出他们二人的社会阅历，可是有得我学习的呢。他俩一眼看出，我是个舞文弄墨的人，我也没有客气，端直说了我的身份。他俩因此乐了一乐，即给我说，让我放开了在他们索洛湾村吃，在他们索洛湾村住，把他们索洛湾村好好看个遍，他们索洛湾村有我可看的呢。

在他俩与我随便拉话的时候，柯小海一言未发，只是后来用跟张军朝和路建民二位一样的说话方式，把我简单地给他俩介绍了一下，之后就很尊重地让他们继续玩，而他与我则又继续我们的参观与交流。

所以说，柯小海心里的张军朝和路建民，既是他对他俩的记忆与评价，也是村里人对他俩的记忆与评价。

三

在索洛湾村，我听到了"梢林"二字。村民你说过了，他还又说，大家总要以"梢林"为开头，向我述说他们索洛湾村。

这是陕北的一个地理特色了。延安以北的地区，干旱少雨，荒山秃岭是其基本生态。而延安以南地区，相对湿润温和，林木丰茂，既有高耸云天的乔木林，又有几乎密不透风的灌木林。更多的地方，乔木夹杂着灌木，灌木夹杂着乔木，当地老百姓即以他们自己的理解，把这样的山地，就都叫了梢林。鉴于陕北"闹红"的时候，刘志丹、谢子长、习仲勋等老一辈革命家，巧妙地利用这一地理资源，与反动派进行了艰苦卓绝的斗争，后来研究陕北革命的学者，就把这种老一辈革命家与百姓共同奋斗、坚忍顽强的革命精神誉为梢林精神。梢林精神的核心，就是能够把革命者与老百姓紧紧地联系在一起，共同战胜敌人的一股强大力量。

我看过一篇革命后代记述前辈们在陕北"闹红"的文章。文中说："梢林既是陕甘精神的一种象征，也是革命者美丽梦想的象征。其所代表的为人民而奋斗的真挚、快乐、谦逊、踏实、坚忍、坦荡、包容的美好品性及与大地同在的顽强生命力，成为一种独有的精神特质。"

这样的精神特质，因为梢林的存在，就还很好地保存着。

到了张军朝和路建民的时代，前进的道路发生了根本变化，发展的方向也有了本质改变，但当年陕北红军"闹红"的梢林精神没有变。他们依然坚持群众路线，与人民群众一起，为自己的新生活，像坚忍顽强的梢林一般，不怕困难，不畏艰险，彼此信任，互相依靠，做着他们坚持不懈的努力。

不过话说回来，在深山梢林里讨生活，可绝对是很不容易的呢。

别说索洛湾村，延安南部的梢林深山地区，几乎没有一个村子为原始村落，许多村庄都是五湖四海逃荒逃难来的贫困人家后来组建的。我前面已经说了，柯小海家就是从秦巴山地区逃难来的，其他人家呢，大同小异，少有一家老住户。我曾去与黄陵县相邻的黄龙县采风，就听那里的人说："全国形势好，黄龙人口大减少；全国形势差，黄龙人口大增加。"我甚是不解，便问了人家，这才详知：全国形势好的时候，生活在深山老林里的黄龙人，就都有了返回故里的冲动，千方百计地脱离黄龙县，携家带口地回去；而全国形势差的时候，故里生活煎熬，以至无法生存，就要背井离乡，远赴黄龙，随便一处地方，深山也好，大沟也罢，只要有块可以开垦的荒地，挖刨松土，点上种子，打得下粮食，能填饱肚子就行。

梢林的日常生活，无论黄陵县全境，还是与之比邻的黄龙县都是如此。

著名的陕北民歌《蓝花花》唱得好："青线线的那个蓝线线，蓝格莹莹的彩。生下一个蓝花花，实实地爱死个人……一十三省的女儿哟，数上那个蓝花花好。"热爱陕北的我，去过陕北许多村庄，知道这曲信天游发源于距离索洛湾村不是很远的府村川，那个村子里的人口不多不少，刚好就"一十三省"的人家。所以说，信天游里的"一十三省"，并不是个地域概念，而是那个村庄人口状况的呈现。索洛湾村的人口状况，基本也是这个样子。大家都是"钻梢林"来讨生活的，在这里生活比在陕北北部那种干枯贫瘠的梁峁地还要艰难，抬头梢林，低头梢林，吃什么，用什么，都是严重问题。所以，除非迫不得已，是没有人愿意"走难（南）路"的。

所谓"难"路，也就是索洛湾村所在的延安以南的梢林地区。

然而命中注定般生活在了这里，有的人家赶上好时候走了，有的人家世代居住了下来。

柯小海的家族是这样的。张军朝、路建民的家族也是这样的。他们没有被梢林难住，而是勇敢地做了梢林的主人。如今担任索洛湾村监委会主任的张军朝，对此记忆就特别深刻。日子难场的时节，缺吃少穿，饿得眼睛冒花花时，村里人就手提一把老镬头，上山刨"鸡头根"，钻梢林捡拾橡树籽磨粉来填肚子。春天了，山绿了，可以上山挖野菜，钻梢林折树梢头，煮出来充饥……这样的生活，谁能说好过呢？好过难过都得过，梢林就这么不讲道理地锻炼着索洛湾村的人，培养着索洛湾村的人。他们自己艰苦，自己受难，但对于纳税义务，一点都没有逃避。在国家还没有免除农业税的时候，他们索洛湾村的人，再怎么困难，勒紧裤腰带，也是要一分一厘不少地上缴给国家的。如果国家有需要，号召支援国家建设，他们还会自觉多缴。在那一带，索洛湾村从来不会服输，年年都要争当第一名。

"那个时候，集体的事业就是大家的事业。索洛湾村那个时候，非常团结，'队长一声吼，全村跟上走'。"张军朝就是这么自豪地描述他们过去的集体生活的。

这样一种团结进取的集体精神，不仅体现在每家每户的生活中，还体现在大家的集体劳动中。张军朝的记忆，与村里人的记忆带有强烈的普遍性，大家回忆起线麻生产，就难以忘怀。索洛湾村的土地，大都在梢林下的沟道里，潺潺溪流如同银练，串联起一块一块田地，不仅种得了玉米、谷子、糜子，还种得了水稻。不过，种植线麻才是得天独厚的呢。

线麻产量高，经济效益大，一经种植，就在索洛湾村推广开来，并深深地扎下了根。

深入索洛湾村的我，不想隐瞒我的经历，在走进大城市西安前，我有过一段相当长的乡村生活阅历。对线麻这样的经济作物，一点都不陌生。因为我就曾种植多年线麻，知道线麻这种农作物，优点可是不少。在我的记忆里，我们把线麻还叫作油麻，或者是绳麻。这样来说，大家就好明白，线麻不但是产食用油的农作物，还是麻绳、纺织的原始材料呢！在新中国建设史上，线麻既是人们的日常生活用料，也是国家战略物资用材。

四

张军朝就是一位种植线麻的好手。

当时的索洛湾村，与全国其他乡村一模一样，在保证集体土地的同时，给普通百姓分配了少量的自留土地，由农民自己安排种植。索洛湾村的人家，包括张军朝，把自己家的自留地，无一例外地都种植了线麻。而生产队集体，也挑出村里的好地，来种植线麻了。

柯小海非常敬重张军朝。

张军朝在生产队的同龄人里，算是一位少有的知识分子。1980年，他高中毕业回到村里，第二年就当上了村一级的民兵连长。因为他办事公道，为人正直，再一年，村民大会改选时，就被选举为新的村长。在村长的岗位上，张军朝一干就是十三年，是索洛湾村改革开放以来，受群众欢迎的一位好村长。村民们历数他的作为，带领村民种植线麻是一件拿得出手的事情。不过，让张军朝自己来说，种植线麻，他继承的是村庄过去就有的一个传统。我欣赏张军朝实事求是的品格，因为黄陵县接待我的秦延辉部长，送了我一部《黄陵县志》，其中就有线麻种植的明确记载。线麻是计划经济时期最为重要的经济作物，而主产区，就是包括索洛湾村在内的双龙镇、店头镇一带，这里的土质以及水肥条件，最适宜线麻的种植……县志的记载往前一直推，还可推到新中国成立的1949年（陕北解放早于全国解放），黄陵县的双龙镇、店头镇即种植了3000多亩线麻，总产13.79万千克，亩产42.5千克。此后许多年，适宜种植线麻的索洛湾村，就一直没有断过种植的历史，用索洛湾村人自己的话说，线麻就是他们的盐罐子、药罐子、钱袋子。总之，索洛湾村人手头上的那点活钱，几乎都是种植线麻得来的。

我不用多问索洛湾村人是如何种植和产出线麻的，因为我在乡村生活的时候，就也是个线麻种植能手。

要我说，种植线麻绝不是我现在笔下写来的那么轻松愉快，其种植和产出的过程非常繁杂，让人非常劳累。"会爬不会爬，一脚三株麻"，流传在百姓口中的农作谚语，一句话把什么都交代清楚了。这句农作谚语，很明确地总结出了种植线麻的密度，一只脚踩下去，踩得了三株麻，才算是标准的，能够丰产丰收的。下种的时候，与种子一起播在犁沟里的，前有种子，后有复合肥。出苗了，又要及时疏苗，挑肥拣瘦，把肥肥胖胖的壮苗儿留下来，拣着瘦弱的苗儿拔了去。看着苗儿生长到盖得住人的脚背，就要在行距之间开沟施用追肥了……而这个时候，伴随着线麻苗儿成长起来的杂草，可是最伤苗哩！所以，铲除杂草一定要及时。看着线麻苗儿蓬蓬勃勃地生长，长得比人高出一倍多，这时就可以暂时不管了。静静地等待，是唯一的方法，等待线麻成熟起来了，组织人去割了就好。割线麻的镰刀，必须磨得非常锋利才行，一刀上去，当即齐根割倒，可是不敢顺秆爬，那就把上好的线麻破坏了。整整齐齐地割倒在地里，晾晒得蔫儿下来，就要先装车拉回大场，摊开来晒，晒脱线麻梢子上的麻籽儿，收起来榨油。麻籽的出油率不高，但香味独特，是老百姓嘴馋的一道不可多得的美味哩！接下来的工作，就是摘除线麻秆儿上的叶片了，男女老少齐上阵，谁来都能干。然而摘除了叶子，就只能留下有经验的人，来为线麻秆儿分类打捆子了。这是个见功夫的活儿，分类严格，沤出来的麻才好上等级，谈个好价钱。最后就是沤麻了，把打成捆子的线麻秆儿搬运到沤麻池边，左一排压下去，右一排再压，反反复复，3米深的沤麻坑，踏踏实实地压满了线麻秆儿，然后注入清凌凌的溪水，沤上那么一日两日的，还要换水继续沤……这个时候，沤麻把式的眼睛就是一杆秤，他眼观沤麻池里的水，再看沤在池水里的线麻秆儿，发现水的颜色与线麻秆儿的颜色，变化得很是那么回事儿了，就不敢耽搁，迅速招呼人来，从沤麻池里掏出沤好了的湿漉漉线麻秆儿，就又摊开在大场上晾晒了。

晾晒得不能太干燥，那种干湿相宜的线麻秆儿，才好扯出一缕一缕的线麻来，白花花又韧又长，抓一把在手里，随风那么一甩，轻舞飞扬，真是如诗如画一般的浪漫哩！

收获线麻的日子，一年到头，不会早了，更不会迟了，基本都在二十四节气的白露之前。

索洛湾村的人，把收割线麻的日子，也叫"杀麻"的时节。到了这个时节，索洛湾的山似乎也都沸腾了，满村的人无不沉浸在一种非常欢快的喜悦之情中。众人集中在一起，杀青割麻，脱粒摘麻叶，打捆子沤麻，乐着的嘴是合不上了，有笑没有笑，可笑不可笑，谁说一句话出来，都可能惹得大家一阵哄堂大笑……会唱信天游的人，不失时机地是一定要扯开喉咙，唱他一曲两曲的哩！

可不是嘛！先唱起来的是一个男将了：

> 白格生生脸脸俏格溜溜手，
>
> 你绵格出出肉肉没揣够。
>
> 一把的那个搂住你细腰腰，
>
> 就像个老羊疼羔羔。

男将这种带有挑逗性的吼唱，没有难住女将，她们之中有此长项的人会立马站出来，与他对唱一番的呢！

男将唱的是《白格生生脸脸俏格溜溜手》，女将就给他还一曲《干石畔栽葱扎不下根》：

> 干石畔上个栽葱儿他扎不下根，
>
> 我在这鬼面前活不成个人。
>
> 毛市布裤子里格他扫大腿么，
>
> 脑畔上就站着个骚情的鬼。

一男一女地唱来，让索洛湾村比过年耍社火还要红火热闹。大家在一起的这种快乐劲儿让张军朝高兴。他是想到了，仅仅是线麻的种植与收获，就把村里人的感情，还有村里人的心，都很好地聚拢在了一起，所以说，线麻就是索洛湾村人情感相系的那一根断不了的绳子。

五

家庭联产承包责任制，如一夜春风，吹遍了祖国大地。索洛湾村虽然身处大山密林的深处，却也不可避免地卷入了这场规模性的大潮中，村里人顺应时代的发展，就把村里的土地、牲畜、农具也都拿出来，分配给了各家各户。老实说，眼睁睁看着集体的财产，那么零敲碎打地分开来，张军朝的心里是不好受的，他甚至有想流泪的感觉。

今后的日子，真就没有集体什么事儿了？

张军朝有那么一段时间，想得最多的就是，集体的财产是分配给村里的人了。但集体还在呀，并没有因为财产的分配而失去存在感。有了这样一个清晰的认识，张军朝没有颓废，而是转换了思想，转变了思维，开始思考在新的形势面前，如何发挥集体的作用，继续为村里的人服务。

那么，村集体还留有什么可以为村里群众服务的呢？

掰着手指头数吧，入得了张军朝眼的，还有村子河道边无法耕种的40亩烂泥田，再就是生产队时建起来的砖瓦厂，还有就是从公社化改制过来的镇政府下放给村里的铡草机、脱粒机、插秧机等。但这些个东西，无论烂泥地，还是砖瓦厂或各式各样的农业机具，似乎都派不上用场。特别是那一堆农业机具，在镇政府分配给村里的时候，还借用村集体的名义，贷了银行的款子呢！再者说那样的农业机具，其技术性能，与村里的自然条件完全不配套，根本发挥不了作用，而且还要张军朝按时归还银行的贷款。

这样一个集体，张军朝不头疼谁头疼。

头疼着的张军朝，眼里就只有那座不成规模的砖瓦厂了。说其不成规模，绝没有冤枉它——小得如同山沟沟里靠着一边的土崖从上到下挖出来的一个圆形的土窑罐。即使是在生产队集体的时候，烧砖烧瓦，一窑也装不了多少货。使用的烧窑技术，也原始得可以，不像那时候已经十分流行的轮转窑。生产队解散了，这样一个原始的砖瓦窑，似乎也寿终正寝，免不了塌火的命运。偶然地，有哪户人家，想要翻修自己家里的老屋，需要些新的砖、新的瓦，就给张军朝说一声，交上两个小钱，拉上两个懂技术的人，开火给他自己家里烧上一窑。到窑开的时候，叫上一场电影，给大家放一放，也就算了。

集体的积累在不断地减少，十多年后，国家体恤村集体的困难，把贷款利息部分地免了去，再把剩下的款项分摊给个人，才陆续还清了压在集体身上的债务。对此，今天的张军朝说起来还深怀愧疚，认为对不起国家和村民。即便这样了，有一件急得他想要跳沟的事情，比老虎豹子还吓人地逼在了他的眼前。

那就是索洛湾村里的小学校舍了。

都是自己村里人的小孩儿哩，坐在教室里，下雨天，教室外边下大雨，教室里边下小雨，教室外边的雨停了，而教室里的雨还淅淅沥沥停不下来。夏天的时候，是这样一副样子，而到了冬季，情况更为糟糕。四面墙壁到处透风就不说了，一场大雪下来，堆积在房屋顶上，把房屋的檩梁和椽子压得咯吱咯吱地响，压塌下来可怎么办？

火烧眉毛的事情呢！

张军朝不能唉声叹气，他把集体的烂泥地里长着的那一茬杨树和柳树，一天去看三遍。看一遍，用他粗糙的手，把那些个基本长成的杨柳树，把一遍。他心知肚明，那些个杨柳树，是还有它们的长头哩！可他没有了办法，就狠下心来，报告给双龙镇镇政府，批复下来，砍伐了去，卖了些活钱，请了匠人来，把危了好些时日的村子小学教室维修了一下。

孩子是村子的未来，把学校的教室维修好，张军朝心里的一块石头落了地。

但是他心里的集体意识，依然强烈得放不下。我看到一篇采写张军朝的文章，就突出地提到了这个问题。说在索洛湾村里，算是知识分子的张军朝，其实非常老实本分。用张军朝自己的话说，他能被村里人选举为村长，绝对不是因为他有文化，而是因为他思想品质好，对党忠诚，对集体热心。再者呢，他也是一把种地的好手，他多么想在他的努力下，使他们索洛湾村富裕起来。

他心里的这个梦想，从来没有停止。

他的梦想，需要有人来接续了。这个人远在天边，近在眼前，就是柯小海给我述说的路建民了。

"在我们亲爱的大地上，有多少朴素的花朵默默地开放在荒山野地里。"毫无来由地，路遥在其长篇小说《平凡的世界》里说过的这句话，随着路建民在我的笔下出现，仿佛流水似的，也就涌进了我的脑海，让我不得不说：张军朝、路建民可不都是开放在荒山野地里的花儿吗？

承认他们都是花儿就好了。

荒山又怎么样？野地又怎么样？也许偏远，也许荒芜，但一点都不影响花儿的盛开和鲜艳。

我因此想起，我在自己的一篇文章里这样写了："再小的草，是都会开花的。"张军朝以他自己的方式，绽放着他自己的色彩。轮到路建民了，他是也会绽放出自己的色彩来的。

"土地不会骗人。"路建民如是说，仅一句话，就让我特别服气。

我在乡村生活的时候，就听老辈人说："人哄地一时，地哄人一年。"路建民的话，比我听到的这句话，更简洁更有力量。与他说的这句相衔接的，还有一句话，那就是村里群众说的："政策对了头，群众有奔头。"现年直奔70的路建民，在一位采访他的记者面前，说了曾经的索洛湾村集体经济出现困难时，他们村干部的活思想。索洛湾村地处革命老区，大家的集体观念都特别强，凡是集体的事情，都比个人的事情要重要得多！

路建民本人就是这个样子。他们家到索洛湾村来，都是因为父亲的关系。原在河南老家宁陵县人民法院当院长的老人家，毫无预兆地被错划为"右派分子"。他们没有地方去，就流浪着落脚在了索洛湾村。这里民风淳厚，他们一家落下脚来，起码能有一口饭吃。所以，路建民把深山老林里的索洛湾村，是深深地爱上了。1978年时，给他父亲落实政策，平反后回他们河南的老家，别的家庭成员都跟着回去了，路建民不能说不想回，但他犹豫再三，最后还是留在了索洛湾村，当上村里的党支部书记。

像路建民这样的身份，放在别的地方，别说有担任村党支部书记的机会，便是能够入党，就已经算是高看他了。但这里的人不同，看一个人，首先看的是人的品格高不高。他们眼见的路建民，诚实厚道，还有办法，便打心眼里相信他、拥护他，使他走上村级领导岗位，带领村民向前走了。

在路建民的记忆里，村集体不可避免地被削弱，但在他担任村党支部书记的日子里，村里的风气依然很好，特别是他们村干部，仍旧秉持着良好的传统作风，相互都很重义气，重做思想工作。

这样的传统，路建民说了，柯小海也说了。用柯小海的话说，就是"如果没有这样的好传统，也就没有索洛湾村现在的好底子"。

好的传统，养成的必然是好村风。20世纪60年代至今，索洛湾村的人干干净净，就没有发生过一起刑事案件。

别人说："分田到了户，闲了村干部。"路建民不能这么说，也不能这么干。他哪里闲得下？国家没有取消农业税，他就得催粮要款，要村里人不折不扣地尽到对国家的责任；再还有计划生育的国策，亦须落实好。在此基础上，村集体的义务工，也是一定不能少了的。窝在大山深处的索洛湾村，一场大雨，就可能把村里通向外面的道路冲得断成几截。不修出来可怎么办，断绝与外面世界的联系吗？当然不能。仅口头上号召是不够的，唯有自己带头，走在前边，一镢头一锹地，挖来土石方，把断了头的路，无论坑大坑小，一个一个地填起来。填平了，压实了，能够通车走人了，路建民才会回家去。

很自然的是，来时他走在最前边，回时他走在最后边。

然而让路建民懊悔的是，他们村干部思想观念的落后，还是影响了索洛湾村在改革开放初期的发展。不过，他们发现索洛湾村所处的自然环境，对于新农业的发展，保有着一种先天性的独特优势，那就是把种植线麻的传统耕作模式变化一下，集中精力种植水稻了。

南泥湾距离索洛湾虽然有些远，但其自然环境与索洛湾村有着诸多相同点。这给了索洛湾人很大的启发：南泥湾那里种得了水稻，而且种出来的水稻还很受市场欢迎，他们为什么就不能种植呢？守着金饭碗不端，让谁去端呀！今天再来梳理，是谁先在村里开垦水田，种植水稻的，一定能找到根源。索洛湾村人，把这一份功劳，记在路建民头上呢。正是他在担任村党支部书记的时候，鼓励扶持村民大力发展水稻种植，把村里许多原来不是耕地的烂泥滩、烂泥洼，整修成了高产丰产的水稻田，大大地改变了村民的生产条件与生活质量。

勤劳使人富裕。村里的赵乐信父子就是典型。儿子赵善良从部队转业回来，把他当兵时的见识，运用到生产实践中来，承包了村里一大片水田，精耕细作，成为村里最早富裕起来的人家。

还有阮书生，实现了养牛与种植水稻、线麻相结合，也完成了率先致富的人生目标。

他们的富裕，充分调动了村里人发家致富的积极性，大家雨后春笋般奋发而为，村民个体经济得到了最为广泛的发展。譬如有一手机动车辆驾驶技术的柯平，就购买了索洛湾村第一台拖拉机，跑起了长途运输，更快速地成为村里的致富典型。

先富起来的索洛湾村村民，有一个共同特点，那就是他们头脑灵活，都有一定的文化知识。这是基础，更重要的是他们善于学习，敢闯敢干。总结他们的优点，向村里人推荐传播，让大家向他们学习，是路建民那个时候最愿意做，也做得最有成效的事情。

第 2 章

青春的梢林

人就应该趁年轻好好打拼，哪怕死了也不后悔。

——路遥《平凡的世界》

一

梢林是柯小海的童年，童年的柯小海成长在梢林里。

"经常吃不饱，饿呢！"兄弟姐妹九人的柯小海，排行最小，是家里的老幺。他的这一排位，与我太相似了。我在家里也是老小，不过我们家是兄弟姐妹七人，比他们家少了两人。大集体的生活，家里人口多可不是什么优势，多一个人，就多一张嘴。哪个人的嘴张开来，都要有饭食来填。不填，或者少填，你自己试试，咬紧牙关，嘴上可以不说话，肚子是要代你来说了呢！咕噜噜、咕噜噜，越叫越响，把人喊叫得心烦意乱，死的心都会起！所以我初见柯小海，他给我说起童年的他，一句"吃不饱，饿"，把我俩的感情一下子拉得近了。因为我也熬了那么长长的一个历史时期，经常地"吃不饱，饿"！

我的故乡在关中平原上，没有梢林可以钻。

柯小海比我多了一个地理优势，他肚子饿了，可以钻梢林。

梢林里有木耳，有地软，有蘑菇，还有多种多样可以果腹的野菜和树的嫩芽。只要勇敢，不怕危险，敢于钻进梢林里去，就能采摘到可以饱餐一顿的食物。而且，梢林里还有许多药草，适时适地地挖刨回来，可以增加家里的经济收入。

这应了那句传之千古的老话，即所谓"靠山吃山，靠水吃水"。

黄檗、厚朴、辛夷花、黄芩、知母、白芍、柴胡、远志、草乌、旱半夏、天南星、穿山龙、栝楼……柯小海在梢林里究竟认识了多少药草，我是问不出头绪了。只是在他的陪同下，走了一段梢林，他就给我实景实样地介绍了这许多药草。他不仅说得出这些药草的名称，而且能说清一些药草的性能。譬如穿山龙，那种藤蔓样的药草，柯小海就给我说了，其药性温和，味甘而苦，有较好的舒筋活血、止咳化痰、祛风止痛作用。医案多用于腰腿疼痛、风湿痛、风湿关节痛、筋骨麻木、大骨节病、跌打损伤、闪腰、咳嗽喘息、气管炎、支气管炎等。还譬如黄芩，为唇形科黄芩属多年生草本植物，肉质根茎肥厚，叶坚如同披针，花冠紫，多生于向阳草坡地。喜温暖，耐严寒，根可入药，味苦，性寒，有清热燥湿、泻火解毒、止血、安胎等功效。

　　柯小海如数家珍般，述说着我们在梢林里走过时遇见的药草，忽然地我也认出一种来，那就是远志了。

　　我之所以认识远志，不仅在于这种药草的普适性，更在于它的名字。

　　远志……哦！柯小海生活的梢林里生长有远志，我生活的关中平原也生长有远志。我感动于小小的一株药草，居然被人起了那么高迈的一个名字。生而为人，没有远大志向，就无法实现自己的理想。我因为远志，在小学的时候，就还写过一篇作文，直抒自己的心愿，要向远志学习，以远志为榜样，做一个有远大志向的人！做到没做到暂且不论，但我一直心怀我那时的向往，从来没有怠慢自己的志向。

　　柯小海呢？他可是也有与我一样的经历，面对药草远志，树立起自己的远大志向！

　　我把我内心的感受说给了柯小海，我俩双双举起手来，响亮地击了一下。

　　我与柯小海异口同声地背起了远志的别名和药性功能：远志者，又名小草、细草、小鸡腿等，药性微温，药味辛而苦。归心经、肾经和肺经。可以安神益智、祛痰开窍、消散痈肿。对心肾不交引起的失眠多梦、健忘惊悸、神志恍惚、咳痰不爽、疮疡肿毒，亦有突出的医疗作用。

我与柯小海背诵罢了远志的药性，两人又不约而同地开怀大笑了一场。

在梢林里，我俩欢乐的笑声，振荡着满山的翠色与草木，它们似乎也开心地与我俩一起笑着哩！这样的开怀大笑，青春时期的柯小海，在梢林里也许有过，但一定不会很多。因为那个时候钻进梢林里，与今天的心情是不一样的，那个时候是为了吃、为了用，可是非常艰苦和不容易的呢！

就说挖刨药草吧，没有一株药草是长在挖刨人手边的，全凭自己钻进梢林里，在那密不透风的梢林里寻觅翻找了。其中还有个经验的问题哩，首先要知道什么时节什么药材可以挖刨，什么药材长在什么地方，喜阴还是喜阳。唯如此，才能挖刨到适时适季适地的优质药草来，拿到双龙镇上的收购点去，卖出个好的价钱。

没有挖刨药草经历的人不知道，有时候爬过几座山，翻上几道沟，也不一定挖刨得到一株半株的药草……但是危险却随时都可能发生。

一件让柯小海惊恐不已的事情，就那么突兀地发生了。

柯小海钻进梢林里挖刨药草，小半天的时间过去了，他在梢林里转悠了几架山，并几道沟，收获甚微。在他失望得要回转身来，打道回府时，一簇小小的紫色花花，像是一道耀眼的闪光，蓦然出现在他的眼前。他向那簇小小的紫色花儿看了去，一眼就认了出来，那是黄芩的花儿哩！但它长得太不是地方了，就在一道流水冲刷出的沟渠边上：站在沟渠的下边，只能看见，而挖刨不着；转到沟渠顶上，依然是看得见，挖刨不着。幸好有一棵歪脖子的杏树，就斜生在沟渠边的那株黄芩旁。

柯小海就抓住杏树的一根树枝，从沟渠的顶上，下到挖刨得到黄芩的地方，抡起他抓在手里的短把镢头，小心地挖刨了起来。只是一镢头下去，挖刨掉一大块土，即露出那株黄芩的质地来，可不是一株平常的黄芩哩！它在沟渠边上的年份太久了，已经是一株不可多得的老黄芩哩。柯小海继续挖刨着，他进一步发现，这株老黄芩业已生出了虫子！啊呀呀……这可不得了，转山采挖中药材的人，一生能够遇见一回虫黄芩，那就是他莫大的幸运了。

虫黄芩可是千金难求的珍贵药材哩！

柯小海顺着沟渠的土坎挖刨下来，就伸手去揪那株虫黄芩。谁知他伸手抓住的却不是虫黄芩，而是一条黄色花花蛇！

柯小海吓坏了，他急着扔掉黄色花花蛇的时候，从那道沟渠上摔了下来……那天，他没敢再去挖刨那株虫黄芩，悄悄地下山回到家里，再也没有去想那株虫黄芩。

二

生活在梢林里的人家，是有些他们的忌讳的呢。

那条黄色花花蛇，也许就是那株虫黄芩的守护神……柯小海不再去想虫黄芩了，但生在土槐树上的小白花花，他看在眼里了，就不只是个想的问题，而是要千方百计采摘来的哩。

土槐树上应时应季开出的一嘟噜一嘟噜小白花花，可也是一味中药呢。

这味中药名曰"槐米"。初夏是采摘槐米的最佳时节，早了药性不足，晚了更是会败了药性。也就是说，必须在土槐树的花儿待开未开时，采摘下来，才是好的中药槐米了。为了采摘一树的槐米，柯小海会把自己变得如同那条守护虫黄芩的小花蛇一样，几天几夜地守护在那棵土槐树下，等到时机成熟，便毫不犹豫地采摘下来，晾晒干了，交售出去。

梢林里的日子锻炼着柯小海，使他在增长生活常识的同时，也增加了胆识，磨炼了意志……不过，还有更艰巨的考验，以及更严酷的磨炼，等着他，需要他去经受。

考验磨炼他的，显然还是与他纠缠不清的梢林。

起风了，下雨了，落霜了，对没有吃山欲望的人是无所谓的。但对依赖着梢林，要经常钻进梢林里寻找生活的人来说，就大不一样了。柯小海就经常等待着阴雨天的到来，期盼着阴雨天的收获。可真正的阴雨天，却也是钻梢林最为艰难困苦的时候。然而柯小海没有别的选择，他只有硬着头皮，趁着阴雨天往梢林里钻了。因为这个时候的梢林里，才会有木耳、地软、蘑菇，从腐殖质的地皮上，或者是枯树的枝杈上，一堆一堆地生出来，招招摇摇，需要人来采摘……渐渐地长大，对梢林有了深入的认识，有了具体的感知。柯小海赶在这个时候，是最长灵性的，他的眼睛在这个时候，似乎也特别亮，穿过层层梢林，能够看见梢林里茁壮生长的木耳、地软、蘑菇。

那次钻梢林的经历，柯小海永世都不会忘记！

母亲的锅灶好，柯小海从梢林里捡回来的地软，择洗干净了，蒸包子吃，要多适口有多适口，软糯却不粘牙，热腾腾散扬着山野独有的那一种气味……木耳和蘑菇也是一样，被锅灶好的母亲生火烧锅做出来，就没有不使柯小海流哈喇子的。

县里来了人，公社来了人，本来都是吃派饭的，轮到村里哪一家了，饭时就由村干部指派他们去。然而县上的干部、公社的干部，到他们索洛湾村来，吃过了柯小海母亲的锅灶，就不愿意到别人家去了，非要在柯小海的家里，等着吃柯小海母亲的锅灶……柯小海在阴雨天钻梢林捡回家里来的木耳、地软、蘑菇，在这个时候，便有了用场。柯小海的母亲不会埋藏着不用，而是一定要翻来找去，发好了，做给县里和公社里的干部们吃了。地软包子是一个饭样样。木耳与挂在灶口上的熏肉，割下来两片片，切成丝儿，炒了来吃是又一个饭样样。蘑菇炖汤最好，有悄悄攒着的一只野鸡腿，再是攒在家里的黄芪、麦冬、枣儿什么的，投放在一起慢火来炖，可是山里人家的大补哩！这样的锅灶，不能说别人家做不出来，可能是人家不舍得。柯小海的母亲锅灶好，又舍得，县里、公社里的干部都想在柯小海家，享一享那梢林里特有的口味呢！

给下乡的干部尽心尽意地操持锅灶，用的就是柯小海阴雨天钻进梢林里，辛劳甚至冒险得来的收获。母亲在做给下乡来的干部吃的时候，柯小海常常要站在锅边才能见到呢。

柯小海的眼睛是看到了，却没有他吃的份儿。

柯小海的母亲，在这个时候，总是把柯小海指使得团团乱转，让他去劈柴火，劈碎了往锅灶里抱，还指使他去打水，指使他给干部续茶……最初时，柯小海并不知道这是母亲的方法，想要以此教育培养他，增加他的见识，后来他才慢慢有所感悟。然而当时，他内心是痛苦的，特别特别痛苦呢。母亲锅灶上蒸腾着的饭食香味，弥漫在他的鼻口处，让他不停地咽口水，眼巴巴看着干部们吃饱了，喝足了，摸着肚皮从家里走了，自己才有一小碗的汤汤水水吃。

剩下的是半碗汤面条，柯小海就香香地吃汤面条。

剩下的是半个地软包子，柯小海就香香地吃地软包子。

剩下的是一点菜片片，柯小海就香香地吃菜片片。

柯小海或许对母亲的这种做法有意见，但他从来没有说过，遇着了阴雨天，他会更积极地钻梢林，起早贪黑地去捡拾梢林里的木耳、地软、蘑菇……那堆让柯小海想要大声喊叫的木耳，就在他手电筒的喇叭状光晕映照下，突然地出现在梢林里一棵枯死了的树根下。

另辟蹊径！眼前的那堆木耳，使柯小海的大脑里，蓦然涌现出这四个字来。

往常的时候，阴雨天钻梢林捡拾木耳、地软、蘑菇，村子里的孩子都是结伴而行，而且总要跟上一两个大人，遭遇个危险什么的，互相也好有个照应。但那一次，他却没有与大家结伴，而是自个儿走了。他走的呢，又是过去大家很少走的一条路线，他想尝试一下：走别人不走的路，是不是会有更好的收获？

夜半时分，柯小海按照他心里的计划，向梢林里钻了，果然钻出了不一样的成果来。

那不一样的成果，不在脚边，而在一座数米高的半山崖上。他按捺着内心的狂喜，打着手电筒，很快就攀爬到了崖顶上。但没等他伸出手去，即有一个突如其来的危险，出现在那堆木耳旁，让他无法伸出手来了……那是一条蛇呢！不是他挖刨黄芩时见到的那种黄色花花蛇，而是一条手腕粗的大黑蛇。显然是，柯小海的手电光，搅扰到了那条大黑蛇。它蓦地抬起头来，足足有半人高，嘴里吐着蛇信子，猛地转头朝向柯小海，吓得他心惊肉跳，站在半山崖上，走也不是，不走也不是。他的双眼看着大黑蛇的双眼，大黑蛇的双眼看着他的双眼，相互僵持着，他没有动静，大黑蛇也没有动静。

双方对视了很长时间，都没有动静，慢慢地，大黑蛇把它抬着的头低了下去，这便给了柯小海一个机会，他偏过注视着大黑蛇的眼睛，又去注视那堆木耳了。

三

多么惹人眼的一堆木耳呀！

黑汪汪，油汪汪，几乎是到手的收获呢！柯小海不会放弃，也不能放弃……他在心里盘算着与大黑蛇较量的方法。

梢林里长大的孩子，从小见惯了蛇蝎的恶毒，因此在大人的教导下，也都积累了些对付它们的办法。但是柯小海这次面对的，可不是一般意义的小蛇，而是那么粗的一条大黑蛇！他对付得了吗？胆大心细的柯小海，渐渐冷静下来，并很好地消除了内心的恐惧，他尝试着用过去对付蛇的一些方法，来赶这条大黑蛇了。手里握着的手电筒，不就是一个可用的工具嘛！柯小海把手电筒的光调到最大，去照大黑蛇，但让他特别失望，大黑蛇并不为手电光所触动，依然盘踞在木耳旁，一动不动……柯小海一计不成，再生一计，从身旁的灌木丛中折下一根长长的灌木枝来，向前伸着去捅大黑蛇。可能是灌木枝的梢头太柔软了，捅在大黑蛇的身上，它还舒服地直往一块儿缩……万般无奈时，柯小海又想出一个办法来。他脱下自己的上衣，挑在灌木枝上，狠狠地砸在大黑蛇的头上，这才惊动了大黑蛇。它被柯小海用灌木枝戳弄着，沿着那道山崖，滑下沟里去了。

沟底下正好有一渠哗哗流泻的溪水，大黑蛇滚进溪水里，顺着溪水往下游方向游了去。

柯小海的手电筒，一直照着顺水而游的大黑蛇，直到看不见蛇的影子，这便快速地收获了那堆木耳，装在他背上山来的小背篓里，背回了家。

柯小海讲述的这个惊险故事，把我倒是吓得不轻，总要心神不定地看我的脚下，看我的周遭，似乎那条大黑蛇就虎视眈眈地，在什么地方窥视着我，让我惊惧。

梢林里的柯小海，不断地经历着，也不断地成长着，他在钻梢林的时候，常会情不自禁地到窨子沟半山腰上的那几孔石窑洞里去坐一坐。

坐在石窑洞里，柯小海的耳畔常会没来由地响起一两首陕北信天游。他记得很清楚，最多时候就是那曲《背洼洼开花背洼洼红》：

背洼洼开花背洼洼红，

受苦人盼着那好光景。

有朝一日翻了身，

我和我那干妹子结个婚。

…………

不过有的时候，还会是另一曲信天游。是《千里雷声万里闪》吗？是的呢：

千里的雷声万里的闪，

一疙瘩云彩来遮掩。

来了些红军要共产，

先攻下安定后攻横山。

…………

那处石窑洞，是索洛湾村党支部成立的地方呢！

柯小海想了，他来到那几孔石窑洞里，耳畔会响起那些信天游，都因为他大伯柯玉斌呢。在他们柯姓一家安居在索洛湾村后，大伯柯玉斌倚仗他有那么点儿岐黄手艺，很快就在索洛湾村一带，有了些名望。大家有个头疼脑热的病症，都愿意请他上门把脉问药，而他也是凡请必去，无论贫富，一视同仁，不会高看谁，也不会低看谁。他瞧的是病患者的病，有药可医，他就开方子医治，无药可医，他绝不会乱开处方……但这还不是最主要的，大伯柯玉斌不仅为病患者诊治身体上的病痛，机会恰当的时候，还会为其治疗心灵上的疾病。这个时候的大伯柯玉斌，就既是游走四方的郎中，又是一个负责任的共产党员。他向人民群众宣传革命的道理，以及与反动派斗争的必要性……大伯柯玉斌因此团结了许多有革命理想的贫苦百姓，大家团结在他的周围，为向往的革命理想奋斗。

大伯柯玉斌等索洛湾村最早的几个党员，在石窑洞里成立党支部时，就唱那些信天游。后来他们在石窑洞里开会安排工作，是还唱那些信天游的。

柯小海的大伯柯玉斌，作为索洛湾村第一届党支部书记，没有留下多少文字记录，但我从黄陵县给我的资料中，看到了一部书写牛书申的传记。这部传记的出版单位为中央文献出版社，所以有很强的可信度。其中写到许多当年在这一地区坚持斗争的革命志士的事迹，1934年9月柯玉斌担任第一任党支书的索洛湾村党支部所在的石窑洞，就出现在里面。在梢林里坚持革命斗争，那样的石窑洞，是最隐蔽的了。柯玉斌任党支部书记的索洛湾村支部，在那孔石窑洞里，就召开了多次支部会议。受到柯小海大伯的影响，柯小海的父亲柯玉荣，积极要求进步。柯玉斌知道与地方反动派的斗争，是你死我活的，他不愿意柯玉荣小小年纪，就跟在他身后闹革命。他想让柯玉荣在家里多待些日子，也好替他照顾家庭。可是小小年纪的柯玉荣，不听柯玉斌的话，大哥柯玉斌走到哪里，小小年纪的弟弟就能撵到哪里。

大伯柯玉斌领导的双龙游击队，经常就钻在梢林里。

柯小海爱钻梢林，他父亲柯玉荣像他那个年纪的时候，是也爱钻梢林的。他们对梢林有一种独特的感情，是熟悉的，是敏感的……柯小海的大伯柯玉斌，带领游击队在索洛湾一带的梢林里活动。他并没有带着游击队回村，可是被他劝在家里的小老弟柯玉荣，像只梢林里的精灵，他抽动着鼻头，似乎闻得见，游击队就在他们索洛湾村附近活动。这个时候，他跟谁都没说，就自个儿钻进梢林，去找他的大哥柯玉斌去了。辗转几条大山，又翻越几条大沟，凭着对"闹红"的一往情深，还有丰富的梢林生活经验，他找寻到了梢林里的游击队。柯玉斌作为柯玉荣的大哥，在见到小弟头一眼时，心"咚咚咚咚"地跳，想他小弟的革命意志，是那么坚定，想他小弟的梢林生活经验，是那么丰富，而这一切，对游击队开展工作，将会有非常大的帮助……身为大哥的柯玉斌，没有再把柯玉荣往家里撵了，他把他留在了身边，成为他们游击队里年龄最小的一名队员。

1935年夏天，地方反动民团头目夏玉山，配合甘肃军阀马鸿宾进攻陕甘宁边区的双龙镇。柯小海的父亲柯玉荣所在的游击队，就在那一带活动，搅扰得军阀部队一日都不得安宁。民团头目夏玉山奉命向百药沟搜索挺进，妄图咬住游击队。还别说，同样熟悉这里情况的夏玉山，钻进百药沟来，找到了隐蔽休息的游击队。当时的情况是，柯小海的父亲柯玉荣，就在百药沟沟道里的一棵大树背后，为休息的游击队站哨。他是警惕的，但也没想到夏玉山他们来得这么突然。他警惕的目光，于那棵大树的背后，蓦然扫到搜索而来的夏玉山民团，他连跑进百药沟里，给带领游击队的大哥柯玉斌报告的时间都没有。面对凶残的顽匪，年纪尚小的柯玉荣没有畏惧，更没有胆怯。他是迅速地想了，自己必须立即做出反应，把遭遇的情况告诉大哥他们，才能给他们充分的时间准备，来与夏玉山的民团战斗！英勇的柯玉荣，想到最快捷的反应，就是向民团开枪了。柯玉荣扣动扳机，向民团打去了一颗子弹，把消息用他射给敌人的枪弹传了出去……但他的战争经验，还有战斗历练，总归是太稚嫩了。他暴露了自己，并被敌人轰来的炮弹，炸伤在了血泊中，直到他们游击队的战友，在他大哥柯玉斌率领下，打败了夏玉山的民团，救出他来，才保住了性命。

然而小小年纪的柯玉荣，就在这次遭遇战中，被民团的炮弹炸没了右手的五根手指。

四

钻进梢林里，爬进梢林里的那几孔石窑洞里，柯小海总要想起那些过去的事情。应该说，那既是一种缅怀，更是一种激励。钻一次梢林，爬一次石窑洞，柯小海的精神境界，还有他的思想意识，都会有一次提升。

我与柯小海聊天，聊到了梢林，聊到了石窑洞，我俩会不约而同地说起路遥。特别是路遥在《平凡的世界》里说过的这一句话，我先说了出来。在我说出来后，柯小海也重复说了。同为黄土高原上的汉子，柯小海对路遥的理解中，似乎有一种他们才有的体验。

柯小海说了："人就应该趁年轻好好打拼，哪怕死了也不后悔。"

说着路遥《平凡的世界》里的句子时，我和柯小海正好走在梢林里。我记得十分清楚，那个时候，夕阳西下，我与柯小海走着的梢林，已经被他整修出来，成了村民休闲散步的场所，脚下的路，不是原始的砂石泥土路，而是人为修造的步行道。道路虽然是人为的，却在修造的时候，不以人的意志为转移，而是依山赋形，尊重自然，就那么自自然然地弯在沟道里，绕在山畔上，适合铺砌水泥砂浆的路面，就水泥砂浆浇筑了，适合架梁做桥，就悬空架桥铺板……总而言之，我走在那样的山路上，感觉是太享受了。

脚边的溪流，清清亮亮，呜呜溅溅，仿佛刚刚开场的小夜曲，特别地入人心、透人肺；再是偏得不见了的太阳，把漫天的余晖，洒在抬头看得见的山梁梁上，不是哪位画家想要画，就画得出来的……一时之间，我陶醉在索洛湾村的初夜里，不想思考，不想作为，就只想静静地坐在那里，发我的呆。

我沉默了，不再与和我同行的柯小海说什么，而他似乎特别理解我，就也静静地不说话。

我俩享受着索洛湾村的黄昏，听山泉在响，看鸟儿归巢，望村庄街道上飘飘荡荡的炊烟……许多年了，我生活在西安城里，到哪儿去寻找这样的美丽景色呢！

这一份怀乡之幽情，似乎一下子，把我也拉回了年少的时候。

我很想给柯小海说说我的少年！因此在我俩沉默了一会儿后，率先打破了沉默，我说了，说的是我的真心话。

我说：柯小海，我羡慕你的梢林！

我这么说来，是想要接着我的话头，说说我的少年往事的，却被柯小海逮住了话头，完全不容我插话，就又说起了他的过去。

我来采访柯小海，可不就是要听他说的吗？

柯小海敞开胸怀的回忆让我高兴，这可是我写作时最需要的细节哩。

"你不知道，我太淘气了！"柯小海就这么开门见山地说了起来。

他确实够淘的，而且很皮，所以在父母亲的身边，他是兄弟姐妹中挨打最多的一个。不过一个男孩子，没有点淘劲儿，没有点皮实性格，还真是难成事。因为淘点儿的男孩子，再有点儿皮实的劲头，往往不怕吃苦，也不会畏难，没有他不敢尝试的事情，做坏了都不怕，总结经验继续做……他下河摸鱼，被水淹了；他钻梢林烧野鸡蛋吃，被山火燎着了；和同村的伙伴玩耍，从高高的山崖上摔下来，摔了脑袋，划了一道口子，他自己找来几样可以止血的青草，捣碎了涂在伤口上，没弄好，化了脓流出来，才被母亲发现。心疼他的母亲，急得直哭，他倒是没事儿人一样，还微笑着安慰母亲。

柯小海是这么安慰母亲的。他说：打是亲，骂是爱。妈你打我吧。

母亲被他这么一说，也许是气急而怒，真的要打他了，他却兔子一样跑了个远，让母亲打不着。但他是还要鼓励母亲惩罚他的。

柯小海说：妈你打不上我，你骂我呀。

淘气皮实的柯小海上学了。上了学的他，倒是让父母亲放心不少，学校老师传话给柯小海的家里，给他父母亲说了："你家小海是个读书的料，学习成绩在班级总是名列前茅。"父母亲相信了老师的话，因为这个时候的柯小海，在家里也特别听话懂事。大约三年级的时候，柯小海身高比家里的锅台没有高多少，却已如大人一样，能在锅灶上有所作为了……蒸个米饭，下个面条，馏个馒头，甚至炒一两样菜，也是做得到的，像他炒的酸辣土豆丝、酸辣白菜，至今都是他们家灶头上拿得出手的特色菜。

柯小海四川籍的母亲，身材瘦弱，前前后后生育了他们兄弟姐妹九人，可把她的身子要掏空了呢！加之村集体的劳动过于繁重，柯小海的母亲又一点都不知道爱惜自己，她太要强、太刚强了，她不会开口求人，生产队里的活儿，一样都不想落下，再苦再累，都会默默地承担起来。便是包产到户，自己耕种自己家里的地，母亲亦表现得不知惜力……睁开眼睛都是活儿的母亲，把教育好自己的孩子，看得比干好各种农活、各样家务活还重要。一旦发现她的孩子，无论男娃娃，无论女娃娃，要与村里的孩子口角，她是绝不会轻饶的。动之以情、晓之以理的教导，是一种方法，还不听话，再要惹事，就会动用家法，让孩子跪在家门口，不认错不让起身……柯小海就经历过那样的惨痛教训。正因为母亲严厉的教导，柯小海看问题的角度慢慢发生了变化，他不怎么偏激了，凡事都会站在对方的立场多想了。柯小海这么想来，自然会先想到他的母亲，教育子女绝不落在人后，家里家外一把手，年近60岁时，还要下地干活。柯小海眼睁睁看着母亲劳累，他不想母亲那么劳累，就只有拼着命来帮助母亲了。

后来，哥哥们先后娶了嫂子，另立了门户，姐姐们出了嫁，有了她们自己的操心，家里就只剩下一个柯小海。这使他恨不得把母亲要干的活儿，全都揽在自己身上。

走进校门，柯小海是一个认真读书的好学生；走出校门来，他就是一个料理家务的内当家……锅灶上烧的柴火，都是他星期天钻梢林，一捆捆背回来的，夏忙、秋忙，他是家里最"扛硬"的一个劳力。

五

或许是我年少时的经历，与柯小海太相近了，听到他的这些叙述，我想起自己，竟潸然泪下。便是我在电脑前，敲打这段文字时，心里依然还泛着酸，眼睛湿漉漉的。

然而不论家里多么艰困，柯小海的父母亲，都没有让他放弃读书深造的机会。

在村里上罢小学，柯小海以优异的成绩，考取了双龙镇中学。

中学的学习，自然要更深入一些。因为深入，柯小海多了许多思考，并对生活和人生，产生了更为深刻更为全面的认识……父亲柯玉荣，是小石崖根据地的游击队队员，作战勇敢，不怕牺牲，多次受到区委表彰。1948年，年龄刚符合入党条件，他就被组织吸收为光荣的中国共产党党员。父亲受伤残疾，新中国成立后，组织根据他的实际情况，给他安排了一份工作，可他在和平时期，似乎更热爱农业生产劳动。因此，在西北电力的一个基层公司干了些日子，父亲就又调回双龙镇的乡镇煤矿，干了几年，听双龙镇的干部说索洛湾村找不到合适的村干部，他就自愿回村，既担任生产队的民兵连长，又担任生产队长和党支部书记。

这么说来，柯小海可是个村干部家庭出身的青年了呢。

村干部家庭出身的柯小海，常听母亲教导他："人只能自己吃亏，不能让别人吃亏！"

母亲言传，父亲身教。当了索洛湾村几十年家的柯小海父亲，战争年代，为了革命的胜利不幸右手残疾，但残疾改变不了他为人民服务的信心和决心。家里来了乡里、县里的干部，他们在一起谈论工作，柯小海会在给他们添茶端饭的时候，听他们说话聊天。柯小海有一个让他十分骄傲的发现，几十年来，到他家来的干部，无论乡里的、县里的，都在走马灯似的变，但索洛湾村的书记没有变过，一直是他父亲柯玉荣……乡里的干部变了，县里的干部变了，从来不变的是他们对父亲柯玉荣的敬重，他们把父亲是要尊称为老前辈的。

为索洛湾村当家的意识，在柯小海的脑海里，就这样潜移默化地积累着。

与柯小海交流，他说在他的印象里，父亲柯玉荣每年参加的"三干会"，让他受益匪浅。现在的人，大多不知道"三干会"是个啥会。我是过来人，亦因我曾经的经历，是知道"三干会"的重要意义的。有那么一段时期，年初时候，全国各县都要召集一次有县、乡、村三级干部参加的大会，就农业、农村、农民，也就是后来常说的"三农"问题，进行一次安排和部署。十一届三中全会后，中共中央连续多年发出的一号文件，说的就还是"三农"问题。虽然那个坚持了许多年的"三干会"随着改革开放的深入发展是没有了，父亲柯玉荣参加"三干会"也是过去的事了，但柯小海一直牢牢地记着。他之所以记忆深刻，是因为父亲参会时少不了要带上他，让他听会。会场上没有条件，会场外找空子来听，耳濡目染，柯小海早早地就得到了培养。

应该说，那种潜移默化的培养，在柯小海的心田里，种下了一颗集体主义的种子。

作为索洛湾村的"革命老干部"，父亲柯玉荣热爱集体，只要是集体的事情，就绝不含糊，要做到最好，不打折扣……今天的柯小海，对此深有感触，他说父亲柯玉荣给予他的这样一种滋养，力量是十分巨大的。

父亲柯玉荣给柯小海说得最为重要，也让他永生难忘的一句话就是：没有村集体，就没有社会主义新农村。

第 **3** 章

接班索洛湾

　　首先要自强自立，勇敢地面对
我们不熟悉的世界，不要怕苦难！
如果能够深刻理解苦难，苦难就会
给人带来崇高感。

——路遥《平凡的世界》

一

柯玉荣是索洛湾村里的"革命老干部"，他培养了张军朝、路建民。他俩是优秀的，是称职的，柯玉荣信任他俩，他俩接了他的班。

坚持集体主义观念，一心为了索洛湾村全体村民都富裕起来的张军朝、路建民，给大家服务也有些年头了，他俩也是感到随着年龄的增长，继续为村里服务已有点力不从心。因此，煞费苦心，在村子里千般寻找，万般寻觅，找寻可以接他们班的人。

特别是生产队的土地全部分配给村里的家家户户后，张军朝、路建民感觉到，他们村干部渐渐生出一种"英雄无用武之地"的悲凉。这使他们不免想起索洛湾村的过去，当然这也是他们从"革命老干部"柯玉荣那里听来的。

柯玉荣就曾给他们讲述当时的索洛湾村处在小石崖根据地的中心地带，群众基础非常雄厚，很好地融进了根据地的建设当中。《黄陵人民革命斗争史资料》对此有着非常翔实的记载，红二十六军、第三路游击队，就长期活动在这里，给这里的群众留下了十分坚实的革命基础。不仅他们索洛湾村是这个样子，整个双龙镇地区都一样，农民群众的思想觉悟普遍高，大家相信中国革命，相信中国共产党……当年的整风、大生产运动，就很好地解决了群众的生产生活问题，以至后来的历次运动，索洛湾村在大的政治倾向和物质生活上，就都没有落后过。反而是土地承包到户以来，村子的经济发展十分缓慢，集体经济全面萎缩，甚至出现空白。这是张军朝、路建民最为困惑的。

他俩虽有困惑，却也有安慰。

困惑的事情方方面面，最核心的还是集体主义的问题。对于这个问题，路建民不仅困惑，而且非常谨慎。这或许与他的成长经历有关。初中毕业的他，回村后先在村里的小学当老师，很受学生欢迎，年年都是先进，受到了公社还有县里的表彰奖励。后来因为"可教育好的子女"的身份问题，他不得不离开热爱的教育事业。思想素质过硬的路建民，没有自怨自艾，他在生产队里劳动，像他站在讲台上给村里学生娃讲课一样努力。村里人都看在眼里，很拥护他，但他就是无法"进步"。直到1986年，他才被允许申请入了党。有了这个基础，路建民是想了，认真地想了，他要带领索洛湾村人，走上一条幸福的大道！

然而他美好的理想，应该只能是无奈的空想了。

集体经济解体，路建民一点办法都没有。

路建民那个时候，以为他能坚持做的就是维护索洛湾村的村风，一定要保持好既有的传统。他认为这是索洛湾村根本中的根本，有了这个根本，想方设法适应不断变化的形势，才能走得端，行得正……政策鼓励一部分人先富起来。先富起来的人，是要带动后富的呢！

然而，问题恰恰出在了这里。

让一部分人先富起来倒也不难，难的是让先富起来的人，甘心情愿、无私无畏地带动后边的人富起来。这把张军朝、路建民他们给难住了，他们看得非常明白，出现这样的结果，还不能怪先富起来的人。他们是富裕了，其富裕起来的经验和走过的路，却不一定是后边的人可以借鉴，或者应用的。譬如买车跑运输吧，首先得有那么多资金购买车辆呀！即便七拼八凑，筹措下那么一大笔钱，把运输车辆买回来，还要有人会驾驶呀！再是在他们索洛湾村种植水稻，倒是能够卖上好价钱，但村里的水田太有限，已经被人承包了去，人家合同在手。那么养殖呢，村子里环境倒也非常适合，然而投资成本大，技术要求高，也是大问题呢。

记忆中，村党支部书记路建民，与张军朝他们村委会一班人，没少开会讨论。他们还请来了双龙镇政府的相关领导，参加他们的会议并进行指导，就这个问题反反复复地讨论，总结既有的经验与教训，那就是：大胆地解放思想，克服自身的缺陷与不足，增强市场经济的竞争意识，找寻适合索洛湾村经济发展的突破口，并以此为导向，结合村情民情，全力改变索洛湾村发展滞后的面貌……方向和路线是确定下来了，那么谁来做呢？靠他们现有的村干部吗？别人没说什么，他们自己就先摇了头，不是谁一个人摇头，而是村委会班子里的人都有意无意地摇了头。

他们摇头，不是否定他们的思想情感，也不是否定他们的热情干劲，而是意识到他们班子里，需要补充新的血液了。要让对市场有感觉、对村民有感情的年轻人，进入他们村级班子来，不如此，就不能实现他们想要的发展。

"先富带后富"，政策上不就是这么提倡的吗？

路建民，还有张军朝，作为村里当家人，他俩既没三心，又没二意，大势所趋——先富起来，是他们发现培养接班人的第一条标准，再就是公道、正派、能干。按照这个村级领导班子定下来的标准，路建民、张军朝就在村里先富起来的人里寻找目标。他们一个人一个人地往过捋，捋到后来，不能说没有，但要达成共识却非常困难。十来个先富起来的人，把谁拉出来讨论，或多或少，都有不小的争论。

事情就这么搁置了下来。

耽搁着既让路建民、张军朝他们着急，也让关心村里发展的村民们着急。大家都在着急，着急着就到了村级领导班子换届的日子。路建民、张军朝还找寻不出一个能够接替他们的年轻人，别说给村民们说不过去，便是给他俩自己，也都说不过去了。就在这么一个让他俩抓耳挠腮，吃饭饭不香，睡觉睡不着的时候，他俩想到了一个人。

这个人就是柯小海。

二

柯小海这年22岁，是他们索洛湾村"革命老干部"柯玉荣的小儿子。

柯小海长在"革命老干部"柯玉荣的身边，得到了父亲的真传。着实因为他家教严、家风好，有想法、有闯劲，几年来自己在外打拼，已经拼出了一番天地……但这只算是一个方面。更重要的是，他虽然自己在外打拼，但村里谁家有个事情，红事、白事，给他说不说他是不论的，只要传到了他的耳朵里，他就一定会跑回家来，主动到事主的家里去，随上他的份子。如果还有问题，他则不分远近，还要自觉留下来，贴人贴钱，给事主家帮忙。

路建民、张军朝不谋而合地想到了柯小海，想得他俩很是兴奋了呢！

俩人一合计，就准备去找村里的"革命老干部"柯玉荣，与他先沟通沟通，争取得到他的支持，然后再找柯小海，做他的工作。主意已定，俩人商量了一下，就由路建民出马，去找柯玉荣了。路建民犹豫着怎么去给柯玉荣说，正犯愁呢，柯小海倒先找到了他，表达了他的意愿。

瞌睡遇着了枕头，路建民、张军朝喜出望外，千呼万唤，接他们班的人终于露出头来了！

这件事像用刻刀刻在路建民心里似的，他记得非常清楚，是柯小海主动找到他家里来的。柯小海到他家来的前几天，天气不是特别好，老是阴沉沉的，却不下一滴雨，让人心里有种说不出的憋屈。不仅山野一片潮湿，就是自己的家里也都湿乎乎的……柯小海就在这样一种天气状况下，开着他跑运输的车回村里来了。柯小海回村来的讯息，路建民已经听人说了，说是柯小海孝顺哩，他爸这些日子身体不好，他赶回来陪他老爸来了。柯小海的父亲是村里的"革命老干部"哩，有了病，路建民是一定要去看望呢。非亲非故的他，都把柯小海的父亲看过了，柯小海能不回来看望陪伴父亲吗？那是必须的……吃罢晚饭，路建民在家还就想明天的时候，趁着柯小海回家的机会，找到他，与他当面谈谈，劝说他回村来接替他们。却没想到，柯小海赶在当天晚上，就到他家来了。

柯小海到了路建民家，路建民没有立即给他说出自己的想法，而柯小海也没有立即说出他的立场。

路建民之所以没有立即说，是想先听听柯小海是怎么想的，顺着他的话题，因势利导，做他的工作，让他站出来接班。那样的话，效果可能要好一点。柯小海没有立即说出他的立场，也是有他的顾虑呢。他毕竟只有22岁，"嘴上没毛，办事不牢"，俗话是这么说的，他如果不知轻重，突然表明自己的立场，人家嫌他年轻怎么办？

两人就那么坐在一起，因为各怀心事，就都把他们想说的话暂且藏在舌头后面，就他们能说的话题，先拉了几句。

柯小海很自然地说起了他父亲柯玉荣的身体。

柯小海说：我爸的身体越来越不好了。我哥和我姐，又都不在我爸身边，我就想着自己回来哩。

要说呢，路建民等的就是柯小海这句话呀！但他真装得住，没有接着柯小海的话往下说。

路建民拐了个弯子说了：你的生意做大了，撂得下吗？

柯小海笑了笑，说：老人要紧，一辈子就是个操心，他也该享几天福了呢。

路建民感觉有戏，就继续来套柯小海的话。他说：村里的老人，要说享福，你爸是算上数的哩！尤其是你，手上宽裕了，心里想的都是你爸，把你爸孝敬得，他时常在我跟前夸你哩。

柯小海说：孝敬老人，那是应该的。但我知道，我爸还有他的心事哩，他啥时候都放心不下咱索洛湾村。不瞒你说，我爸给我说得最多的话，永远都是咱索洛湾村，想着我能为村上做些事情。

柯小海这段话说罢，没有等路建民回话，他自己紧跟着就又说了：孝敬老人，要我说，听老人话，是最大的孝敬。

路建民心里乐了起来，脸色也明显亮了起来。他说：你是好样的！

柯小海却说：可是我爸还是担心我，怕我成不了事。

路建民怕柯小海把话说回去，就鼓励他说：咋能说你成不了事呢？

路建民像柯小海刚才一样有些急了似的说：你成就得自己都要飞上天了呢！

柯小海不让路建民这么说他，就自己说：那是在人家城里呢。

柯小海说：城里有钱的人多了去了，我挣的那点钱不算啥。就是自己吃些苦，苦出来的呢！

路建民听柯小海这么说，是完全赞成的。他因此更加觉得柯小海年龄不大，心大着哩，而且还不浮躁，沉得住气。这些素质，不正是一个有为青年应有的吗！

路建民因此把他心里想的，给柯小海要往出掏了。他说：你说得对。凡是苦出来的钱，装在口袋里才踏实。

路建民说：咱索洛湾村人的眼睛不瞎，都看得清楚着哩。

柯小海不晓得路建民说村里人清楚着哩，到底是清楚个啥，难道只是清楚他的钱是苦出来的吗？这是不够的，还应该清楚……清楚他对索洛湾村的一片热心才对呀！

对此，柯小海是想要有一些了解的。因此他问路建民：都只清楚我的钱是苦出来的吗？

路建民没有想到柯小海会问他这样一个问题。他说了：还有你对你爸的孝顺。对自家老人都不孝顺的人，村里人是不会服气的呢。

柯小海从路建民的嘴里听出他想听的话了。有了这么一句话，他没啥好犹豫的了。但他知道，这也只是路建民一个人的认识，要想真正获得村民的认可，是还要做出自己的努力的。因此他还不能给路建民挑明了说，村里换届，他就带头干了。不过他心里是已有了底儿了，因此他站起来，向路建民告别了。

柯小海告别的话是这样的。他说：我把您叫叔哩。

柯小海说：咱自己人不说见外的话，今后村上有啥需要我的，您给我一句话，我听音就来。

柯小海给路建民的承诺，就是这么干梆硬正，没有一句闲话。这是因为，柯小海虽然好几年在外跑运输，跑得天上地下，常常不在村里，但他的心像是一颗种子，深深地埋在了索洛湾村的土地里，一直听得见索洛湾村的脉动，还有索洛湾村的期望，知道索洛湾村的需求。他在外面跑，积累着他人生的积累，经历着他生命的经历，到头来都是为了更好地服务索洛湾村，发展索洛湾村……早先的时候，是他的生身父亲，"革命老干部"柯玉荣为索洛湾村一心一意服务奋斗，后来是张军朝、路建民他们，全心全意为索洛湾村服务打拼，他们为村里做过的事情，柯小海是都看在眼里，记在心上了的。

柯小海感激他们，也被他们感动。

柯小海从路建民的家里出来，他走出门外，回头来看，看见路建民也跟了出来，嘴巴一张一张的，像是有话要说却说不出来的样子。柯小海的猜想没有错，路建民的确是有话给柯小海说呢。但老成持重的路建民，被一个作务庄稼的名词影响着，还不能先说出来。

这个名词，是常要吊在庄稼汉嘴上的、非常简单的两个字：蹲苗。

与"蹲苗"两个字相对应的，就是"揠苗助长"这个成语了。

一辈子在索洛湾村与土地打交道的路建民，太知道揠苗助长的害处了。把麦子、玉米、稻子什么农作物，播种在田地里，必须根据气候的变化，来作务庄稼。如果不去适应气候的变化，而是一味地助苗生长，长得快了，看起来倒是好看，却不一定打粮食。而如果适应气候的变化，不人为地助苗成长，还恰到好处地限制庄稼的生长，反而会多打粮食。这样的做法，就是庄稼汉经验的总结，即"蹲苗"。

柯小海现在就到了这样的关键时刻。

路建民可不能对他"揠苗助长"，所以采取"蹲苗"的方法，让他自己再好好发育发育……这个念头在柯小海来之前，路建民是没有的。不仅没有，还想着如何去找柯小海，劝说他回村接班。还没有想好怎么给他说，他自己倒先找来了。这给了路建民机会，他觉得还有时间，把柯小海这棵好苗蹲一蹲，对柯小海自己，还有索洛湾村，是会有好处的。

把柯小海送出家门的路建民，张嘴对柯小海说话了。

路建民说：回去代我先问咱们的"革命老干部"好。

路建民说：过两天，我再去看咱们的"革命老干部"。

路建民给柯小海说罢这两句话，摆手让柯小海走了。他望着柯小海一直走远了，看不见了，便转身想要回家去，迈腿前不由自主地抬了一下头。他看见阴得很重的天色在一点点蜕变，云也薄了起来，隐隐约约地还能看见，高远的夜空，有一两颗星星，灿灿地闪着亮光。

三

想要给担任村党支部书记的路建民述说自己的愿望，柯小海在心里想了很长时间。今晚说给他听了，虽然没有得到他正面的回应，但他已明白了自己的用心。所以在向路建民告辞后，往家里回的路上，柯小海还想着他和路建民说的话，想他没有后退的路，只有前进的路，他为此必须全力以赴、无所畏惧了！

为了向路建民说出自己的想法，柯小海没有少做准备。

远的不说了，譬如他父亲柯玉荣，在索洛湾村做过的事情，一桩一件，成功与否，都将成为索洛湾村的历史记忆。他想说的是张军朝、路建民，他们为索洛湾村呕心沥血、竭尽所能，真的是太不容易了。

就说路建民吧，有许多柯小海要学习的地方呢。对索洛湾村集体，他可以说是把心都掏出来，给了大家了。这从他的家庭教育上就能看出来。路建民自身当过人民教师，所以特别注重子女的教育。1994年，他的大儿子、二儿子携手参加考试。大儿子顺利考上了一所大专院校；二儿子也不差，考上了一所公办中专院校。这样的喜事，让索洛湾一村子的人，都为路建民而高兴。他们家"一门两进士"，是深山老林的小村子，千古未有的大好事啊！

村里人听闻了，都高高兴兴地上到他家来祝贺，可是路建民却喜悦不起来。

路建民喜悦不起来的根本原因，不是他不想自己的儿子们出息，而是儿子们出息了，他却没有法子供养他们呀！不当家不知柴米贵，路建民太知道他们家的钱财，是无法供两个儿子一起去深造的。哪怕是牙缝里抠、舌尖上刮，也只能勉强让一个儿子走出索洛湾村，到大城市里去上进，留下一个，跟他在索洛湾村苦做苦受。这让活了半辈子的路建民，难得唯有搓手求天了……有好几天，他不敢回家，回家了不敢看哥俩努力读书、勤奋学习，拿回家来的红色录取通知书，仿佛那红色的录取通知书，就是两纸滴血的催命符！

啊！啊！啊！路建民暗自在心里号叫着。他是想了呢，那红色的录取通知书，可不就是他两个儿子的心血染就的吗？

手心手背都是肉，路建民该怎么办呢？

要两个儿子自己决定吗？他相信儿子们是都想去大城市读书的，那是个改变命运的机会哩，谁会自愿放弃？路建民想他如果有了那样一个机会，他也是不会轻易放弃的。但现实是残酷的，两个儿子，只能有一个去上学。反复思索，路建民把大儿子叫到一边，背过二儿子，来做大儿子的工作了。要他把机会让出来，让给他弟去上学，他则留在村里劳动当农民！

一个村的党支部书记，可以不这么做决定。

路建民只要开口，大家凑钱也行啊！可他就是不开口，到后来村里人知道了原委，不要他开口，寻上他的家门，拿出家里的积蓄，给他倒手，让他送两个儿子一起去大城市读书。但他还是坚决地按照他的决定，不接受村里人的帮助，以他家里的实际情况为原则，只送二儿子去了大城市……这件事别说他大儿子想不通，柯小海知道后也一直想不通。

路建民为什么要这么对待他的大儿子呢?

一直想不通的柯小海，慢慢地想着，到了后来，他有些想通了。

路建民的心里不能只有他的儿子呀！他还装着索洛湾村的每一个人。他之所以把大儿子拦下来，让他在索洛湾村里，跟自己一起参加农业生产劳动，一来村里人看着他，他不能自私，不能轻易就接受大家的资助，二来想要他的大儿子，在村子里历练历练……哎！哎！哎！前事不好说，后事也难料啊。

然而无论如何，柯小海因为这件事，是把路建民敬佩在心里了。

为了索洛湾村集体的风气，路建民没有什么遗憾……他的眼里，装着的总是村子里人的生活；他的心里，想着的也是村子里人的生活。大家的生活虽然有所改善，但也只是简简单单地解决了温饱。就说与他同在村委会班子里的张军朝吧，当时就遇到了非常大的困难。村里人原来的住房条件都比较差，绝大多数家庭还住在相对原始的窑洞里。那些个窑洞，有一些都不知道是什么年代的，什么人挖出来的，总之是都有些年头了，都快成了危窑洞……家庭情况好点的人家，就在后窑前房的院子里，给自己家建了些房子，却也大多年久失修，千疮百孔，几乎丧失了遮风挡雨、驱寒保暖的功能……张军朝很想改变村里人的这种居住方式，他就努力地创造条件，获得镇上的支持，率先从窑洞里搬出来，在村里开辟的庄基地上盖起了一座新平房。一家人欢天喜地，按照他们索洛湾村搬家的老规程，给新家的大门贴上大红的乔迁对联，盘好了锅灶，盘好了炕，准备着正要往新家搬的时候，谁知道哪儿来的火星子，把他倾尽全力，还借了一屁股债建造的新家，烧了个精光。

欲哭无泪的张军朝，无可奈何地又住回了老院子里的危窑洞。

村干部家里都是这个样子，其他村民家就可想而知了。没有哪一家的日子不是过得小心翼翼，平时钻梢林挖刨点中药材，捡拾点山货，积攒起来，能够供家里的孩子上学读书，就不错了。家里如果有谁生个病什么的，小病小灾就靠自己的身子扛了。这么扛着，小病扛成了大病，小灾扛成了大灾，依然还只能是个扛……为此，路建民暗自流过泪，张军朝亦暗自流过泪。

索洛湾村里的这个情况，被路建民、张军朝他们刻在心肝上了！

柯小海之所以去找路建民，向他表达自己的志向，绝不是一时心血来潮，也不是为了争取个什么名分。柯小海是做了充分的观察，也做了充分的准备，才进了路建民的家门，向他表明了自己的心愿。

柯小海观察路建民、张军朝他们，已感知到他们对于社会发展形势，从认识到判断，是有点难以跟得上。他们急于为村级班子寻找和培养接班人……柯小海发现，在他来找路建民之前，路建民和张军朝就已多方寻找和培养他们的接班人了。

"是不是党员都无所谓，只要能带领大家致富，把大家的心劲儿拧在一起就行。"路建民和张军朝，在那个时期为了找寻、培养接班人，把话都说到了这个份儿上。特别是路建民，他甚至觉得，年轻人哪怕有些缺点也行，只要愿意带着大家往前奔，多数群众同意，就把人推上去干。是骡子是马，不套进车辕里驾车，谁能知道呢？

在路建民和张军朝这样一种主张下，又征得上级的同意，那一届的换届工作，在索洛湾村里实施开了。

四

有条件的年轻人，积极性还是蛮高的，都跃跃欲试。路建民、张军朝看到了，他俩心里是快乐的，就与他们广泛接触，了解他们的想法，然后在换届班子会上，相互交换意见。

路建民、张军朝他们把当时有意愿的年轻人，归了归类。其一是人品没说的，但是愿望不是太强烈，只对过好自己的小日子上心用力。对这些人，路建民、张军朝就主动找他们做工作，激活他们对集体事业的热情。其二是自身有热情，能力也有，家属却"活思想"严重，怕集体的事情操心多了，影响他们的生活质量。对此，路建民、张军朝不厌其烦，就去做他们家属的工作。其三是自己有愿望，有积极性，群众却不怎么放心。

可以说那次换届，路建民、张军朝他们为了选拔年轻的接班人，没有少费神。最后确定了一个大家基本能够接受的名单，充实进村级领导班子里来，放在他们的身边，一边任用，一边培养了。

当时有句流行的话，叫"扶上马，送一程"。

怎么"扶上马"，路建民、张军朝他们也是颇费了一些心思。他们提出来，在村委会的班子中，按照需要，多增设一些干部职位。对此定了一个原则，就是坚决不能增加村民的负担，所以他们实行的是只增加职位，不增加待遇。也就是说，他们班子中的其他人，收入就要减少了。对此，路建民、张军朝没有意见，别人也就不会有意见。

问题的关键是，"扶上马"的年轻干部，自己怎么作为了。

开始的时候，年轻人的特点表现得还不充分，他们基本都还处于试探和观望阶段。过了些日子，有人倒是大胆，提出来的想法让人匪夷所思，甚至设想把索洛湾村整体承包出去。他们把客商都引进村里来了，结果尘土飞扬的村路，就先把客商吓跑了。这样也好，让大家知道"要想富，先修路"的重要性。但是怎么修，拿啥修，一时又拿不出办法来。因此就还抬出死命令，想要依此管理村民，结果村民不答应，对立情绪迅速升级等等，造成许多问题，不扭转什么也做不到，更做不好。其中有的年轻干部，还没有做出什么成绩来，即在村委会会议上大讲自己的条件待遇，功利心太强了。

但这还不是最让路建民、张军朝头痛的呢！

路建民、张军朝最头痛，也最无法忍受的是，个别年轻干部打着村委会的名义，跑县委、县政府要项目，项目要下来了，却好像不是给村上的，他们自己拿着项目贷款，为的是给自己捞钱。这太可怕了，路建民、张军朝绝不能助长这些年轻干部的私心，谁知道会给村里带来怎样的灾难？他俩迅速召集村党支部会议，对这样的年轻干部予以撤职。

年轻人工作上犯点错误是可以的，比如莽撞、冲动等，可以原谅。只要他们认识到了，能够改正就好。但对目的不纯、利欲熏心的人，就绝对不能宽容，这是原则问题，而且关系到党组织在群众中的威信。路建民、张军朝都是党组织多年培养起来的基层干部，他们的基本素养和个人品质是非常过硬的，他们不能允许年轻干部胡作非为，那么坚决地处理掉有问题的年轻干部，既是对他们的教育和帮助，也是对村集体事业的负责，避免了不必要的损失。

然而问题还在一个劲儿地出。

路建民、张军朝他们村里的老干部，把集体的钱，一分一厘都看得很重要，而在个别年轻干部看来，那就是他们嘴边的菜、杯里的酒，大吃大喝，费用一分不少地都算在村委会的账上。村委会的账上没有钱，他们也不管，还要欠账，保障他们大吃大喝。群众反映特别强烈，你去追问，他还说得头头是道……面对这样那样的问题，再有耐心的人，都会失去耐心了呢！

路建民灰心不已，张军朝懊恼不已。

两个热爱村集体、一心为了村集体的人，心是凉到家了。

路建民不断追问：这是怎么了？哪儿出了问题？

张军朝也不停追问：方向错了吗？办法不对吗？

路建民和张军朝追问到后来，痛心地感慨：索洛湾村还有希望吗？

五

柯小海当时年龄尚小，并且在外边跑他的事业，但村里的这些状况，他都是知道的。

柯小海也如路建民、张军朝一样着急感慨。这个时候的柯小海，在跑生意的间隙，总爱抱着作家路遥的长篇小说《平凡的世界》来看。路遥之于他们陕北人，仿佛精神向导，他们是都喜爱他的，并把阅读他的文学作品，当作一种日常。柯小海阅读着路遥的《平凡的世界》，一边阅读，一边与他们索洛湾村的实际相对照，他发现书中有句话，说得真是太对了。柯小海牢牢地记下了那句话："首先要自强自立，勇敢地面对我们不熟悉的世界，不要怕苦难！如果能够深刻理解苦难，苦难就会给人带来崇高感。"

柯小海读到路遥《平凡的世界》里这句话时，是深受触动的。柯小海认为路遥的这段话，干脆就是瞄着他给他说的哩！多日来，他回味着路遥说过的这句话，一个字、一个字，仿佛理想的种子一般，播种在了他的心里，扎根发芽。他总觉得不能只顾跑自己的生意，而不顾及村里的发展。

柯小海想，虽然他在成长过程中，吃了许多苦，受了许多难，但谁在生活中不经受苦难，就能够随随便便成就自己，并获得自己想要的崇高感呢？他敬爱的大伯柯玉斌和父亲柯玉荣，还有他尊敬的路建民、张军朝等索洛湾村的人，他们谁不是从苦难中成长起来的？他在自己的内心建立起这样一个目标，并且耳闻了村里的许多事情，更坚定了自己的决心：一方面在外增长着自己的见识，增加着自己的胆识；一方面等待着机会，回村来，全心全意地为村民们服务。

柯小海已经给村支书路建民表露了他的心声，他还很好地总结了路建民和张军朝两位老前辈的经验得失。

老实说，柯小海是很尊敬这两位老前辈的。他俩精神气质纯净，为人正派耿直，私心杂念很少。譬如路建民，作为村党支部书记，他始终沿袭着前辈支书，也就是柯小海的老父亲，村里人眼里的"革命老干部"柯玉荣的好作风，大事小事，他都担在肩上，一丝不苟地来处理。便是人常说的"清官难断"的家务事，他也绝不回避。人家找到他跟前了，他就一定要当好那个"清官"，为他们处理家庭矛盾。什么赡养老人啦，什么孩子求学啦，什么夫妻怄气啦，以及困难帮扶、婚丧嫁娶等一切事务，他都不畏辛劳，尽心尽意地为村民操心受累……

为了更好地服务索洛湾村村民，路建民和张军朝积极努力，早在20世纪90年代，即在村上相继成立了村民调解委员会、红白喜事理事会等村级社会组织。这样的社会组织，是党组织在乡村生活中的一种延伸，能够更好地服务于村民生活。村支书路建民在索洛湾村的村民调解委员会与红白喜事理事会里，起着举足轻重的作用。邻里之间摩擦、夫妻之间争吵，他不会躲，而是见人争吵就赶上去，为大家排忧解难，是大家尊敬的"和事佬"；你家里遇着了丧葬事，他家里赶上了迎娶事，路建民是请了他来，没请他亦来，那会儿他又是村里人敬重的"大管家"。

索洛湾村的传统如此，村干部就是顶梁柱，任何时候，任何情况下，都要急群众所急，想群众所想才对。

路建民、张军朝在培养任用年轻干部问题上，遇到几乎难以破解的难题时，柯小海主动找上门来给路建民说了。路建民高兴哩，他与张军朝很好地沟通了一下，即以村党支部的名义，把柯小海进入换届班子的建议，报告给了双龙镇党委。

双龙镇党委原则上确定下来，交给他们拿到村民大会上来，让村民投票选举了。

这是1998年冬季晴朗的一天，索洛湾村村民以一人一票制，投票选举柯小海担任索洛湾村二组组长。

柯小海知道，这是他接班索洛湾村的第一步，今后的日子还长，他必须扎扎实实走好每一步，绝不辜负索洛湾村村民对他的期望，还有他们的梦想……

第 4 章

少年老成磨砺中

活着，就要时刻准备承受磨难。

——路遥《平凡的世界》

一

人在关键的时候，把自己逼一逼倒是有些益处哩。

与柯小海交流，他说话不多，但你如果仔细听、认真听，常会听出一两句使人颇有所得的话语来。在索洛湾村采访柯小海，那天清晨起来，我与他约好，要钻一钻梢林的。他没有失约，与我在村办的小食店吃过早餐，就一起钻进深山沟里去了。我是想钻钻他当年钻过的梢林，体会一下那样一种野趣。老实说，野趣虽然迷人，但的确不是随便能体会的。不过收获倒也不错，在梢林里钻了一小会儿，因为有他带路，我们既捡到了野生木耳，还采摘到了野生蘑菇。我俩兴致很高地还要往梢林深处钻呢，柯小海却猛然说了这样一句话："活着，就要时刻准备承受磨难。"我站住不动了，说我要把他说的这句话记下来。我没有带笔，也没有带纸，带着的是我的手机，我就站在密密的梢林里，在我的手机上记录下了他说的这句话。

我在书写关于他的报告文学，写到这一章时，把他说过的这句话，拿出来很快意地摆在起头，感到特别有力量。

因为我在索洛湾村开始采访后，听到大家谈及柯小海，大都说他"少年老成"。结合他在这个清晨给我说的这句话，我不能不说，他的"少年老成"可不都是"磨砺"中得来的吗！

常常要钻梢林的柯小海，在梢林里所遭受的磨砺，我在前边已经写了不少。我下来是要写他经受的另外一些磨砺了，那是梢林磨砺的一种升级版……在柯小海于双龙镇中学读书的日子里，一直在索洛湾村党支部书记位置上的父亲柯玉荣，认识到了新时代的变化。柯玉荣发现他的一些老观念、老思想，是跟不上时代的发展了，便主动辞去了村党支部书记的职务，回家来做起了一个老实的庄稼汉。

村里的"革命老干部"哩！柯玉荣之所以主动回到家里来，是因为他看见实行了家庭联产承包责任制后，村里有些人是富裕起来了，但在这样的小山村里，个别人的富裕，在村里引起的反响，并不是大家多么向往，而是一种疏远，大家就那么莫名其妙地冷着淡着，冷淡到见了面都不怎么说话了。

"以穷为荣"，是那个时期很多人的思想状态。

柯小海的父亲柯玉荣做着他们索洛湾村党支部书记的时候，很多人就是这个样子。然而时代在进步，生活在发展，还能那么看待贫穷和富裕吗？显然是不能了。

穷不是乡村人的目标。

富裕更不是乡村人的错。

乡村干部自然要跟上这种进步和这样的发展。可是进步着，发展着，一切还只是一个开始，就造成这样的结果，任谁都无法琢磨清楚，索洛湾村接下来该怎么前进了。

村里人面对穷富，看见了彼此的差距，但不能因为差距，而引发矛盾啊。

老死不相往来的矛盾，这是非常要不得的呢。都在一个村里生活，低头不见抬头见，前世无仇，今世无怨，咋能因为政策的进步，使一部分人先富起来，而出现这样一种局面……柯小海那时是个初中生，他看着索洛湾村发生这样的变化，又看着他的老父亲柯玉荣，无奈辞去他干了数十年的村党支部书记，唉声叹气地回到家里。那时，他离开了索洛湾村，寄宿在双龙镇中学，读着他爱读的中学课程。

不过柯小海是要经常回索洛湾村来的，回来背面背馍。这是寄宿中学生的另一种课程，不管路近路远，不回家背面背馍，就没有吃的喝的……其实，柯小海的二哥一家就在双龙镇上居住，他是可以借住在哥嫂家里的，那样他就能省许多事。一娘同胞，柯小海他们兄弟从来都很亲，他光光彩彩地考上了镇中学，二哥二嫂为他高兴哩，也乐意他住在他们家里。柯小海一开始没有客气，老实地就在哥嫂家里住下来了。但他住了几日，发现作为镇子上一个煤矿厂工人的二哥的家，地方实在太局促了，他的到来，造成许多不便：既给哥嫂的生活增添了麻烦，也给哥嫂增添了经济负担。

自尊心极强的柯小海，可是不能难为他的哥与嫂哩。

近20里的山路，上到梁顶，下到沟底，就这么一周一个来回，背面15斤，咸菜疙瘩一小罐，估摸着能吃一周时间，可是不敢放开肚皮想要咋吃就咋吃，要虚匀着来，才不至于饿肚子……但这只是粮食问题，还有灶费、班费等问题哩，柯小海是非要拿出真金白银来才行。

柯小海拿不出来，他想过给哥嫂张口伸手讨点儿，哥嫂也不会不给。但那就不是柯小海了，小小年纪的他，张不开那口，伸不出那手，他就自己想办法了。

柯小海想出来的办法，就是给谁也不说，自觉主动地给学校的灶上打水、烧锅、洗锅……打水、烧锅必须起早才行。校园里的窗户都还是一片黑的时候，柯小海就要悄悄地从他的铺位上爬起来，再悄悄地摸黑去伙房，一趟一趟地打水，把那口大得惊人的黑锅倒满，再在锅底下生火，先是木柴棒子火，烧着了，烧旺了，再往木柴棒子火上架煤炭。学校的老师、同学起床后，撺到伙房，顺手就有烧开了的水用……洗锅更是麻烦事，早晨一顿饭，中午一顿饭，天黑了一顿饭，烧饭的厨师每做一顿饭，都会有一顿饭的新鲜，而洗锅就没有新鲜感了，有的只是重复的劳作！

听柯小海叙述他中学的这些经历时，我是有同感的呢。

因为我在年少的时候，就也那么自觉自愿地做过。现在回想起来，常常觉得自己真有耐心，可以那么不怕麻烦……柯小海就这么给伙房帮着忙，勉强维持着他在中学的生活开销。他一边努力求学，一边想着可以一直学习下来，上高中，上大学。

然而他的这个想法太奢侈了，养育了他们九个儿女的母亲，终于扛不住，病倒了。

二

母亲病倒后，家里如同塌了半边天。柯小海在中学学习一周，走过近20里山路，回到家里来，就要像个小大人一样，把母亲原来操心做的事情，一桩一件地做了。做好了家里琐琐碎碎的那些事，他才能赶去学校，读他的中学课程……三年的初中课程，就这么艰艰难难地读了下来，柯小海以高分拿到了初中毕业证。

拿到毕业证的那一刻，柯小海很清楚地知道，他深情向往的读书生活，不管愿意不愿意，甘心不甘心，就此便画上了句号。

病了几年的母亲，也是在这个时候泡在柯小海兄弟姐妹的眼泪里，撒手人寰的。

悲悲戚戚地送埋着母亲，柯小海想的还是母亲对他的教导。便是已经病得很重了，当柯小海把他挤时间挖刨回家的中药材，还有捡拾回来的木耳、蘑菇，晒干了捎带着背到双龙镇交售时，母亲背过他，也还要悄悄地过一过秤。当时柯小海并不知道，是母亲弥留之际才给他说了的。母亲说她能够放心地走了，她一次一次地测验过柯小海了，是个诚实厚道的娃娃，每一回让他交售山货，给他的是多少，他回来报的账就是多少，从来没有亏欠过。

母亲说：老天长着眼睛哩，他不会亏待实诚人！

母亲就是在给柯小海说了这最后一句话后，一脸平静、安安生生地倒头走了的。

柯小海把母亲的话牢牢地记在了心里，他没有和父亲柯玉荣商量，就自作主张留在了家里，与年老的父亲一起过日子了。老父亲因为革命，手残疾了，家里的事情，特别是农活，以前有母亲和兄姐来做。现在母亲走了，兄姐都成家了，虽然兄姐还是很热心地帮他和父亲，但柯小海觉得他长大了，不能再麻烦兄姐了。

没有什么好商量的，柯小海自觉担起了家庭的重任。

老父亲柯玉荣看出他的小儿子是块学习材料，实在不忍心断了柯小海的求学路，就还责备了他。

父亲说了：你不上学，不后悔吗？

父亲说得严肃极了：我不忍心你窝在家里，耽搁了前程。

柯小海信心满怀地对父亲说：爸你别担心，我会有我的前程哩！

柯小海说：过些时候，我就像您老人家一样，也做咱们索洛湾村大家信任的好干部。

与老父亲柯玉荣的这次对话，柯小海深深地记在了心里。尽管已经过去了许多年，他说起当时的情景，依然记忆犹新，如在当下。他说老父亲明显觉得他一个10来岁的小娃娃，说话太冒失了，甚至还有些狂妄。因此，老父亲带着无限疼爱，带着满怀的赏识，还带着无尽的担心，询问他了。

老父亲柯玉荣说：你小子有志气。给我说说，你有什么能耐当村干部？

柯小海张嘴要给老父亲柯玉荣说他的理想呢，但老父亲在他开口前，就又说上他了。

老父亲柯玉荣说：你老子我当了一辈子村干部，啥时候想过自己？

柯小海听得懂老父亲的话外音，不过他是还想进一步给老父亲说说他的想法的。可是老父亲依然没有让他顺顺溜溜说出来。

老父亲柯玉荣说：你小子眼睛看不见吗？

柯小海要给老父亲柯玉荣说的话，被老父亲一而再再而三的质疑，彻底堵在嘴里说不出来了。柯小海虽然嘴上不与老父亲说了，但是他听懂了老父亲的话，为老父亲的话所感动，知道老父亲一生教育他要积极向上，要敢想敢干、有所作为。老父亲这么说他，不是对他没有信心，而是还在考验他，或者说是在用激将法刺激他，让他明白既然有此决心，就不能不多些考虑，就不能不多经受些磨难，要树立起长久奋斗的思想意识，才可能会有实现抱负的一天！

知子莫若父，老父亲柯玉荣是逼柯小海磨砺自己呢！

老父亲柯玉荣的这一逼，逼出了柯小海的血性，他把怀揣的理想暂时压制下来，带着老父亲柯玉荣对他的期望，满怀悲伤、满心沉痛，告别了最难舍弃的学校生活，以年少单薄的身体，投入他所追求的另一种全新的生活中……我甚至想象得到，他告别苦涩年少时的样子，是怎样一种壮烈！

柯小海是无畏的，更是坚毅的，他勇敢地走过来了。

他首先如二哥一样，走进煤矿做了个掏炭的煤黑子。那样一份工作，大家看多了电影、电视剧，大概想象得出来。人在深深的煤窑底下，就不像个人，一个一个都如钻在地底下的大老鼠一般，全身上下，除了眼白，都黑乌乌的，叫他们煤黑子，一点都不夸张……柯小海头一次下煤窑，尽管做了充分的思想准备，可当他坐在一个下煤井的罐笼里，在卷扬机咔啦啦、咔啦啦的啸叫声里，好半天才下到井底，还是感觉到了心慌。他心慌着又从一道斜斜的坡道往掌子面走，每人头顶一盏暗昏昏的矿灯，在矿洞里明明灭灭。他随在人后，一点一点地走，总要被脚下的煤块儿绊一下，有好几次差点摔倒在矿洞里……这一年，柯小海才刚满15岁！

三

15岁初到煤矿的柯小海，先在煤窑的井口上熟悉了几天。

柯小海完全可以继续他在煤窑井口上的工作，他那么小，煤矿老板不忍心派他下煤井。可他在井口上做了几天，就主动向煤矿老板申请，要下煤井。老板好心地劝了他几句，但柯小海主意已定，老板就准许了他的申请，把他派下了煤井……柯小海之所以坚持下煤井，是因为下到煤井里，他的收入才能上来。

下到煤井里，是要有点儿技术的。柯小海这个时候，只有一腔热血，所以他下到煤井里，就只能去干推煤车的差事了。

推煤车是个力气活儿，偏偏柯小海是个不知惜力的人。他下到煤井里，一个班干下来十多个小时。为了多赚钱，柯小海小小年纪，把生死几乎置之度外了。老板是个不错的人，把玩命干活的柯小海看在眼里，心疼着他，就还找他谈话，劝说他上到煤井上来。

老板说：你还是个娃娃，煤井下是有危险的！

柯小海明白老板心疼他，但他没听老板的劝说，坚持要在井下推煤车……听柯小海说起这一段经历，我都心疼他。可他一点都不以为意，好像还有那么点儿自得。

柯小海给我说：走出学校的大门，我就是个男人了。

现在的柯小海，站在我面前说的这些话，使我想象到：那个时候的他，可不就是个铁骨铮铮的汉子吗？

不低头，不服输，不退缩。

与柯小海说着话时，那些个硬硬邦邦的词儿，像是一个一个的砖块，蹦出来了。我以为这几个词，几乎可以贯穿柯小海这些年来走过的每一步。性格如此，在事业面前，什么艰难困苦，什么危难险阻，都奈何不了他。因为他总是竭尽全力。

在煤井下推了三个月的煤车，柯小海充分感受到了人间的疾苦，不只是身体上的，还有精神上的。有人忍受不了疾苦，当了疾苦的逃兵，那他就把疾苦白受了。唯有受得了疾苦的人，以疾苦为乐，视疾苦为人生的垫脚石，他就没有白受苦，而是做了"苦"的主人。

听着柯小海给我述说他在煤窑上的经历，我不由自主地总要想起孙少平。那个路遥在他的长篇小说《平凡的世界》里塑造的人物，有着与柯小海一样的经历。

孙少平差不多也是在柯小海这个年纪，背井离乡，无可奈何地下了煤窑……我把我对孙少平的认识，告诉了柯小海，他一听，当下笑了起来，是一种会心的笑哩！

柯小海说了，说他在下煤窑的时候，还没有读过《平凡的世界》。他是后来读了这部写到人心头上的作品后，才知道有个叫孙少平的人，与他是那么气息相通……柯小海说他太喜欢孙少平了。

因为喜欢，柯小海就还把孙少平经历过煤窑生活后的一句感慨，牢牢地记了下来，在与我讨论孙少平时，很有感触地朗诵了出来。

"活着，就要时刻准备承受磨难。"

那位包工头老板正是看准了柯小海的这一点，到承包期满，要转移到另一个地方去时，他没有想带别人，而是真诚地来做柯小海的工作了。

老板说：小海呀，你是个人才哩。

老板说：咱俩一起做吧。我走到哪里，你跟我到哪里好吗？

老板说：我不会亏待你。

在老板找柯小海说这些话的时候，他们结束了与这家煤矿的合同，大家在一起会餐，大碗的肉和菜，还有酒。柯小海在此之前很少沾酒，他那天喝酒了，喝着酒听老板说了那样一通话。他被老板感动了，也想与老板一起走下去。但是索洛湾村的家里捎来了话，他亲爱的老父亲柯玉荣生病了！

柯小海是个大孝子，索洛湾村人都是这么说他的呢。

听闻老父亲柯玉荣生病的消息，柯小海婉拒了那位老板的邀请，他立即赶回家里来，守在老父亲的身边，端吃端喝，接屎倒尿……无微不至地照管着老父亲，不让他受一点难场。这是柯小海与老父亲相处最亲密也最长久的一段时间，在这段时间里，他才真切地感受到老革命的情怀，那是他永远都要装在心里学习的呢！

二嫂让柯小海的二哥捎话回来，要他去镇子上的板条厂当工人。对于二嫂的这一份关心，柯小海是非常感激的。因为二嫂捎话给他的时候，是这样说的，说他下煤窑让人太不放心了！板条厂的工作，无论环境，还是待遇，都比下煤窑要好一些。

柯小海领了二嫂的情，他去镇子上的板条厂上班去了。

在镇子上的板条厂工作，虽然环境好了点，却也还是临时工。但柯小海已经很满足了，原因是他在板条厂工作，可以不离开镇子，方便他往来于镇子和索洛湾村之间，照顾他大病初愈的老父亲。

与老父亲柯玉荣相濡以沫的母亲不在了，手有残疾的老父亲，没有柯小海的照顾可是不行。

在板条厂工作了一段时间的柯小海，是真的爱上这里了。

工厂的规模不大，是镇政府为了适应市场经济的需要开办的乡镇企业，包括管理人员在内，也就二十来个人，主要生产木地板。这很符合双龙镇的实际情况。双龙镇处在一片非常大的林区里，镇政府工作人员看见林子里有部分树木逐渐老化，可以适当砍伐更新，便依据相关规定，向有关部门申请。获得支持后，即确定了循环利用的办厂方针，开办了这家板条厂，想要以此闯出一条适应山区经济发展的路子。

在板条厂里，柯小海的业务是负责收购和卸载木料，这是个需要认真对待的事情，来不得半点马虎。木材的质量，决定着板条的质量。从小钻在梢林里的柯小海，虽然认识许多木材品种，但要把好木材进厂关，他还是得老实地虚心从头学来。

好学的柯小海，异常珍惜这样的学习机会。他认为这是他做好这项工作的基础，所以就从木材的性能，还有木材的质地，以及木材的花纹，一点一点地学，很快就适应了这项工作。在他的严格把关下，板条厂进来的木材，没有一根是不合格的……把自己的本职工作干得顺风顺水的柯小海，有了足够的时间往返于双龙镇和索洛湾村之间，照顾他的老父亲了。

柯小海最怕老父亲孤独，因此他刚有条件，就买了一辆半新不旧的自行车。清早起来，给在家的老父亲做好早晨吃的，还有中午吃的，到下午下了班，立即骑上自行车往家里赶，赶回家来给老父亲做晚饭吃。

父亲柯玉荣老了，现在是需要柯小海像父亲在他小时候照顾他一样来照顾了。人生就是一个轮回，谁能免得了这个轮回呢！

孝顺的柯小海，把他每月领到手的工资，一分不少地都要交到父亲的手上。柯小海记得十分清楚，他把工资交给老父亲时，父亲脸上的那种幸福感，让他忍不住想哭……父亲对他这个小儿子是越来越期待了，而他也把决心下得更大更坚定了！

四

在板条厂这个相对轻松的环境里，柯小海也不再像以往那么苦闷了。他变得既乐观又开朗，什么辍学，什么母亡，一切的不快，都像围绕着他的雾霾一样，渐渐地消散了。他开始以一种积极的态度面对人生，与人交往成了他的最爱。他喜欢和他一起工作的每一个人，卸料的农民工、打扫卫生的阿姨、车间里的技术工人，柯小海对他们全都非常尊重，而大家也都特别愿意与他来往。

心地善良的柯小海，交往的人越多，内心的天地就越广。

就在这个时候，柯小海生命中的贵人老冯，与他成了好朋友。

在林场有着固定工作的老冯，兢兢业业，是大家公认的大好人。但他也有个小毛病，就是非常好酒，自然也好吃。老冯是个林业通，板条厂需要他来做业务上的指导，接待老冯，很自然地就成了柯小海的责任。他俩把工作上的事情搞明白了，老冯就从自己身上摸出一把零碎的毛票子，往柯小海手里一塞，也不问多不多、少不少，只让柯小海拿着去随便什么地方，给他弄一只鸡炖了吃。柯小海没有嫌弃过老冯的"奢侈"，他在给老冯买了鸡以后，有余钱了，就给他打点酒来喝，没余钱了，就贴赔上自己的钱，给他打酒喝……为此，熟悉情况的工友说柯小海了。说："你那点儿工钱，贴赔得起老冯的酒嘴吗？"柯小海明白大家伙儿对他的关爱，但他想了，自己刚来板条厂时，都是老冯带着他，手把手、眼对眼，教给了他多少木材知识呀！

柯小海在家里时，把老冯教他的事情，一五一十地说给了老父亲听。老父亲没说别的，就只给他讲了这样一句话：一日为师，终身为父。柯小海把这句话牢牢地记在了心里，他甘愿贴赔自己微薄的工钱，给老冯买酒喝。所以再有人说他憨，不该贴赔自己的工钱时，他都淡淡地笑一下，过后照旧，不为所动。

知恩感恩的柯小海，每逢这个时候，还会想起母亲常常教诲他的一句话。

母亲说过：自己吃亏吃不穷，别人吃亏没朋友。

在板条厂的生活锻炼，使柯小海的认识得到了进一步提升。然而，他寄予极大希望的板条厂，却因为技术落后，以及销售滞后，经营一年多便停产了。

板条厂停产，意味着柯小海失业。

下一步，该怎么走呢？再次回到索洛湾村家里的柯小海，想了很多。他很自然地要想起倒闭了的板条厂，认为不能那么简单地倒闭掉就算了，而应该好好地总结一下。这样的总结，可能没有多大用处，但对自己来说，可是一个经验的积累哩。柯小海总结了，他不认为板条厂的板条材质不好，而是没有打出自己的品牌，再就是销售机制有问题，死板了些，不够灵活。他们板条厂如能像市场上叫得响的品牌企业一样，坚持几年，树立品牌意识，说不定也是会走出一条坦途的……遗憾的是没有如果，市场就是市场，就是这么残酷，容不得半点儿疏忽。

金色的秋天，就那么迅速地逼到了柯小海的眼前。

柯小海种植在责任田里的庄稼成熟了，他像索洛湾村所有人一样，没黑没明地把庄稼地里的玉米、水稻、杂粮都收了回来。柯小海家的院子里，亦像其他庄稼人的院子一般，黄灿灿地挂满了玉米棒子，白晃晃地晒满了稻谷和杂粮……吃喝是没啥好愁的了。身子懒点儿的人，就等着歇下来猫冬了。然而柯小海不能，他四处打问，还托人寻找可以干的事情。但他打问了半个月，却没有一丝音讯。

这怪不得自己，也怪不得别人。因为柯小海有一个先决条件，就是打工的地方不能远了。他离不开老父亲，老父亲也离不开他，照管好老父亲是他这个时候最不能忽视的责任。

等待，只有等待……等待一个他能做的活儿。

双龙镇林场在索洛湾村附近的胶沟进行计划性采伐作业，需要一批上山伐木和跟随车辆装卸的人。柯小海没有干过这样的活儿，他听人说了，那是一份力气活，而且十分危险，没有十二分的干劲，就不敢扛着斧头上山，更别说去装卸木材了！因此，消息在索洛湾村里转悠了几天，却没有几个人愿意去。村里的人忙累了一年，图的就是冬天里的安逸，谁会不要命地去冒那个险呢。柯小海没有多想，他毅然决然地去了。

去的时候，柯小海给老父亲都没有说，他怕老父亲心疼他，不答应他去。

一个人孤独地走进了胶沟，去到那熟悉的梢林里，柯小海找到林场负责人，向他述说了自己的愿望，希望在这里能有一个活儿干。负责人急需人干活，可他把柯小海看了一眼，就客气地拒绝了他。不能说负责人不好，他是看见站在面前的柯小海，十六七岁的样子，心疼他拿不下伐木装卸车辆的苦活儿。

负责人问柯小海：你到山里来，家里大人知道吗？

负责人说：家里大人不给你负责，我可是要给你负责呢！

柯小海没有等负责人把话说完，刚好看见脚边有一根粗粗的木料，就弯腰下去，也不要谁帮忙，自己就把那根木料扛了起来。

即便这样，负责人还是没有把柯小海留下来。

乘兴而来，败兴而归的柯小海，低头耷脑地退出了胶沟。在向胶沟里进的时候，柯小海腿上都是劲，现在退出来了，像是谁抽了他腿上的筋似的，软在沟口上，心不甘情不愿地歇了下来。

转机恰恰就在柯小海的这一歇里出现了——远远地走来了他熟悉的老冯。

柯小海不禁叫了起来：老冯！

老冯已经快走到柯小海的跟前了，听见了他的叫声，却只"哼"了一声，并没有要搭理他。柯小海都要失望了，却见老冯向前走了几步，突然回过头来，问他等在这里干什么。柯小海不敢大意，赶忙走向老冯，把自己在伐木场的遭遇，仔细给老冯说了一遍。

老冯笑了，他说：你这些天想我了吗？

老冯说：你不想我，我可是想你了呢！

柯小海的脸儿红了红，他给老冯点着头，说他是想老冯了呢。他想老冯会给他操心帮忙哩，这不是嘛，在他走投无路时，不就把老冯给遇上了。

老冯突然脸一沉，说：抬木头吗？

老冯说：你要让我为你担心了呢！

柯小海听得懂老冯的话，他跟在老冯身后，一路上没再说什么，就那么默默地走，又回到去过的伐木场，见着了那位负责人。

老冯太直率了，他对那负责人直接说了这样两句话。

老冯说：就让娃娃留下来。

老冯说：有啥事情，我担着。

五

柯小海因此留在了伐木场。

不过柯小海能看见别人异样的目光，以为他是靠老冯的关系进来的，这可是不好。柯小海必须以自己的实际行动，消除别人的看法。所以在伐木场，他时时处处，什么都要做好，做出个样样来，做得别人没有闲话可说。

正如老冯担心的那样，伐木场的活儿的确是累！

在板条厂时，柯小海主管木材收购，活儿十分轻松。这里就不行了，不是上山伐木，就是抬木料装卸车辆，哪一个活儿都是要破了命地干，才能干得来的。起初，柯小海缺乏伐木的经验，还不能派他上山去伐木，所以他就只等在贮木场里，做个装卸木料的装卸工了。贮木场里，只要来一辆汽车，大家就蜂拥而上，两两成对，一人把着木材的一个头，"嗨"地喊上一声，就能把一根木料抬起来装上车。柯小海不仅年龄小，个头儿也小，因此就没有人愿意与他结对。对此，柯小海感觉委屈，但他能有什么办法呢？一点办法都没有，他就只能一个人扛了。湿重湿重的一根木头，两个人抬都已经非常吃力了，他一个人扛，自然就更费劲。往往是一头重一头轻，前后失衡，吃力不均，特别费劲。头一天干下来，柯小海躺在简陋的工棚里，浑身像散了架一样，一动都动不了……动不了也得动呀，老父亲柯玉荣还等在家里哩！强撑住散了架的身体，柯小海摇摇晃晃地站起来，赶着夜路回了家。在家里昏暗的灯光下，老父亲看见了柯小海手上、胳膊上的伤口，还有他红肿了的肩膀头，心疼得劝说起了柯小海，要他可是不敢玩命，那样重的活儿，不干了。

老父亲说：家里又不是揭不开锅，没口吃的。

老父亲说：爸要我娃旺旺实实地活人哩。

柯小海安慰着心疼他的老父亲，说一个人呀，吃不得苦中苦，哪里做得了人上人！

老父亲不是愚钝的人，他不再劝说柯小海了。

翌日清早，柯小海起身洗了一把脸，把老父亲的早饭、中饭收拾停当，先把早饭端给老父亲，看着老父亲吃罢，再把中饭温在锅里，就又扭头钻进胶沟里去了。

柯小海是最先到达胶沟的人。与他在胶沟里一起装卸木料的民工，陆陆续续地来了，他们看见早来的柯小海，似乎都有种恍若隔世的迷离。因为他们头一天见识到的柯小海，没有找见伴儿，就一个人往汽车上扛木料，应该是累坏了，不会再来了！谁承想，他竟然抢在大家前面，最先来到贮木场，这让他们无不对他刮目相看。你走到柯小海的身边，伸手把他拍一巴掌；他走到柯小海的身边，举拳把他捅一拳头……柯小海真切感受到了大家对他的认可。而他早晨来的时候，还特意带了两大暖壶的开水，就热情地招呼大家，谁早起只顾上了吃，没顾上喝，他带来了，随便喝，喝了好干活。

柯小海的坚毅，还有他的细心，彻底打动了与他一起在贮木场装卸木材的民工们，再也没人嫌弃他身体单薄，都开始争着抢着与他一起抬木头了。

但不管怎么说，装卸木材都是个要命的苦重活儿。

与柯小海在胶沟贮木场一起干活的民工，有许多人就受不了这样的苦累，干上一半个月，就打了退堂鼓，回家猫冬去了。在家里，打打麻将吹吹牛，多么开心快意呀！他们也劝柯小海了，劝他别一条道儿往黑里走，手头挣下两个钱儿了，就收手算咧，别不小心把自己交待给了胶沟！柯小海没有听他们的劝，他坚持留在胶沟，累就累吧，苦就苦吧……半年过去了，柯小海的手里踏踏实实地落下来一笔钱。

有了这笔钱做基础，柯小海回家来，与老父亲柯玉荣商量，说他在贮木场看到拉运木材的汽车，赚钱要快得多。

因此柯小海说：咱也买一辆车吧。

柯小海的提议，虽然超出了老父亲柯玉荣的想象，但柯小海近些时日的表现，让老父亲对他有了充足的信心。他没有阻拦柯小海，而是大方地撂给了柯小海一句话。

老父亲柯玉荣说：你自己看着办吧。

有了老父亲柯玉荣的这句话，柯小海彻底没有顾虑了。他把胶沟做装卸的工作干干脆脆地辞掉，当即找到一位开汽车的朋友，向他虚心学习驾驶技术。因为好学、会学，不长时间，他就顺顺利利地拿到了驾照。下来就是选购车辆了，他手里的钱是不够的，老父亲就把平日的积攒，都拿出来交给了柯小海。然而还是不够。老父亲就出面叫回了柯小海的哥哥们，要他们也都凑一点钱来，算是柯小海借的，这便凑足了7500元的现金，柯小海拿着去县城，买回了一辆二手车。

凭着这辆二手车，柯小海轰轰烈烈地搞起了他的运输生意。

四年运输生意，柯小海凭借他诚实守信、广结朋友的秉性，业已成为索洛湾村"先富起来的人"了。那时他的资产积累已达30余万元，这在当时来说，差不多算是个非常惊人的数字了呢！知道的人，没有不羡慕的，而他只管在他的运输业上大踏步地前进，他距离"百万富翁"也就是个三两年的工夫。可是他心里的那一份乡里之情，让他愈是富裕，愈是乡情浓烈。

柯小海不想只是富他一个人，他要索洛湾村的乡亲们都富裕起来，那才是他心中的梦想。

柯小海想到做到，他毅然决然地回索洛湾村来了。

第 5 章

在教训的基础上

人处在一种默默奋斗的状态时，思想就会从生活的琐碎中得到升华。

——路遥《平凡的世界》

一

失败是成功之母！有人是这么说来的。

不过也有人说了，苦难更是成功之母。柯小海在他的生活实践中，对这样一些说法是很赞成的，但他想要再加上一句，那就是教训，深刻的生产、生活教训，可也是成功之母呢！

索洛湾村的换届选举，把22岁的柯小海选进了村级领导班子。

柯小海要带领大家摆脱贫困，向小康生活迈进，不是在选举会上给大家表个态那么容易，他得拿出实际行动来。担子是压在他的肩膀上了，今后怎么发展，往什么地方走，他是需要认真思考的。关键的时候，他几年来的生活磨砺提醒着他，也帮助着他，要他不能操之过急，而应该很好地总结过去，把问题找出来，吸取以往的教训，进而找准目标，发现路子，开始他的行动。

虽然在外跑了几年，但柯小海的目光从来没有离开过索洛湾村。

柯小海知道前辈张军朝、路建民他们为了索洛湾村的发展，是都做了他们的努力的。有贡献，也有教训，譬如村集体饲养肉牛那件事情吧，就很值得柯小海总结。张军朝为了村集体的经济发展，把他的想法反映给了镇政府，镇政府又反映给了县里。到了1992年，县里把解决索洛湾村贫困问题提到了议事日程上，根据村民们的要求和村里的实际情况，决定由县畜牧局牵头。双方议定，由县畜牧局给项目以资金支持，村集体加农户，入股饲养肉牛。

养牛，对于索洛湾村人来说，轻车熟路，谁不会养牛呢？

随便一个人，都有养牛的经历，都有养牛的经验。这还不是最关键的，最关键的是他们索洛湾村的自然条件，是特别适宜饲养牛的呢。出门就是山，山上满是草；出门就是沟，沟里满是草……在村委会的会议上，讨论这个项目时，张军朝是兴奋的，路建民是兴奋的，所有人都认为这是个非常适合村里经济发展的好项目。因此，他们在村委会会议上，对这个项目进行了充分研讨，并做了个长远的规划：力争三年之内，牛群里的小牛翻倍，十年之内，索洛湾村遍布大牛和小牛，一定要使索洛湾村成为叫得响的养牛专业村！

多么美好的一幅村集体经济发展的蓝图啊！

那时候的索洛湾村，村集体没有任何经济来源，村里干部都不敢去村委会办公室。去一趟，开个会，没有纸和笔，电灯也不能开，一口热水都没有……为什么呢？没有钱呀。哪怕一两毛钱的开销，也得给村民们摊派。所以村委会做个什么事，就都由村干部自己掏腰包。别说张军朝、路建民把个村干部干得没有劲头，换个人来干，一样劲头不大。有了养牛这个项目，张军朝、路建民他们就都有了精神头儿。

张军朝、路建民交换意见，他俩都说，把牛养好了，村集体受益，村民们更受益。

他们说干就干，张军朝、路建民在村子里精挑细选，选出来几位最有养牛经验，也最懂得牛孬还是牛好的人，带着县上资助给他们村里的购牛钱，背着干粮馍馍上路了。肚子饥了，从背上的布包包里抓一块馍疙瘩，嘴巴渴了，弯下腰在路边的小溪里掬一捧水，吃了喝了继续赶路……他们走到甘肃的正宁县村落，一家一户地找牛选牛，繁殖性黄牛是他们这一带的优良品种。走了不知多少个村落，看了不知多少头黄牛，可以说是优中选优，好中挑好，他们用带来的钱，挑选好了二十一头牛，满怀希望地赶回了索洛湾村。

张军朝、路建民他们记得非常清楚，二十一头牛赶回索洛湾村的那天，村里像烧开的一锅水，沸腾了！男人女人，老人小孩，都从自己家里跑到村街上来，围着那群新买回村的黄牛，看呀看，瞧呀瞧，怎么看都看不够，怎么瞧也瞧不够，所有人的脸上，都洋溢着一种满怀期望的、幸福的微笑。

主持买牛这件事的张军朝，比别人更是开心快乐。

当然了，张军朝也更信心饱满。在家的路建民接到张军朝他们，大家一起商商量量，自己设计，在村里选了一块向阳的地方，只用了三天时间，就修建起了一个大大的饲养室，把牛群顺顺当当地圈了进去……下来就是选拔饲养员了。索洛湾村的人，基本上都有饲养牛的经验，大家轮流来养怎么样呢？在村委会的会议上，张军朝、路建民他们反复讨论，有人提出了这样一个建议，以为那群牛是村集体的，就该人人负责。这个提议并没有获得大家的一致同意，有人质疑了，担心人和人是有差距的，责任心强的人好说好办，责任心差的人不好办。村集体的一群牛啊！可是不敢有丝毫的闪失哩。讨论到最后，采用了大多数人的意见，那就是雇用饲养员。

二十一头牛，鲜鲜活活地圈在了牛圈里，眼下雇用饲养员成了一件最为迫切的事情。张军朝与村委会的党员干部们集思广益，担心本村的人，选谁不选谁的，可能会惹出矛盾来，就把目光放得远了一些，越过本村人的范围，找了个河南的小伙子，把他聘进索洛湾村来，让他担起了饲养牛的重任。

小伙子生得倒是精精干干，说话也头头是道。考查时发现，他也有不错的饲养经验，又是村里知根知底的人推荐来的，经村委会授权，张军朝立即与他签订了养牛合同。

合同的约定简单且实际，就是要求小伙子饲养村集体的牛，二十一头牛不能减少，只能增加。如果繁育一头小牛，所得三七分成，村集体占七成，小伙子得三成。此外，村集体为解决小伙子的吃饭问题，还倒腾出5亩水稻田，无偿给他种植；如果他把村集体的牛饲养得好，有发展，三年后就让他落户索洛湾村。

这份合同，不仅上了村委会的会议，还交给村民代表大会讨论通过。

二十一头牛啊！对于索洛湾村来说，事关未来的美好前景哩！张军朝不会，也不能自己一个人做主，他充分发扬民主，得到了全村人的同意，把二十一头牛郑重地交给了雇用的小伙子。

张军朝把二十一头牛交给他，倒是发现他很负责任地早出晚归，放牧着村集体的牛。不承想，到头来戏剧性的一幕，使老实厚道的张军朝，吃了一个哑巴亏。

二

村委会分工负责这项事务的张军朝，满怀期望地把二十一头大黄牛交到小伙子手上。他不是放松了不管，而是村里还有其他事情，以及家里的事情，绊缠着他，让他常常不能分身，给牛操的心自然就少了一些，但他还是尽可能多地关心村集体的牛。

索洛湾村的人看得见，有人就还说张军朝，对集体的牛比自己家的牛还上心。买回村来的二十一头牛，都是育龄期的母牛哩！张军朝舍不得让它们下地劳作，真如宝贝疙瘩一样疼着爱着。刚一入冬，张军朝怕把它们冻着了，就左筹右挤，弄出些资金来，在维修加固饲养室的基础上，还购买了一些杂粮豆饼给牛做饲料。

张军朝的话是在理的，他乐呵呵地说：牛无夜草不肥嘛！

张军朝的苦心没有白费，入冬后，其中的一头母牛就生产了。张军朝看着新生的牛犊，像得了孙子一般高兴，他怕牛圈里的气温低，冻着了小牛犊，就把牛犊抱在怀里，抱回家去照管。自己在家的时候，舍不得插电取暖，牛犊子抱回家来了，他不怕费电，插上电炉子来给小牛犊取暖了。庄户人家与牛的感情，就是这个样子，几乎可以生死相寄……把小牛犊当祖宗一样饲养着的张军朝，在那些日子里，整日都是一脸的憨笑。

一头小牛犊的出生，就是一份希望。

接下来的日子，牛圈里接连不断有母牛怀孕，二十一头育龄期的大母牛争先恐后地生育着小牛犊，两头、三头、四头……牛群在一天天地壮大着。然而问题也跟着来了。到了第二年的春上，满怀期望的张军朝怎么都想不到，在他忙着大家的春耕生产时，养牛的小伙子，撵着来了。他撵来时，张军朝正在自家地里破土种植早玉米，小伙子撵到地头上，慌张地给他报告，说是牛群里三头小牛不见了！

初听这个消息，张军朝倒没有怎么着急。

索洛湾村里，过去就有人家丢过牛，找一找都能找回来。

怀着这样一种心情，张军朝动员村里的人，帮助找牛了。小伙子说三头小牛跑丢在了双龙山，张军朝就与村民们钻进双龙山寻找，他们一道沟一道沟地找，一架山一架山地寻，把他们熟悉的双龙山找寻了个底朝天，找寻到了天黑，也没找寻见三头小牛的踪影……心急如焚的张军朝打算去双龙镇派出所报案，但是村里人劝说他了，说："你受苦受累跑去派出所，人家也只能给你备个案，派出所那么多大事呢！"即便如此，张军朝还是跑了一趟双龙镇派出所，结果正如村里人劝说他的一样。

三头小牛哩！张军朝不知道怎么给村里人交代。

路建民知道了原委，更知道张军朝内心的难受，他是善解人意的，在见到张军朝后，往他手里塞着老旱烟让他吃，说："你先顺顺气。牛犊子嘛，是长着腿的，咱四周的山一重又一重，跑丢了，确实难寻。找也找过了，寻也寻过了，找寻不见，就不见吧。我给村里人做工作，大家是会谅解你的。"

村民大会上，路建民就是这么给大家解说的。他解说了后，村民们倒也都很包容，没有人埋怨张军朝。但是对那个饲养员，就有了议论。然而议论来议论去，也议论不出个结果来，就还无可奈何地让他继续照管着牛群。

时间就这么不咸不淡地过去了，转眼就到了夏天，那位饲养员再一次撵着张军朝来了。远远地就给张军朝说，牛群又出状况了，好好的两头牛，前些天被毒蛇咬了，已经死了一头，他怕有传染病，把死了的牛赶紧处理掉了。

"怎么处理的？"张军朝气得不轻，他活要见牛，死要见牛皮。

那个饲养员，很快地把一张牛皮，给张军朝拖了来。

辛苦操心的一年过去了，村集体的牛，倒是一头一头落生了许多小牛犊，但是也不断地出状况，不是生病蛇咬，就是意外丢失。到了年终，小伙子给张军朝汇报情况，二十一头牛不多不少，还是二十一头……张军朝一肚子气，他下定了决心，必须把这个饲养员开了！

但是拿到村委会上讨论，却有人反对，说："咱与人家小伙子签了合同的，年限不到，你怎么开人家？"

想想也是，小伙子合同在手，张军朝还真是不好开了人家。他就找寻小伙子谈话了，给他苦口婆心地说，掏心窝子地谈。小伙子倒也谦和虚心，所以就还履行着合同义务，继续放牧村集体的牛。结果，到了第二年年底，小伙子再给张军朝汇报一年的总账，二十一头牛，一头不少，一头不多，依然还是二十一头……张军朝再怎么宽厚诚实，也对这样一个结果是大大地怀疑了。

但怀疑也只是怀疑，没有任何事实根据，张军朝依旧奈何不了人家，人家还照样饲养着村集体的牛。他那么饲养着，再到下一个年底时，像前两年一样，不多不少，村集体的牛，仍然保持二十一头的规模。

这一年，张军朝倒是多生了一份心，结果他把那个村里人介绍给他的小伙子是看透了，原来人家从一开始就没打好主意……不仅张军朝这么看，村里的其他人都这么看呢。他们还私下打听调查，基本弄清楚小伙子是在搞鬼：他背过村里人，把一年里新增的牛，假借这样一个问题、那样一个事故，悄没声地转移走了！

张军朝要和小伙子打官司了！

但这样的官司打下来，张军朝和索洛湾村赢得了吗？合同上白纸黑字，约定了十年，二十一头牛，人家小伙子没有少你一头，你怎么打？

张军朝的心那个灰呀，像被丢在荒野里一样，沾满了尘土……他原来是一个多么乐观的人啊，从此脸上没有了笑容，想他一心为村集体谋利益，到最后却是这样一个结果！他想不通，更想不明白，不晓得人心这是怎么了。在村委会会议和村党支部会议上，张军朝做了多次检讨与检查，他把全部责任都揽到自己的身上，要大家批评他，骂说他……村委会和村党支部的干部，谁不知道张军朝的为人，谁看不见他对村集体的责任心？大家算了算账，村里虽然没有因为养牛赚钱，但也没有因为养牛赔钱，就都劝张军朝说，吃一堑，长一智，权当交学费了。

这样的教训是鲜活的，柯小海不吸取行吗？

三

少年老成的柯小海是必须吸取了呢。

柯小海在上任村级领导干部后，并没有着急决策什么，而是颇费了一些精力，对过往的教训进行了一番梳理。柯小海是这样想的呢，不去总结过往的教训，就走不出一条新的健康的道路。他要把索洛湾村未来的发展，建立在科学有序的基础上，这样才可能有一个好的结果。

村集体饲养肉牛的教训是一个，另外还有其他教训，也是需要认真总结反思的。

像路建民给柯小海说的，20世纪90年代初，双龙镇镇政府为索洛湾村等周边几个发展滞后的村子，多方谋划，找到了发展经济的路子，而烤烟是其中最受推崇的一项。

《黄陵县志》在经济作物的科目中，专门收录了烤烟的种植情况。即1990年，全县种植烤烟3.02万亩，总产量4430吨，实现产值1398万元；1995年，全县种植烤烟0.98万亩，总产量1183吨，实现产值402万元……以后逐年减产，到了2005年，黄陵县的烤烟种植资格，被陕西省烟草专卖局取消。此后，黄陵县再没有种植烤烟的记录。

这能说明什么呢？

说明烟草种植的主动权不在种植户手里，一切都由县上整体安排。安排到了你，就有你的份儿，安排不到你，就没你的份儿。便是有了你的份儿，还要看你的烟草达不达标：顺利达标，就由县上的烟草局统一收购；而如果不能达标，则需要自己解决销路。当时把账算下来，索洛湾村响应县上的号召，积极落实种植面积，一亩地里的烟草收入，比起玉米等别的作物种植，要高上三到五倍。

烤烟种植是多么好的一件事情啊！

路建民在这件事上表现得特别积极，因为他也考察了索洛湾村的实际情况。村里的人，原来有抽烟习惯的人，都是在自己家的责任田里，赶着季节给自己种点儿。所以说，大家是有烟草种植经验的。再则是，村里人听到这个讯息后，态度也都十分积极。有了这样两个优势，路建民手掐把拿，认定种植烤烟，是一个能让全体村民走向富裕的好路子。

当年村里即有十多户人家响应号召，种植了烤烟，种植面积百余亩。

为了村里的种植户，能把烤烟栽种好、管理好，路建民多次往黄陵县城跑，找到县烟草局，请来专家。专家亲到烤烟地头，从种植时的地膜覆盖，到烤烟出苗后的病虫害防治，给予了全面的技术指导。

但是做了那么多努力，到了烤烟收获的季节，看起来一片碧绿的田地，收成却不怎么喜人。

最后总结经验得失，原来是他们索洛湾村的自然环境，并不特别适宜烤烟种植。这是因为，索洛湾村一带，地处繁密的次森林地区，气候与高原差异较大，光照时间不足，空气湿度太大。尤其到了收获季节，经常会遭遇阴雨天，影响烟叶的采收，导致"黑爆烟"产生，挂进烤烟炉里，再怎么调整烤炉温度，烤出来的烟草，在成色上都与收购所需的优质烟草，存在很大的差距……烟草部门也很无奈，原来约定的合同，也就无法执行。

村民受此一劫，元气大伤，最后就都忍痛低价转卖给了零售商。个别人家更绝，干脆埋掉，或是当作柴火在锅眼里烧掉。

烤烟致富的梦想，最后成了空想。

乡村社会在走市场经济道路的前期，就像瞎子摸象一般，遭受几个回合的教训，才能顺利发展……集体是这个样子，个体也是这个样子。柯小海与我交谈着，无意中说起了路遥的中篇小说《人生》，谈到小说中的人物高加林，读了几年书，无奈回到家里来，在家里人的鼓励下，找了个营生，就是在家里的土灶上蒸馒头，蒸好后装在馍笼里，苫上白布盖好，挎在胳膊弯里提着去县城卖。高加林拉不下面子，走在路上，还拐到一边的沟垴里，学着喊了几嗓子。结果到了县城的集市上，他还是张不开口，喊不出来……这种小说中的情景，居然在柯小海的现实生活里，真实地演出了一回。

那是他去店头镇，卖他们家种植的水稻和玉米。

水稻要精加工成大米，玉米也要精加工成玉米糁子……店头镇不比他们双龙镇，有许多国营的大企业，人家都是有钱的主儿，在吃上就很讲究了。也不知是谁，把他们索洛湾村种植的水稻，精加工成大米，拿到店头镇去，结果大受那里有钱人家的欢迎；还有索洛湾村的玉米，精加工后拿去店头镇，像大米一样，也很受他们青睐……柯小海像村里其他人一样，肩背着大米和玉米糁子，如高加林似的一路到店头镇来了，他无法如别人那么喊叫出来，只静静地蹲在店头镇的街市上，等着人来问价。这种坐等生意的结果是可想而知的，买卖是少见的，却也恰好给了柯小海一个观察市场的机会。他发现卖大米、玉米糁子的乡里乡党，都只操心自己的生意，所以鬼鬼祟祟地，你悄悄地压点价，他悄悄地压点价，最后都没有卖出理想的价钱来。

过往的教训，一桩一件，在柯小海选上索洛湾村二组组长的那天傍晚，像一场情节跌宕的话剧，一幕一幕，直往他的脑海里涌。

那个时候，柯小海刚从选举会现场离开，他没有回家，而是习惯性地走到窨子沟的沟口上。他是还想往里走的，再走进去一些，他就能看见土地革命时期建立索洛湾村党支部的那孔石窑洞了。因为天色已暗，柯小海就站在窨子沟的沟口上，遥望着那孔石窑洞，发现这个夜晚的月光，白朗朗如纱似雾，从高高的天空倾泻而下，把窨子沟填得满满的，满山的树木，还有沟底的溪流，都朦朦胧胧的，引人遐思……林中的归鸟，似乎不怎么甘于夜的寂静，一忽儿这里，一忽儿那里，传出两三声动听的鸟啭！

从那一刻开始，柯小海知道他不再是一个人行动了，他的一举一动，都将是一村人的举动，但他应该怎么行动呢？

这是一个问题，一个他如何带领全村人走向富裕之路的问题！

柯小海在窨子沟的沟口站了很长时间，直到把自己的腿都站麻木了，再站下去，窨子沟里向外涌动着的潮气，会把他全身浇湿浇透了，他才最后看了一眼月光下的那孔石窑洞，转过身来，向村子里回了……柯小海没有回他的家里，而是走向了党支部书记路建民的家，他心里已经有了一个成熟的盘算，索洛湾村想要改变面貌，走小康之路，最根本的是要收拾人心。

现在的索洛湾村，十个人有十条心，一百个人有一百条心……天下事，人心不齐是什么都做不成的。

柯小海想到此，一句当时流行的话，蓦然轰响在了他的耳边：人心散了，队伍就不好带了。

这句流行语，出自电影明星葛优之口。他是在一部电影里，借着电影主人公之口说出来的。他一说出来，这句话便扩散至整个社会，是朋友不是朋友，只要认识，见了面打招呼的话，就都成了这句流行语。之所以流行，好像还不只是个好玩的问题，而是充分揭示了当时的一种社会态势和风气。

柯小海从这句电影流行语里，照见了索洛湾村的实际，于是下定决心先从收拾村里人的心开始，来实现他的梦想。

四

柯小海已经找到一个突破口，那就是新建村里的学校校舍。

回到索洛湾村的几天时间里，柯小海到村办学校里走了走，他惊叹村办学校的简陋与破败到了几乎不敢多看一眼的程度。20世纪70年代普教时建成的村办学校，其间虽然有过几次维修，却也经历了二十多年的风风雨雨，到如今已是千疮百孔，摇摇欲坠……柯小海走进村办学校时，正值隆冬时节，他看见孩子们在四面漏风的校舍里，瑟瑟颤抖着读书学习，没有一个孩子的脸不是青色的，没有一个孩子的手不是肿胀的、生了冻疮的。柯小海不敢看，他闭上了眼睛，却又联想到炎热的夏天，要是外面山雨如瀑，教室里的孩子，还有老师，一个一个，不又都被漏进来的雨水，浇成落汤鸡了吗？

再苦不能苦孩子，再穷不能穷教育。

这句话尽人皆知，而且被用斗大的字刷成标语，到处都是。在索洛湾村村办学校里读书的孩子，哪一个不是自己村里的娃呢？一个一个，谁不是他们家里的宝贝疙瘩呀？

柯小海连夜找了路建民，到天亮时又去找了张军朝。

现在的柯小海，虽然进入了村级领导班子，但也只是二组的组长。村办学校可不是他们二组的学校，要新建，没有路建民、张军朝的支持，他是寸步难行的。还好，路建民、张军朝两位村里的老干部，他们是支持柯小海的，在分别听了柯小海的想法后，当即召开了村党支部和村委会会议，大家坐在一起讨论了柯小海的建议。

对柯小海重建校舍的建议，当时是都同意了。

但怎么重建？一大摊子的问题，你往会上摆一条，他往会上提一条……有人说了，先到政府的教育部门去找找，争取些资金帮助最好。有人说了，凑合着往前推吧，推一天是一天。有人说了，钱从哪里来，分摊给各家各户吗？柯小海把大家的意见听完了，知道再说下去，还是这些问题，咋扯都扯不出个头绪来，就不再避讳谁了，直截了当地告诉班子里的人。柯小海说，钱的事不要大家操心，他自己想办法就好了。还说，他需要的是大家的配合，猫冬的时节，都没啥活儿，把大家动员起来，义务投劳就行了。

谁家的孩子不求学呢？在那样的教室里上课，他们能不心疼吗？

会是开完了，也有了决议，但许多人在观望，并没有积极投入进来。但柯小海就不能了，他必须全力以赴，找寻合适的工程队是一件事儿，跑资金是又一件事儿，还有砂石、木材等一大堆事儿，没有一件是好办的。不过柯小海倒是一副胸有成竹的样子，在办这许多难办的事情之前，还把他家里存着准备做窗帘的布匹主动捐献出来，给没有门帘的教室，都做了棉门帘挂起来。再是教室里的煤炭炉子，一方面是没有煤烧，一方面是炉筒子破了无法烧，柯小海也就自掏腰包，买了新的炉子，买了煤，给孩子们烧起来。

村里的财政太窘迫了！柯小海在给孩子们制作棉门帘、买炉子、买煤炭时，没有心疼他口袋里的钱，他实在是心疼村上的孩子们，那的确是在寒窗里苦读啊！

临时性解决了学校孩子的取暖问题，柯小海便马不停蹄地开始了新学校的筹建。他在村里的"两委"会上说了，资金问题他来解决。话是那么说，他能怎么解决呢？粗粗地算了一笔账，新学校的建设费用，少说也得5万元吧！

5万就5万了，柯小海暂时还拿得出来。

其中材料费要占一大块儿。柯小海不敢说他有多大把握，能从有关方面争取到些支持。但他相信自己在外边跑了几年，还是跑出了些人脉关系的。所以他把组织村里人出义务工的事情，委托给了路建民、张军朝他们，他自己则出门去，先找了建筑队，把他们带回村里来，再规划地皮，开挖地基……柯小海看到村里的干部，还有党员骨干们，在路建民、张军朝的带动下，都争先恐后地到新校舍的建筑工地上来了，并且听从施工队的指挥，安排谁去河沟里挖沙筛石料，谁就去挖沙筛石料，绝不含糊，安排谁在施工现场挖地基，谁就在现场挖地基，自然也不含糊……而柯小海已经不是两头跑了，他是三头四头都得要跑了。寒冬腊月的，滴水成冰，不论下河沟挖沙筛石料，还是在现场挖地基，不沾水是不可能的，身上一沾水，就迅速结成冰碴子，冻得人不敢出手。然而不出手行吗？当然不行，所以就都在冰碴子里，摸爬滚打！村干部和党员们，不畏寒、不怕累，村里人是看得见的，因此他们不好意思再等待观望，也就三三两两地加入了进来。

几头跑的柯小海，自然是工地上最活跃的一个人。

那些个日子，他出门跑材料时，都要先到工地上来一下，大家挖地基，他跳下基坑也挖地基……到了河沟边，看见村里人挖沙筛石料，他也要跳下河沟挖沙筛石料……这些吃苦受累的活儿，咬咬牙，都好挺过去，不是最难承受的事。

最难办的事情，就是求人。

柯小海是没有其他办法的，他能缠着办事的人，就是他早先在伐木场干时认识的林场领导了。建设新的学校，砖瓦砂石地，柯小海想想办法，由村里解决就好了。关键是木材，教舍要用的房梁、檩条、木椽，以及门窗、桌凳，少一寸木材都不成。柯小海借着他认识林场的领导，就硬着头皮、觍着脸，一遍一遍去找了……处在深林之中的索洛湾村，遍地都是树木，但那是国家的财产，村里是没有处置权的。仅有的，是村里的人家，每人三年各有0.3方的屋宇维修用料；再者是，村里的老人，每人还可享有0.7方的寿材用料。这个规定给了柯小海底气，他头一趟到林场去，没有见着林场领导，留下话再去。他的锲而不舍，终于让他抓住了林场领导，这便与人缠了起来。开初，任凭柯小海说破天，林场领导都一句话，国家指标有限，他不能破坏。

柯小海被逼无奈，就把村里人按政策享有的那点指标抬了出来，与林场的领导说了。

苦口婆心，软缠硬磨，林场领导终于当着柯小海的面，给他批了一笔木材指标。

那位领导把批下来的指标给到柯小海手上的时候，对他说了：你柯小海是为村里的孩子办事哩，你办得好！

那位领导把批条交到了柯小海的手上。

柯小海急切地低头来看，他看得喜出望外！因为那位领导给他批下来的指标，比他自己申请的数量还多了一些！

柯小海大吃一惊又喜出望外的样子，全都进入了那位领导的眼里。他给柯小海解释了，让他放心去用，批给他的木材指标，是向县木材公司报告了的，这里有组织上的关爱。

前前后后，跨了一个春节，用了四十六天时间，即在春季开学的时候，把一所十开间的新校舍，奉献给了村里的孩子们。

五

孩子们开学那天，笑逐颜开，全都一脸的喜悦。

他们的父母亲，凡是参加了新学校义务劳动的，也都如孩子一样，兴高采烈，满脸的喜气！

整个新学校的建设，柯小海只负责干活与掏钱，管理工程财务的是张军朝。他精打细算，最后由柯小海垫付了3万元。不论张军朝还是路建民，都认为这个钱不能让柯小海一个人负担，必须是村里人平摊才合理。柯小海拒绝了，他给张军朝、路建民说，这个钱以后就不要提了。你们俩管理得井井有条，给我还省下了一笔钱哩。

柯小海这么一说，张军朝、路建民笑了。因为他俩知道，在商议建设新校舍之初，预算下来，柯小海是准备拿出5万元呢！最后只用了3万元，在他本人算来，自然是给他省下了。

省不省钱，柯小海看得并不是很重。重要的是，通过给村里新建校舍这件事，他对索洛湾村的现实，有了一个新的认识。那就是村民们都有积极向上的动力，而村干部，只要能够无私无畏地带领大家向前走，就一定能走出一片灿烂辉煌的艳阳天！

与柯小海在他们村办小学里说着这些话时，正有学生坐在宽敞明亮的教室里，跟着老师大声地读着书。我很想赞扬他几句的，但被柯小海敏锐地发现了。他没有让我说出来，而是抢在我说话前，给我说了这样一句话。

柯小海说：给村里新建学校，倒使我学会了砌墙、粉刷等技术活儿。

我听得开心，就与柯小海交流起我俩在这次交谈中常常要说的路遥来。我说了：《平凡的世界》里有句话，你可记得？我这么问出来，想着柯小海一定回答不出来，就张口来说了。可我才说出两个字，柯小海就跟着我也说了出来。

我俩说："人处在一种默默奋斗的状态时，思想就会从生活的琐碎中得到升华。"

第 6 章

苏醒的土地

每个人都有一个觉醒期，但觉醒的早晚决定个人的命运。

——路遥《平凡的世界》

一

春寒料峭的日子，双龙镇召开年终总结大会，柯小海代表索洛湾村参加了。

年少的时候，柯小海跟着在索洛湾村当支书的老父亲柯玉荣参加过那样的会议。他能感受到参加会议的人，洋溢在脸上的那种荣耀感，以及责任感，还有参会者了解学习他人经验与心得的渴求。那时候的柯小海，没有地位，没有资格，是跟着老父亲柯玉荣"混会"的。这一次不同，他有了地位，也有了资格，可他却没有感受到一丝一毫的快乐，有的只是无奈与辛酸。

双龙镇的年终总结大会，议程是明晰的，就是总结过去一年的成败得失，安排当年的工作，最后就是表彰先进村组了。

表彰分三个档次进行，以鼓励和激励为主。柯小海仔细地听着，也热切地等待着，满心期望索洛湾村能有一个奖项，哪怕是个小小的安慰奖也好啊！可是直到最后，柯小海能够做的，只有鼓掌，一遍一遍地给别的村组鼓掌。开始时，柯小海把他的巴掌鼓得动作大，响声也大。鼓着鼓着，鼓得他的巴掌心都疼了呢，就还惯性地继续鼓，却鼓不响了。到最后，别说鼓不起来，便是连鼓掌的手都抬不起来了。

索洛湾村在双龙镇的年终总结大会上，没有获得一项荣誉。

柯小海坐在台子下，只觉得他坐的不是光溜溜的靠背椅子，而是插满了尖刺的刑具。他当时就把高昂着的头低了下来，夹在两腿之间，脸上只是感到烧，红到耳朵根上的烧！

双龙镇的这次年终总结大会，像一枚钢钎，深深地扎在了柯小海的记忆里，他是永远都忘不了了。

我在发展起来的索洛湾村，与柯小海再次谈起那次大会时，他依然还会脸红。这可是太好玩儿了，我因此说他了，你看你呀，脸皮那么薄！他不同意我的看法，说我没有参加那样的大会，要是参加了，就知道了。

柯小海说：你无法想象，我们索洛湾村竟然连个名号都排不上。

柯小海说：丢人啊。太丢人咧！

满腔的屈辱、失落和不甘，柯小海不能让索洛湾村一直丢人下去，那比钝刀子杀头都要难受呢！他本来还想在双龙镇待上一待，找一找镇子上的领导，谈一谈他们索洛湾村未来的发展，但他没脸再待下去了。

从大会会场低头耷脑溜出来，柯小海就如一缕没有生根的风，飘飘荡荡地往村里走去……那么重要的一个会议，索洛湾村两手空空，直到要回到村里的时候，柯小海才回过神来。

二

回过神来的柯小海，不再因为两手空空而懊丧颓废，反而是信心满满了。

这是因为他看见了春节前后，村里人团结一心，为他们村新建起来的那所校舍。这就证明，索洛湾村人是不甘落后的，只要路线对头，方向正确，他们是能够迸发出巨大的力量，是能为改变索洛湾村而做出贡献的。

双龙镇召开的大会，不仅没有表彰他们索洛湾村，反而提出了批评。这样的批评放在以往，也许并不会引起谁的不快。索洛湾村现实就是那个样子，村容村貌太不讲究了，长期以来，各家的院落及牲口棚，还有村道，相互粘连，纠缠不清，卫生状况那叫一个差……别说柯小海看不惯，村里人都有意见，如遇雨雪天，臭水横流，泥泞难行，人走在村道上，抬起腿找不到下脚的地方。特别让人难堪的是，你家的牛是拴在自家门口的，但屁股却拧向了邻居家，尾巴一抬，一泡牛粪稀里哗啦喷在了人家大门前；他家的驴子也拴在自家门口，同样地又把屁股拧向了人家门前，拉屎了，驴粪蛋儿骨碌骨碌直往人家门前滚……这便严重影响了左邻右舍的关系，眼看着不说吧，心里憋屈，说了吧，又会闹腾出矛盾来。

柯小海之所以信心满满，是因为他想要借着给村里孩子新建校舍的那一股子劲头，开展一场村容村貌大改造，以此拉开他治理索洛湾村的序幕。

柯小海想到了就要做到，他建议路建民、张军朝开个村级"两委"会，重点讨论改造村容村貌的问题。他们俩倒是支持柯小海的，但到了全村村民动员大会上，很多人却不同意。不是一般意义的不同意，而是非常强烈的反对。他们的说法让人听来，既啼笑皆非，又无可奈何。牛啊猪啊，不安顿在院门外，难道还要把那些个牲畜们请进家里吗？厕所挪到自家院子里，别人不臭自己臭呀！村民们说得兴起，就还数落起了柯小海他们村干部，说选举他们当村里的家，是要他们管理村里大事的，这种鸡毛蒜皮的事也要管么，管得也太宽了，再管怕都要管到人家炕头上去了吧！

柯小海倒是沉得住气，他没有反对别人说话。

柯小海很仔细，也很耐心地听那些人说话。那么说话到底是为了什么？真的是没有私心，还是因为改造村容村貌，会触及他们的利益？柯小海听得明明白白，看得清清楚楚，在大会上表现激烈的几位，恰都是家门口占地最多，给大家带来麻烦最多的几户。柯小海不急不躁，他观察着会场上的形势，发现大多数人和大多数家庭，是拥护他改造村容村貌的，这使他有了底气，就不打算顾忌那些个反对的声音了。

不过对大家做进一步说服工作，还是很有必要的。

在充分听取村民的意见后，柯小海的态度就更明确，也更坚决了。他向大家宣传说："我把咱们村上的家家户户都走了走，我有一个发现，不知大家看到没有。家里干净的人家，客人来得就多，家庭条件也好一些，娶媳妇好娶，有女子愿意来，嫁女子也好嫁，提亲的人来得多……不是我说话难听，好听的话能够当钱使，我倒是乐意说，可是一点用都没有；反而是难听的话，常常很有用处，会给自己带来好处。"柯小海越说越气长："想要与人交好，先把自己收拾好。你家院子门上，屎尿横流，可不是别人泼给你的，是你自己不给自己好脸色！咱把丑话说在前边，改造村容村貌，是解决索洛湾村发展的大事情，你是积极的还是消极的，大家都看得很清楚，到时候党和政府的政策下来，要帮助咱们了，就没有你消极者的事儿。我们村干部是讨论了的，要帮助就先帮助有上进心、对村集体号召的事情态度积极的人。"

没有想到，过去不咋说话的柯小海竟然是个很能说的人。对这一点，那天连他自己都有些吃惊。

他前边已经说了那一堆，心里还有话说，就不歇气地继续说了。

柯小海说了："我前面是拣轻的来说呢，后面就不客气了。你以为把牲口圈和厕所摆在当街上，你就占便宜了吗？我给你说，那是没有公德，是给自己脸上抹屎哩！外人不说你，是人家瞧不起你，是你自己没出息！自私得只知道守着自己那点脏乱破旧的坛坛罐罐过日子，就不能把身子挺起来，把眼睛往远处看看，就算咱穷，也要穷得有个样子吧！不是我夸海口，把咱们索洛湾村的环境整治好了，才有咱们的出路。有儿子娃的，给娃娶媳妇也能娶得亮亮堂堂；是女子娃的，嫁女子也能嫁得光光彩彩。"

柯小海的一席话，把大家说得沉默了。

这样的沉默，其实就是对柯小海整治村容村貌工作的认可，更是对他那一种干事风格的认可。

翌日清晨，天才麻麻亮，柯小海与村"两委"干部即逐门逐户查访，对要进行整改修葺的，做进一步的说服动员，给他们限定了时间。到半上午的时候，村容村貌改造工程队，就浩浩荡荡地开进村里来了。

情况看起来还很乐观，绝大多数村民家庭都很配合村级"两委"会的决策，自觉行动，拆除了他们侵占村道的牲口圈，以及自己家的厕所。几天时间过去了，该拆除的基本都拆除掉了，而"钉子户"就也这么不讲理地突显了出来。他们不仅不拆除，还坐在自家大门口，耍赖撂凉腔，一副死猪不怕开水烫的架势。过去，谁这么来是有便宜占的，但这一次，对象变成了柯小海，还想占便宜可就不那么容易了。对此，柯小海心知肚明，他做了村上的干部，就不能放任唠叨人家再占便宜，那是对厚道人家的一种伤害。柯小海一定要扭转这一不良传统。他心里是这么想的，也已看见村里那些听从号召，把自家门前清理出来的人，都把希望寄托在了他的身上，他不能让大家失望。

那么他该怎么干呢？柯小海知道鲁莽是解决不了问题的，所以他把"钉子户"们先晾了几个日头。

在这期间，他一刻不停地督促能够施工的村段道路，就先热火朝天地干起来，把"钉子户"孤立着，让施工队只管往"钉子户"逼近，逼得他们自己都要不好意思了，柯小海这才出面来做他们的工作。他把做他们工作的时间，全都安排在晚上，自己一个人到他们家里去，是老叔了他大声地叫他们老叔，是老哥了就也大声地叫他们老哥，坐在他们的炕头上，先不说他们"钉子户"的事情，而是与他们家长里短地说些别的话，说得他们心慌着急，自己抢上来与柯小海说他们"钉子户"的事了。到这时候，柯小海是一定要向他们征求意见的，检讨他年轻，有什么事做得不到位，就让他们多多担待，要给他说，是他的问题他改正……柯小海这么说来，让"钉子户"里的多数，不好再拗劲儿了，就也自觉地配合村容村貌的改造了。剩下极个别的，对索洛湾村的现状非常不满，言辞也很激烈。柯小海不与他们急，只是向他们保证，要他们相信他，三年后看，索洛湾村还是旧模样，他自己辞职。

柯小海对"钉子户"的保证，不是仅限于"钉子户"，而是光明正大地说给了全索洛湾村的人。

有了柯小海的保证，"钉子户"后来就都把各自门前需要改造的路段，足尺等量地扒出来，交给施工队了。

三

柯小海的思路一个接着一个，把索洛湾村里的街道改造整治出来，没有歇气地就又修起出村的大路了。

柯小海的理由，在那个时候叫得特别响亮，到处都在说，"要想富，先修路"。他找来写字好看的人，把那六个字，用白灰水刷得满村人都看得见。那六个大字，像是六只大大的眼睛，看着村里每一个人。大家跟着柯小海，还有村"两委"干部，以及村上的党员骨干，把他们的血汗，就都抛洒在了修路工地上。

这是柯小海所乐见的。他在动员大家的时候，没有说一句空话、虚话，他只是给大家说，咱们把村道改造整治好了，不只好看，还方便。仅仅村子内部方便，还不能算是方便，还要方便咱们走出去……柯小海的这些话一说出来，村上人就听明白了。因为满村人，无一例外地都吃过出村道路不好走的亏，正像村里人自己说的："天旱了是扬灰路，水涝了是水泥路"，如果不幸遇上滑坡，就干脆断了头而不能走。

为了索洛湾村未来的发展，修好出村的道路，就是修好索洛湾村致富的路。

正如柯小海带领村里人新建村办学校一样，改造村容村貌，修建出村的大路，不是在寒冬腊月，就是在春寒料峭的日子里。这三项工程，用量最多的就是砂石了。小河沟里最先是结着冰的，后来冰化了，冰碴儿还在。柯小海看到施工现场的砂石跟不上，就撺到采取砂石料的小河沟去，把裤腿挽到膝盖上，跳进冰河里，与大家一起采砂采石……因此我在采访他的时候，趁他不注意时，还伸了手，把他的裤腿撩起来，看到了他那时在冰河里受冻留下来的伤痕。

3000米的出村大道，改弯取直，把陡坡变成缓坡，很好地与县级道路连接成网，村里人不论什么时候，要去什么地方，都能顺顺当当地去了。

修建出村道路，柯小海还是让张军朝管着账目，最后算下来，柯小海又从自己的积蓄里掏出了近4万元。

张军朝和路建民跟他说起那笔花销，柯小海很轻松地说了一句话：我就只盯着一件事，把路修成就好！

一连三件事情，对索洛湾村人来说，没有一件不是大事情。不仅柯小海看到了，路建民、张军朝也都看见了，村里人的精神面貌，正悄悄地发生着变化。那样的变化也许不能算大，但足以证明，索洛湾村村民们休眠着的心，逐渐醒过来了。这是最重要的，今后还有什么事情不能做呢！

大家可以放心大胆地迈开步子，走小康的道路了。

就在这个时候，村党支部开会研究了柯小海申请入党的事儿。支部会上，大家毫无异议地同意了他的申请。因此，柯小海光荣地成为一名中共预备党员。年终到了，柯小海再次去双龙镇参加镇上的总结大会。柯小海自己倒不觉得，一年来他们索洛湾村发生了多么大的变化，但周围村庄，以及镇党委和镇政府的领导，还是十分认可他们工作的，并且很信任他们，在会上还点名把他叫上主席台，并给他们索洛湾村颁发了一个组织奖！

先在村里由路建民担任介绍人，柯小海成为一名共产党员，接着又获得双龙镇的表彰奖励，别说年龄越来越大的老父亲柯玉荣高兴，给了他一次难得的笑颜赞许，便是村里人，也都无不对他刮目相看，认定他是索洛湾村干梆硬正的好带头人！

群众的眼睛是雪亮的，他们的心里有一杆秤。

那杆秤称的是良心！与柯小海在一起的日子，他不断地给我说起这句话。他把这句话说出后，还会很自然地把话题转移到群众身上来。他说得非常真诚，他认为"群众路线"永远是一条康庄大道，做任何事情，只要相信群众、依靠群众，就没有做不到、做不好的。为此，柯小海更加坚持集体主义的立场。从那年年初做的三件事情说起，他坚信竞争激烈的市场，可不是哪个个体能够弄起大潮，翻起大浪的。索洛湾村要发展，要成长，不抱紧"集体"大树，给"集体"这棵大树施肥灌水，就一定不会有大出息！

唯有集体才能办大事，成大业。

柯小海是把他的心交给索洛湾村集体了，他把他的人也像大树的根一样，埋在了索洛湾村集体的土壤里了……当时在双龙镇担任镇党委书记的张浩云，对此感触就特别深。

我看到一个资料，说的就是张浩云对柯小海的记忆。他在那份材料里，没有粉饰他们那时的工作，而是非常中肯地检讨了他们那时的工作：不去说深山沟里的索洛湾村了，就是他们镇子上的工作，也表现得十分刻板，太缺乏灵活性了。除了计划经济留下来的那些过时的工作方法，基本上少有新的措施出来。作为镇党委和镇政府，他们做事的出发点和落脚点，都没有问题，希望自己区域的老百姓能够致富。但是在怎么致富方面，方法少得可怜……柯小海出来了。他在双龙镇的出现，让人既兴奋，又担心。张浩云说他因此还批评过柯小海："我批评了他，无论对还是不对，柯小海都能虚心接受。这叫我不能不钦佩他，也很欣赏，并想要帮助他。"

柯小海的确是乡村社会难找的一位致富带头人。

张浩云这么肯定地评价柯小海，我是很服气的。能承认自己工作上的不足，是很让人敬佩的。正是因为张浩云有着这样的胸怀，而且品质高洁，所以他在主政双龙镇工作的时候，想着办法要扩大基层干部的视野，提升他们的工作能力。

张浩云首先带头解放他们镇党委和镇政府的思想，采取走出去的方式，亲自出马，带领柯小海等双龙镇年轻有为的干部，参加"杨凌农高会"，在会上开阔眼界，找寻合作项目；还抽出时间，到外省市村集体经济搞得有声有色的村上去，向人家请教，拜人家为师。他们还深入距离他们比较近的厂矿企业，在厂矿企业中寻找商机……应该说，这是一种非常好的做法，以学习为目的，开拓新思路，让柯小海的眼界与认识，都得到了非常大的提高。因此，柯小海对他们索洛湾村，也就有了新的发现，他察觉到他们森林环绕的村庄，自然环境可是别处所少见的，那么优美，那么得天独厚，这可是求之不得的呢！

在这样的环境里，土地也该是独特的，充满了一种别样的灵性。

四

柯小海四处跑了跑，在他获得了这样一种感受时，他刚从外地回到家里，给他人生经验丰富的老父亲柯玉荣都没顾上说，自己把过年时剩下的半瓶老榆林搜出来，拧开瓶盖，嘴对了嘴，便是一顿狂饮……土地，还是土地，是老父亲他们一样热爱的土地啊！

过去的日子，虽然不能说他们索洛湾村的土地在睡觉，但真的没有能够充分发挥土地的能力，以及土地的潜力。

如同得道者豁然顿悟一般，柯小海有了这样一个认识，兴奋得想要跳起来，还想要喊，想要叫……一大口烈酒在他的体内作用着，仿佛他的身体就是他们索洛湾村的土地，他要让自己与索洛湾村的土地，一同苏醒过来，成就索洛湾村土地的无限能力，成就索洛湾村土地的非凡贡献！

上级领导那次批评柯小海，批评得很严厉，最主要的，还是要他落实县上下达的烤烟种植任务。

实践证明，索洛湾村的气候条件和土地，不适宜种植烤烟。村民们已经被种植烤烟伤透了心，不讲自然环境，按照任务要求继续种植烤烟，只会进一步伤害群众的利益和情感……柯小海不是要故意反对，他是要从实际出发。在索洛湾村里，他与经验丰富的庄稼把式们，既认真地探寻索洛湾村的气候条件，又仔细地探寻索洛湾村土地的属性。得出一个基本判断后，柯小海还走出索洛湾村，自掏腰包，到我国唯一的农业高新技术产业示范区杨凌，以及农业科技发达的西安，把那里的技术专家请到索洛湾村来，一起探讨村子的发展方向与路径。

在这个时候，柯小海没有护短，他把他们索洛湾村许多年的传统种植、养殖情况，以及听从上级安排所搞的一些特色种植、养殖结果，都说给了请来的专家们，征求他们的意见。

应该说，这可是柯小海的一个长处哩！

俗话说"处处留心皆学问"。柯小海不仅处处留心好学，更重要的是，在学习的同时，善于结交有学问的人，与他们能够很快成为心心相印的朋友。

诚信换诚信，真心换真心。柯小海请来的专家朋友，对索洛湾村的自然环境进行了深入的科学考察，以及卓有成效的评估，最后拍板下来：索洛湾村周边的山林，适宜种养蘑菇和木耳，可以充分利用这一自然禀赋，大力开展蘑菇、木耳的种养；与此同时，还可以实验性地开展大棚蔬菜的种植，以及稻田鱼儿的养殖。索洛湾村因此走上了一条多业并举、多渠道发展的新路子。

寻找发展的路子难，更难的是推广实行。

柯小海在与请来的专家朋友反反复复调查，反反复复论证后，确定下了索洛湾村不离乡、不离土，就在自己村里创市场的思路。他召集全村开村民会议，动员大家。在会上，柯小海把他与专家们调查论证的详细情况，和盘端给了大家，要大家各抒己见，然后统一思想，统一行动，让村里每一个家庭、每一个人致富……也许是过去的教训太深刻了，大家记忆犹新，因此对柯小海与专家们拿出来的这个致富方案，还有不少疑惑，所以在柯小海宣布完整个方案后，村民们的讨论还是非常热烈的。柯小海仔细地听着，听到最后，他总结了这么几条。

譬如种养的蘑菇、木耳，销路怎么样，好解决吗？

再譬如稻田养鱼，会不会影响水稻的生长，让水稻减产了怎么办？是不是需要黑黑明明守在地头看？

还譬如大棚蔬菜的种植，成本高不高？政府有补贴吗？市场在哪儿？可不敢种出来了烂在地里！

村民们的问题都很具体，也都非常符合实际，柯小海听着听着就很感动了。会前他是想了呢，最怕村民不说话，那就不好办了。现场的情况使柯小海特别受鼓舞，大家提出来的问题越多、越具体，也就越好。把未来可能出现的问题，都消灭在实践前，是最好的结果呢。

兴奋着的柯小海，等村民们再说不出什么了，就站起来给大家一一解答了。

柯小海先从种养蘑菇、木耳说起。他说这可都是山珍哩，城里的市场大了去了！索洛湾村所处的地理位置，是种养这些山珍的最佳场所，种养得再怎么多，都不够城市消费的呢！说罢了蘑菇、木耳，柯小海又说起了稻田养鱼，以及大棚蔬菜。他是这么说的："蘑菇、木耳咱们村里人都不陌生，不用太费心就都上得了手，而稻田养鱼、大棚蔬菜，咱们过去没有搞过，别说大家不熟悉，我也不熟悉呀。许多事情要在不熟悉的时候去做，才可能获大利。对此，我不想说大话，也不想硬拉着大家去冒险，愿意的我欢迎，咱们先走一步，走好了，走对了，走出市场来了，大家跟上走也好。总之，我是与外边的经销商都谈好了的，咱们种养的蘑菇、木耳，还有稻田里养成的鱼、大棚里种植的蔬菜，应时应季，一定会销售出去的。"

柯小海没有强求大家都跟着他来干，是他理解村里人的担心并不是没有道理。过去，大家尝了不少这样的苦头。所以他是想了，绝对不搞一刀切，慢就慢点儿，谁愿意先走一步，他就和他们先走。

结果很是不错，就有人甘心跟着柯小海先"吃螃蟹"了。种养蘑菇、木耳，以及稻田养鱼和大棚蔬菜，呼呼啦啦地就在柯小海的带领下，在索洛湾村子里搞起来了。

与此同时，柯小海还对索洛湾村的传统优势种植也进行了新的包装，那就是他们村里人家都在种植的水稻与玉米了。原先大家只管种植下来，把水稻碾成大米，把玉米磨成糁子，扛着去店头镇的什么地方，自己村里人与自己村里人竞争，把那么优质的大米、玉米糁子，卖成了普通大米、普通玉米糁子的价钱，太吃亏了！现在要联合起来，形成一个拳头去打市场，这样村子里的优质大米、优质玉米糁子，就能卖出优质的价钱来。

柯小海在索洛湾村里是这么给大家宣传的，而且他已胸有成竹地想好了品牌的名称，不叫"索洛湾牌"，而叫"双龙贡米""双龙玉米糁"。

村里有的是明白人，柯小海这么一宣传，当下就有人跟进，夸赞他的主意好。

但关于不叫"索洛湾牌"，而叫"双龙贡米""双龙玉米糁"，大家是有些不同意见的。大家认为要打牌子，就要把索洛湾村往出打，让索洛湾村的名声响起来！响起来，今后生意就更好做了！对于村上人的这一观点，柯小海不能说错，但他觉得大家狭隘了。他因此做起了大家的工作，告诉大家："咱们如果把市场打开了，咱们索洛湾村那点儿大米、玉米糁子不够卖怎么办？咱们把双龙地区的大米、玉米收购到村里来，再往市场上推，那就是欺骗市场！这可是生意场上的大忌呢，会坏了咱们索洛湾村的生意！而一开始就打出'双龙贡米''双龙玉米糁'的牌子，不论咱们把市场做多大，咱们也是货真价实，不欺不瞒，这多好啊！"

柯小海想问题常常就是比别人深，比别人远。

柯小海在索洛湾村里这么宣传下来，就没有人不懂他的用心了。大家把过去分散经营的索洛湾大米、索洛湾玉米糁子集合起来，由村上出面，统一印制了包装袋，既美化了包装，又完成了规模化生产与营销，使他们的优质大米、优质玉米糁子，破天荒地成为他们村走向市场的一个拳头产品。

后来的情况，正如柯小海所预想的，双龙地区的大米、玉米，几乎都被收购到索洛湾村来，进行加工销售了。

五

回过头总结那一年，柯小海给我说了，那是他最累也最开心的一年。

我听柯小海这么总结他的那一年，就突然想起路遥在长篇小说《平凡的世界》里说过的一句话。他是这样说的："每个人都有一个觉醒期，但觉醒的早晚决定个人的命运。"

我想到了，就还不失时机地诵读给柯小海听，把他听得好不快活，就还接着我的诵读，也把路遥的那段话，诵读了一遍。

人的觉醒，土地的苏醒，就这么在索洛湾村，有机地融合在了一起，并且产生了让人难以置信的效果。"双龙贡米""双龙玉米糁"的市场在不断扩大，稻田里养殖的鱼儿、大棚里种养的蔬菜，已然市场广阔……2000年年底时，索洛湾村就先后建起了四十座蔬菜大棚，六户蘑菇、木耳培植家庭，他们大家当年无不开开心心地见到了大成效。单单柯小海自己的两亩大棚蔬菜，就收益了7000多元。

到2001年时，已经不需要柯小海动员了。

榜样的力量是无穷的。索洛湾人的眼睛不瞎，账都算得很清楚，大家跟着柯小海，就都积极地开始了大面积的大棚蔬菜种植。其中更为新鲜，也更具科学意义的温室大棚就建设了五座，每座的建设投资都在9万元以上，与大型温室大棚相辉映的还有一百多座小型温室蔬菜种植大棚……双龙镇的年终总结大会，又在镇党委、镇政府的主持下隆重召开了。柯小海像前次一样，坐在台下听会了。

这一次，他们索洛湾村，再不是那个落后村了，当然也不是陪衬了。柯小海和他们索洛湾村，光光彩彩地如同主人一般，几乎拿走了双龙镇各类奖项的全部一等奖！

索洛湾村是红火起来了！

柯小海是红火起来了！

但在这红火的背后，有多少辛酸，有多少操劳，是柯小海还要总结的呢。他号召大家积极开展大棚蔬菜种植，就自己带头先做起来；他号召大家开展稻田养鱼，也就自己先搞起来；他号召大家开展家庭蘑菇、木耳种养，自然也要先做起来……然而这些都不是最重要的。重要的是他自己做好了，村里人向他学习，他就得不厌其烦，既帮助愿意学习的人家联系贷款、联系菌种、联系菜种，又还有技术问题需要跟上。这时候的他，就成了大棚蔬菜种植技术员，成了稻田养鱼技术员，成了蘑菇和木耳养殖技术员。他给大家上门去做这样那样的技术培训，不分时间，不分地点，随叫随到，完全是义务的，一分钱报酬都没有。

柯小海太忙了，他不仅要照顾好自己的种植与养殖、村里人家的种植与养殖，还要跑镇上、跑县上，继续新型农业产业技术的学习，以及销售渠道的建立与疏通。此外，农业银行、农村信用社，也是他要经常跑的地方……那个时候流传有一句话，村里人很不客气地用在了柯小海的身上，说他真的是"起得比鸡早，睡得比狗晚"。他认可村民们对他的评价，因为他出门时，村子里常常还是一片黑，而回到村里时，夜深人静，偌大的一个索洛湾村，已经沉沉地进入梦乡了！

现在来看，索洛湾村的发展是那么好，人心是那么齐，产业是那么顺溜。

柯小海自己不说，谁会知道他在农业银行、农村信用社跑贷款，受了多少冷落，吃了多少闭门羹，还有学习各类种植、养殖技术，又熬了多少个夜……柯小海从不隐瞒他的文化知识存在短板，为了学习农业技术，他是拼上命了。能在自家院子自学的，就点灯熬油在家里学习；艰深一点儿的，要去县上、市上，甚至省上，他就毫不犹豫地攥着去，甘做农业技术的小学生，不把技术学会学好就决不罢休。

公道，能干，善良。

双龙镇当时的书记张浩云，不仅那个时候是这么评价柯小海的，便是过去了许多年，现在再来评价柯小海，依旧要说他当年说过的那些话。

张浩云说得既认真又诚恳，他早已说过：柯小海对村上的事情极度热情，这样的好苗子，不仅要培养，而且要重用。

　　在张浩云的眼里，柯小海已经成长为一名十分合格的村级领导干部了。接下来，在柯小海转为正式党员的时候，即在索洛湾村全体党员参加的大会上，他被力推为村党支部书记。

第 7 章

泥泞的跋涉

要知道，春天的道路依然充满泥泞。

——路遥《平凡的世界》

一

年纪轻轻就担任了村党支部书记，柯小海自己没有想到，"革命老干部"柯玉荣也没有想到。

有着坚定革命初心的柯玉荣，在儿子柯小海被推举为索洛湾村党支部书记的那天，没有在大会上说什么，但在柯小海回到家里后，他把柯小海叫到身边，语重心长地说了。老人家说得非常动情："你小子能耐大，这就把一个村子的当家人当上了。老爸要给你说哩，不当家不知柴米贵，不当家更不知道人难带。咱们索洛湾村的党员信任你，村民们拥护你，是要你无私无畏带领大家致富奔小康哩！你可是不敢让大家失望呢！但凡你做得不到位，做得不好，你老爸我死不瞑目！"

老父亲的几句话，把柯小海说得差点儿落泪。

他咬牙忍住了。不过他在心里下着决心，绝不辜负索洛湾村党员和村民们的重托，把大家过日子的重担，挑在自己肩膀上，哪怕压断了腰，在地上爬也绝不后退，手脚并用，也保证带领索洛湾村迈上更高的台阶，走向更远的地方，实现更远大的目标。

应该说，柯小海对此充满了信心。

然而就在柯小海充满信心，要为索洛湾村的发展大展拳脚的时候，一个历史遗留问题，非常突出地摆在了他的面前。那就是村子里养殖的那群肉牛了。想起这件事情，别说柯小海要骂娘，路建民、张军朝，还有村里有良心的人，是都要骂娘了呢！

"要知道，春天的道路依然充满泥泞。"就在柯小海为这件事情而苦恼、烦心的时候，善于读书学习的柯小海，从路遥的长篇小说《平凡的世界》里，翻出了这样一句话。这句话给了柯小海非常大的启发，便是我来到他们村采访他，与他交流谈话说到了那件事时，他没有先说那件烦人的事，而是先诵念出了路遥的这句话。

柯小海把这句话诵念出来后，突然就表现得很轻松了。

柯小海因此说了：世上没有一马平川的坦途，任何时候，都会有你想象不到的问题和困难，如同挡道的老虎，或是拦路的熊豹，你不把它们清除掉，向前的道路就走不通。

而引出这个历史遗留问题的，居然还是养牛的事情。

如果不是因为新的养牛问题，突然出现在索洛湾村村民的面前，大家把集体养殖的那一群肉牛几乎都要忘了呢。眼不见，心不烦。那群牛被大家忘记了，是大家的福，记起来想着，就让人烦恼，让人头痛。但有什么法子呢，那毕竟是一个现实的存在，柯小海不能忘记，路建民、张军朝和村里人也不能忘记，因而那件事情就如鲠在喉地难为着他们……突然地，黄陵县再次把双龙镇确定为秦川牛养殖基地，而这个基地又一次落户在他们索洛湾村。

为了开展这项工作，镇党委书记张浩云亲自找柯小海谈话，要他务必支持县里的这项产业扶贫工作。

柯小海给我说起这件事情时，很有些难为情的样子。我看着他乐了起来，说起了一件看似与此事毫无关联的事情。我之所以要把那件看似无关的事情说出来，是因为我那个时候在西安报业集团工作，负责着一份发行量十分可观的报纸，知道这件事的来龙去脉，可是还有些说道的呢。那年英国的牛"疯"了（疯牛病），香港人上百年来吃惯了英国的牛肉，英国的牛一发疯，当下断了香港的牛肉供应。他们全世界寻找可以替代的牛肉，内地的秦川牛、南阳牛、鲁西牛、延边牛和晋南牛，一起被弄到香港去，进行了严格的物理分析，以及口感调查，最后确定下来，秦川牛的肉是最佳选择，不仅可以替代英国进口牛肉，还可以成为长期供应伙伴。

这是一个多么好的商机啊！陕西省把这样一个好商机抓在手里，自然要花费一番工夫了。

黄陵县山林茂密，草场广阔，因此就也被确定为秦川牛养殖基地。张浩云把柯小海叫到双龙镇镇党委来，郑重其事地给他下任务做工作，就是怕他不接受任务。因为张浩云书记心里有一本账，他知道索洛湾村那段养牛的经历，可以说非常失败，再给他们压任务，工作就不好做了。果然是，张浩云书记刚把饲养秦川牛的话题说出口，柯小海就被吓了一跳，眼睛睁得大大的，张嘴就要反对……张浩云可是不能让他反对的，要把他反对的话堵在嘴里，不让他说出来。

怎么能让他不说出来呢？

张浩云心里清楚，就只有更坚决地给他说。说：你们索洛湾村的实际情况，镇子上都了解。那时的情况与现在的情况，发生了根本的变化。那一次盲目了，没有准备好，给村里带来了困难。这一次是省上的决定，县上又做了充分规划，从品种选择，到饲养过程，都有专门的科技人员扶持。你不要有顾虑，镇党委对你有信心，这个头，你带也得带，不带也得带。我把话就撂给你，你回到村上去，只管抓落实就好。

张浩云书记最后说：资金配套供应，我不会让你为难。

张浩云书记把话说到这里，柯小海还能怎么办呢？他吞吞吐吐，欲言又止，张浩云书记看在眼里，站起来走到柯小海身边，抬手在他肩膀上拍了拍，示意他不要说别的话，而自己还有要做的事，顺便送他走了。

在张浩云书记的陪送下，柯小海走出了镇党委大门，告别了张书记，独自往前走了。他都走了有一段路了，张书记又把他叫住，并向他靠拢过去，给他又说了一件事。

张浩云书记给他说：有个"速生杨"的项目，给你索洛湾村50亩怎么样?

二

自小生长在林区的柯小海，把他们村子周边的山林都钻遍了。他认识的树木成百上千，但张浩云书记说的"速生杨"，他还是头一次听说。不过他凭着字面的意思即知道，是一种生长速度快的杨树。刚刚给柯小海下达了养殖秦川牛的任务，这还没过多长时间，又给他下达"速生杨"的栽种任务，张浩云书记自己都有些不好意思了。

张浩云与柯小海两人，就那么站在双龙镇的街道上，不断有人从他俩身边经过，有认识他俩的人，躲不过去，就都要问候他俩……柯小海看见，张书记的脸都红了呢!

红着脸的张浩云书记，等着柯小海表态。

柯小海没有想到，张浩云书记这么一会儿时间，就给他下达了两项任务，他的确有点吃不透，吃不消。但他不能让张书记就那么红着脸与他站在镇子的街道上，这是对关爱他、支持他的张书记的不尊重。柯小海必须表态了，他在表态前，还问了张书记一句话。

柯小海说：书记呀，您有任务，在您的办公室不能都说了吗?

柯小海说：您在镇子街道说，我有压力。

柯小海的两句话，把张浩云书记说乐了。他也还了柯小海两句话。

张浩云书记说：我想要个脸儿红。

张浩云书记说：你怕见我脸红吧。

还说什么呢？说什么都是多余的。柯小海点头答应了张浩云书记。回到索洛湾村来，柯小海心里想着如何把张浩云书记交代给他的两项任务完成好，便不由自主地走去了窖子沟，在窖子沟沟口上站了很久很久……远处沟垴的崖壁上，那孔石窑洞在阳光的照耀下，散发着一种神奇的亮光，大伯柯玉斌他们土地革命时期的许多故事，再次鲜活地浮现在了他的脑海里。

先辈们的故事，在这个时候，与张浩云书记给他的嘱托，结合在了一起。

张浩云书记与他在双龙镇的街头，站着说了那一番话，不仅是领受秦川牛养殖和"速生杨"栽种任务的问题，他的话语背后，是还有他不好说没说出来的话哩。对此，柯小海心知肚明。张浩云书记之所以给他们索洛湾村压担子，压上一个，还要接着再压一个，是因为他既相信索洛湾村的群众基础好，又信任他柯小海党性原则强，有能力，有魄力。虽然张浩云书记没有当面给他说过，但柯小海从他人的嘴里已经多次听到，张书记说他听话、懂事，有重要的事情要压给他，让他心里要有底。在一份资料中，我看到了张浩云书记当时对柯小海的评价，说他性格鲜明，对党忠诚，热爱群众。几次镇党委会议，柯小海出席了，个别人因为不理解一些事情，会说些过头话。柯小海听不下去了，也不知回避，当面锣对面鼓地，就要与对方理论，不说服对方不罢休。

柯小海不仅听到了张浩云书记对他的这些评价，还听人转告于他，说是张书记说了，柯小海对镇党委的工作部署与安排，有意见是有意见，说出来，镇党委没有听取他的意见，他也不会闹情绪，而是会按照镇党委的安排部署，认真抓落实，绝不推诿，更不扯皮。这样的基层干部，让人放心，值得信任。

遥望着窑子沟沟垴里的石窑洞，柯小海想了许多。

柯小海想完后，转身走回家去，与老父亲柯玉荣匆忙吃了顿囫囵饭，这就又出门找路建民、张军朝他们去了。

临出门时，老父亲柯玉荣感受到了他内心的焦虑，还追着他问了两句。

老父亲问：你心里吃上事情了？

老父亲说：能给我说说吗？

柯小海回转过身，看着他年纪越来越大的老父亲，心里突然有些酸酸的。他本来想把张浩云书记交代给他的任务，给老父亲说一说的，但忍了忍没有说出口，而是给老父亲说了句安慰的话。

柯小海说：您只管把心放宽，过好咱眼前的日子就对了。

把老父亲柯玉荣安抚好，柯小海从家里出来，去了路建民的家，给他说了张浩云书记压给索洛湾村的任务，然后又跑去张军朝的家，给他也说了张浩云书记压给索洛湾村的任务。两位村里的老前辈，把柯小海传达给他俩的那两件事情，才听出个眉目，就都把头摇得像拨浪鼓，当即表达了他俩的意见——不支持他养殖什么秦川牛，栽种什么"速生杨"。柯小海进他们两家前就能猜测到，他俩是不会支持他搞这两项事情的。他之所以还要找寻他俩，给他俩说，并不是要去求得他俩的同意，而是告知他俩，他也是不得已，非搞不可了呢。

现在的索洛湾村，是他柯小海当家，最后拍板定调，都是他的事儿。

不过村里那一群养殖了十个年头的肉牛，到这个时候，是必须做个了断了。对于这件事，柯小海可是不能不与路建民、张军朝两位商量的。

商量的结果是，路建民、张军朝都很为难。柯小海不要他俩为难，他给他俩说了："你俩往后退，恶人我来当。"

柯小海给他俩提出这个问题，就没想让他俩往前冲。他一句"恶人我来当"说了后，就把他对这个历史遗留问题的处理意见，和盘端了出来：十年了，那个饲养员与咱们村签订的合同，一天不少地到期了。咱们索洛湾村对他不薄，二十一头牛，他养殖了十个年头，年年有牛犊出生，年年有老牛死去，到现在，一头牛没有增加，还少了五头，变成了十六头。他把咱索洛湾村的人耍着玩儿吗？这太欺负人了，我不能答应，相信咱们索洛湾村人都不会答应。我接班当了咱们索洛湾村的党支部书记，就没少听村里人找我说这件事，大家的意见大了去了。我们是时候解决这个问题了，既给那饲养员一个交代，也给咱索洛湾村的村民们一个交代。

柯小海把这些话拿到索洛湾村全体村民大会上来说了。

柯小海知道，他不把这件事情解决好，接下来的秦川牛养殖，就没法往下走。这是推行秦川牛养殖的一道坎，柯小海必须把这道坎推平了，才能开展下一步秦川牛养殖。

在索洛湾村的村民大会上，柯小海说了这个历史遗留问题后，就还把新的养殖秦川牛的事情，开诚布公地也说了出来。他说不解决好历史遗留问题，新的秦川牛养殖还怎么开展？他把这件事情摆到这么重要的一个地位上，就不是他去找那个饲养员了，而是有人把话迅速传给了那个饲养员。把饲养员听得别说睡不着觉了，便是想要坐下来也不能了。

饲养员撵着柯小海来了。

还真得佩服这个饲养员，他的脸皮足够厚，自己满屁股的屎尿，把自己糊抹得已经没有了人样子，却还敢给柯小海提他装在心里的一个谋划，说他没有功劳，苦劳该是有的吧。这么多年过去了，村上答应给他解决落户的问题，到现在都只是说在嘴上，没有落实在行动上……他的话还没说完，柯小海就哭笑不得：想不到他还有理了，能够说出那样的话。柯小海既然决定来当恶人，就不可能和饲养员客气。柯小海打断了他的话，义正词严地告诉他，不要有任何幻想，自己好好地扪心自问一下："你在索洛湾村为村里养殖了十年牛，但你是怎么养殖的，你自己不知道吗？你睁开眼睛看看，现在与你谈这件事情的人，是我柯小海！我才懒得与你扯闲呢！我告诉你，你现在只有一条路，把剩下的牛，老老实实地交出来，赶紧离开索洛湾，不然小心我与你没完。"

饲养员在见柯小海前，可能还有些幻想，被柯小海劈头盖脸一通训斥，他当下就懵了，结结巴巴还想狡辩一下，柯小海就没有让他狡辩出来。

柯小海连珠炮似的继续训斥他："你别给我讲你有什么背景，别给我讲你有什么后台，在我跟前都没用。"

柯小海说得斩钉截铁，他说：还有一条路能走，就是咱们上法院，你去告我，或者我去告你。

柯小海说：相信有一条罪状很适合你，你就等着吧。

三

饲养员清楚柯小海的为人，与他硬扛，到头来自己绝对没有好果子吃，即便侥幸还能落户在这里，恐怕也难被村子所接受了。但他没有死心，装得多么委屈似的，胖胖壮壮的一条汉子，从眼角还挤出两颗泪来，扯着哭腔央求柯小海，给他两天时间，他再想想，看哪里有他能走的路。

柯小海没再说啥，他就起身走了。

在他起身走的地方，柯小海发现了一个黑色塑料包。不管塑料包里是什么，柯小海拎起来，撵着出了他家门的饲养员，照着他的屁股就摔了去。

柯小海为此极为愤怒，以为这是对他的侮辱，就还追加了两句话给他。

柯小海说：你把人认错了！

柯小海说：给我玩什么花花心肠，没门。

两天不到，饲养员乖乖同意离开索洛湾村，但请求柯小海，过去的事情，就都过去吧。

得饶人处且饶人，柯小海没有和他再做任何计较。

处理了这个村里的历史遗留问题，柯小海再次召开村民大会，首先向村民们通报了事情解决的全过程，给大家说：那是卡在咱们村里人喉咙眼儿里的一口痰，咱们把那口痰吐出去，让咱们的喉咙眼儿没有障碍地呼吸新鲜空气，是再好不过的事情呢。我与村里的干部商量过了，原来的二十一头牛，现在只剩下十六头，而且都老了，没有繁育能力了，咱们就全部卖掉。卖掉老牛，咱们就响应县上和镇上的号召，养殖秦川牛。这一次养殖，是必须吸取教训的，不能再请他人给咱们养殖了。那就像咱们烙好一个大饼，自己不去尝、不去吃，让不靠谱的人代咱们去尝去吃，咱们傻呀！这一次咱们就自己来养殖，在咱们村里选拔合格的饲养员，咱给咱的饲养员发工资，像城里的公家人一样，一月一发，让咱的饲养员按月领上哗哗响的钱票子。

对于柯小海的这个安排，村民们是很欢迎的，报名也都十分积极。

把这件棘手的事情安排好了，柯小海在村民大会上还说了"速生杨"栽种的事儿。不过他没有把这件新生事物给村民们压，说了之后，也听了听大家的意见，看来一时半会儿不好与大家沟通，他就自作主张地告诉大家，暂时不给大家添乱了。

柯小海最后说：我自己承租村里50亩荒地，完成上级下达村里的"速生杨"栽种指标。

张浩云书记之所以把那样两项任务给柯小海肩上压，瞄准的就是他这一股子抓落实的劲头。

50亩"速生杨"的栽种，柯小海既然给村民们表态，由他一人承担，他便与村里的干部，包括路建民、张军朝，选择了村里偏僻一些的荒地，自己就干上了。树苗儿是县上提供的，人工就需要柯小海想办法了。幸亏他不仅在自己村里有了很强的号召力，便是相邻的村子里，也有他的铁杆儿拥趸，自觉赶到他承租的荒地里，帮助他把"速生杨"栽种下来……这本来是件谁听了都是冒险的事情，风险难以预估，然而有苗不愁长，柯小海因为要忙村里其他事情，把"速生杨"栽种下去后，没怎么照管，不承想，就在当年，树苗儿都呼呼啦啦风摇着长到三四米以上，粗点儿的，也有胳膊一般了呢！

"速生杨"是一种纸浆用材，要的就是长得快，快长快伐，好为国家用纸提供原料。

没有栽植"速生杨"的时候，不知道长得那么容易。

但在这容易的后边，柯小海贷款投入了不少钱！

张浩云书记到索洛湾村来视察调研，看了柯小海的"速生杨"，夸他栽种得有成效，便打算把柯小海为栽种"速生杨"所担负的债务和压力，给村里人说说的，被柯小海挡了下来："你张书记知道就行了，千万不要给村里人说，那会使村里人难堪呢。"

张浩云书记压给柯小海的两项任务，"速生杨"算是没有给他丢人。但这不是最关键的，关键的是秦川牛养殖了。

柯小海说服索洛湾村里人，把那群老牛换来的钱，用在了给秦川牛搭建养殖基地上。1000平方米的养殖场，容纳了新购的四十六头秦川牛……秦川牛入圈的日子，别说柯小海不离左右地在养殖场，路建民、张军朝他们，还有村里关心这件事情的人，都来到了养殖场。那一群秦川牛，真是不同于别的牛，一头一头，都特别有气势，雄壮而威武，好不喜人！

当然，这要归功于上级的关心与支持。

《黄陵县志》对此有比较明晰的记载，白纸黑字，言说2002年8月，由延安市老区建设委员会牵线，黄陵县政府与昊地公司达成协议，采取"公司+农户"的养殖模式，在黄陵县域建设一个大规模的秦川牛养殖基地。协议规定，三年时间引进秦川基础母牛五千头，建设肉牛育肥基地一个……协议还规定，昊地公司负责为农户协商贷款指标，并负责牛的配种、防疫、治病等技术服务。

县志的这些描述，让人感觉，秦川牛养殖的确是一项很有吸引力的致富工程。

然而人算不如天算。这么好的一项致富工程，却在实践中遇到了非常大的问题。不只他们索洛湾村养殖的秦川牛出了状况，别的村庄养殖的秦川牛也出了状况。那些个宝贝疙瘩，在八百里秦川倒是长得生龙活虎，好不威武雄壮，但它们不能适应山地的自然环境。养殖在饲养场里，不仅饲养员把它们都当成摇钱树来伺候，便是还要忙其他事情的柯小海，也把他的大部分时间，都熬在了养殖场里，小心仔细地喂养着它们，娇贵得不得了哩！半年时间过去了，不见它们壮起来，倒见它们一天一天地瘦……柯小海是真急了呢！他把秦川牛的养殖情况，口头上向镇上报告，向县上报告，得不到应有的回答，就还书面向上报告了。他的报告叫来了秦川牛养殖方面的专家，钻进养殖场里，给秦川牛做了全面诊断，但就是找不出问题的根源来，秦川牛就只有继续瘦，瘦着瘦着就开始死亡！

尽管事情已经过去了十七八年，但柯小海给我说起养殖秦川牛时的情景，依然心如刀割，特别难以释怀。

柯小海说他那个时候夜不能寐，想要去秦川牛养殖场，但又怕见到秦川牛，就远远地听秦川牛的呻吟声，心里满是悲伤……养殖场坚持了些日子，终于难以支撑，就把剩余的秦川牛作价，用抓阄的办法，分配给了私人家庭喂养。

好在县上和镇上，都很理解村里的难处，养殖秦川牛的贷款，以及别的什么费用，都由县上统一承担。

秦川牛养殖没能成功，但有一曲有关秦川牛养殖的信天游，却历史性地流传了下来。我在索洛湾村采访，就还听人唱了一回哩。

还别说，那曲信天游十分好听：

亮一亮嗓子定一定音，

我把咱索洛湾村唱上几声。

骑好马来穿新衣，

我的那妹妹实在美。

…………

绕过那个屹梁梁呀拐下个沟，

这哒哩没人呀咱拉话话。

牛犊子撒欢羊羔羔跳，

哪哒哒都不如咱这山沟沟好。

四

尽管如此，柯小海没有灰心，他依然坚持走集体经济发展的道路。

这是因为在他主持村里全面工作的时候，养殖秦川牛是一个方面，他还利用养殖秦川牛的机会，获得了各级领导给予索洛湾村的近20万元的其他产业扶持资金，让他有能力组织村里的青壮年，建立了一个小型工程队，承包一些单位的基建任务，为他们索洛湾村带出了一支不错的建筑工程队。

柯小海的脑子好使，他还多方调研，准备开发索洛湾山林里的石茶，以及野蜂的养殖等。

一切都还在摸索实践中，却突然地暴发了一场大洪水，使索洛湾村瞬间陷入了一场天灾中！

天气预报中的"华西秋雨"，是一种相对特殊的天气现象，会给陕甘一带带来持续降水。特别是2003年秋季，老天如同哭断了肠子的一头巨兽，使沮河源头个别时段的降水量，达到了50毫米以上，迅速形成一股不可阻挡的洪流！

8月26日，洪峰的数值已经达到每秒200立方米以上！沮河形成的洪水一泻千里，泛滥肆虐，整个沮河流域变成一片汪洋……索洛湾村位于沮河上游地带，是最早遭受洪水灾害的村组。那天，经常忙得不着家的柯小海，恰好在村里。他冒着瓢泼大雨，出门来就近查看了他家所在村组的情况后，还心系别的村组，就驾驶着他的私家车，往周边的其他村组撵了去。刚开始，虽然更上游地方下来的洪水已经很大了，但还不是特别严重，可他巡查着，就发现洪水在不断爬升，都已把沮河的河道灌满了，并往岸坝上扑……情况紧急，柯小海把索洛湾村的每一个村组都巡查了一遍，他不敢大意，调转车头，打算把车开到双龙镇上去，向镇上的领导汇报。可他刚把汽车开到出村的那座大石桥边，就见扑面而来的洪水，仿佛倒向他的一堵水墙似的，他惊得猛然一脚刹车，把车子晃晃悠悠刚停住，就见大石桥轰然垮塌下去，没入滚滚滔滔的洪水里，不见了踪影！

汽车是不能再开了，丢在原地，哪怕被洪水冲了去，柯小海也是顾不上了。

柯小海这个时候能想到、能做到的，就是跳下车子，涉水往村委会那儿跑了。他要轻装跑步，那样能跑得快一些。他要跑去村委会打开高音喇叭，向全体村民呼唤，要大家迅速往村外跑，跑去地势相对高点儿的山坡上！

柯小海喊叫得声嘶力竭，他高声喊叫了好多遍。到后来，他扔掉高音喇叭，从村委会办公室窜出来，还去村子里各家各户的门口大喊大叫……已经撤退到山坡高处的索洛湾村群众都看得见，柯小海是那天跑出村来的最后一个人。他在前边跑，洪水跟着他的屁股撵。汹涌的山洪追着他、撵着他，逼着他跑上山坡，与村里的群众会合在一起。

柯小海那时还不知道，镇党委书记张浩云当时正在县里开会，接到镇上留守干部的电话报告，马上从会场出来，驱车往双龙镇赶……他紧赶慢赶，赶到店头镇时已经不能再赶了。他想借用店头镇的电话，与各村取得联系，但是不仅所有的交通断掉了，就连通信也都断掉了。张书记没有别的办法，就只有徒步回双龙镇了，原来二三十分钟的路程，这次他走了四个多小时。赶到双龙镇，他看到洪水还在持续上涨，便召集镇上全体干部开了个非常短的会，分工下来，都去各个村子查看灾情……分来索洛湾村的是镇长朱小虎，他与同组的党小利、胡斌等四个人，在泥泞中跋涉了两个钟头，这才看见索洛湾村。

他们之所以来得迟缓，是因为道路全被洪水冲毁了。

朱小虎他们唯有沿着山坡，一边开辟道路，一边往前走。他们走到了索洛湾村，可是只能望着洪水中的村庄，而不能再前进一步。两座通往索洛湾村的路桥，都被洪水冲断了。

索洛湾村成了洪水里的一座孤岛。

站在沮河洪流一边的朱小虎他们，看得见柯小海正在组织村民开展自救活动。大人背着小娃，老人赶着牲口，还有猪呀、羊呀、鸡呀什么的，就都慌慌张张地与人偎在一起，待在对面的山坡上，等待洪水退却……柯小海在他们中间，浑身烂泥，像个从泥水里扒出来的能够走动的泥塑。他听到了朱小虎他们的呼唤，就从他们索洛湾村的村民中走出来，走到距离朱小虎他们相对近点儿的地方，大声地向朱小虎报告村里的情况。他当时没有说村里的经济损失，只说他们索洛湾村一人不少，全都撤退到了山坡高处。

朱小虎那个时候最关心的就是村民的生命安全，他听到柯小海的汇报，便把一颗悬着的心放了下来。

村民们的生命安全没有问题，但村民的财产，受到的损失可是毁灭性的。在柯小海的指引下，朱小虎他们利用一根天然气管道，小心翼翼地爬过沮河的洪流，并在柯小海的陪同下，走到索洛湾村的村口。眼见整个村子如同汪洋，村子里的大部分房屋，还有温室蔬菜大棚，以及蘑菇、木耳养殖基地，大都被洪水所淹没，受灾情况非常严重。

农民有点财产不容易，一坛一罐都是宝！

天黑下来，柯小海陪同朱小虎他们，在山坡上走访了每一个村民，帮助他们在半山上的老窑洞里，安下身来。

村民可以暂时休息下来，但柯小海与村里的干部，还有党员和村民骨干，都没有休息。他们大家在柯小海的带领下，坚持不懈地抢救群众的财产，想要把洪水造成的损失，降到最低。自清晨起，到后半夜，忙于抢救村民财产的柯小海他们，没有进一口食，眼泪则不停地流，他们心痛极了！他们越是心痛，就越是卖力……柯小海在我采访他时说起当时的情况，他说党员领导干部，在那个时候，就是村民的主心骨，群众需要他们挺身而出，他们就必须满足群众的需要。

洪水来得太突然了，不只柯小海他们村干部与村里的党员们，忙到夜半未进水米，半山腰的村里群众，也都未进水米。这样的状态，一直持续到第二天。朱小虎与柯小海他们镇、村两级干部，四处努力，给大家找来方便面、饼干等食物，逐户逐人地送到嘴边，让大家吃到了一顿饱饭。当时，村里人手捧方便面或者饼干，忍不住都哭了呢！

柯小海听到了村里人的哭声，他安慰大家不要太难过。

柯小海说：家没了不怕，只要人在，还能有家！

柯小海说：在这个困难的时刻，与咱们在一起的还有党和政府领导哩，大家不要怕。

柯小海说：洪水过后，咱们要建设一个让大家满意的新家园！

五

这次大雨从8月下旬一直持续到9月8日才结束。

柯小海在这期间，没有离开过索洛湾村一步，他始终与大家在一起，抓住一切可能的机会和条件，抢救村民财产，安排村民食宿，协调道路交通……那条可以通往别处的天然气管道，在这个时候，是索洛湾村连通外边的唯一出路。管道悬在高空中，柯小海每天来来回回要爬好几趟。圆圆的天然气管道，又湿又滑，如果不小心，一个闪失滑脱了，人就会跌进洪水里被冲走！

我在采访中，从没听过柯小海说他那个时候的事情。

我是听村里人给我讲的。他们讲给我听的时候，我脑海里浮现的是中国工农红军二万五千里长征时，强渡大渡河的情景，那时的枪林弹雨，变成了柯小海在天然气管道上来回爬着时，身周的雨林泥丸。两件事虽然有着环境的区别，但其本质没有什么不同，都是为了群众。

我是忍不住了。问了柯小海一句：你当时就不害怕吗？

柯小海一副过来人的样子，十分轻松地告诉我：你不看我个头低，灵活防滑。

我被他逗得笑了起来，就还追着问了他一句：就只你个头低吗？

柯小海害羞地一低头，就还说：咱是党员、村支书，这个时候，咱不往前谁往前！

国家的救灾物资，包括米、面、油，是也要从天然气管道上来回运的。爬了几日天然气管道的柯小海，似乎爬出了自己的心得，只要有物资到达沮河对岸，柯小海就选拔几位与他体型相似的小伙子，通过天然气管道往村子里转送了……这种空中来空中去的日子，持续了快一个月，直到沮河的洪水退下去，柯小海这才找来一些木料，在沮河上搭了一座浮桥，结束了他在空中往来的历程。

村里在双龙镇上中学的娃娃，开学了要过河，这座浮桥起了大作用。即便如此，柯小海依然不能放心，他每天赶在村里的中学生要过浮桥去双龙镇前，就早早地来到浮桥的这一边，肩背手扶，帮助娃娃们过河上学去；娃娃们放学回村来了，柯小海还要早早地赶了去，站在浮桥的那一边，再次肩背手扶，帮助娃娃们下学回家来……柯小海就那么坚持了十多天，直到洪水完全退去，娃娃们来去双龙镇中学读书没有了大困难，他才停止护送。

这件事过去了十六七年，我在索洛湾村里走访，村里人还要不断提起。还有与柯小海情谊深厚的张浩云老书记，什么时候想起，什么时候说。

张书记当年在延安市电视台的专题报道中就说了：桥断了不怕，路断了不怕，党和人民群众的心不断，一切事情都好办。

张书记还说：索洛湾村党支部书记柯小海，就是一座联系党和人民群众的好桥梁。

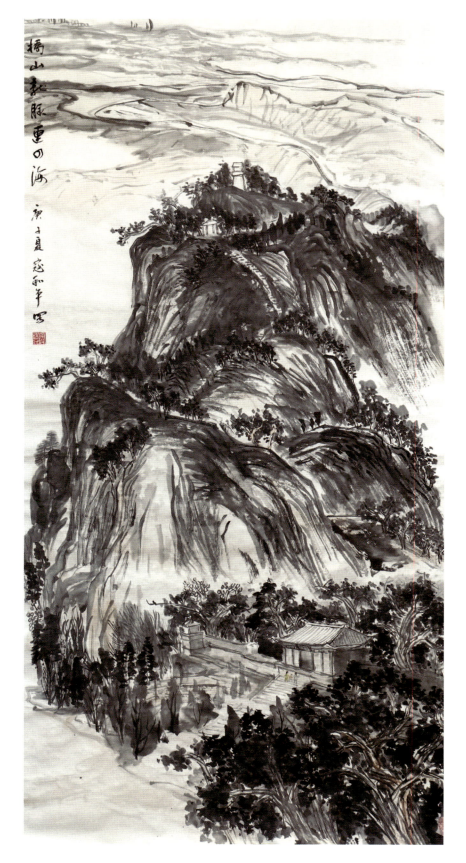

第 8 章

速生杨的选择

权威是用力量与智慧树立起来的。

——路遥《平凡的世界》

一

　　"吃一堑，长一智"这句老话，在柯小海的潜意识里，成了一个忌讳。

　　不独柯小海如此，从泥泞中走出来的索洛湾村人，似乎都很忌讳这句老话，好像谁这么给他们说，不仅是对他们智商的侮辱，更是对他们尊严的羞辱。头一次养殖肉牛失败了，没有间断地又失败了一次，这样吃上一堑又一堑，咋就不会吸取教训呢？……其中的问题，他们可以往上推，自有大个子来顶，但那就不是索洛湾村人了。

　　厚道的索洛湾人，不管多么不堪的教训，最后都是自己来扛。我在索洛湾村采访，对此有着深切的感受。如我对他们经历的教训不知就里，说出那句他们忌讳的话，当即遭受了几位采访对象的白眼。不过他们倒是没有给我难堪，因为他们有着一种山里人特有的品性，原谅他人比原谅自己要容易一些。譬如柯小海，在第二次养殖秦川牛失败的时候，他会想起那位饲养员，反思自己对他是不是太严厉了！

　　怀着这样一种负疚感，年轻的索洛湾村党支部书记柯小海，待人处事一下子温和了起来。

　　这就是收获呢！柯小海是如此，索洛湾村里的所有人都是如此，他们从一次一次的教训中，懂得了"长安不是一日建起来的，胖子也不是一口吃出来的"。要想致富，必须脚踏实地，一步一步地走，天底下没有太多捷径可以走。

聊以慰藉的是，结合索洛湾村的自然环境，还有村民的生产生活能力，柯小海早先在村子里施行的那些致富措施，倒是取得了不错的成效。譬如蘑菇、木耳的养殖，稻田鱼儿的养殖，以及温室大棚蔬菜和山地特色蔬菜的种植，就都非常有成效。尤其是温室大棚蔬菜的种植，迅速上升到一个很高的台阶，其销售量，几年来在当地稳坐头一把交椅；还有稻田养鱼，也迅猛地发展着，为了满足市场需求，村里还开挖了20多亩的专业鱼塘，用以养鱼……为了更好地种植温室大棚蔬菜，他们争取多方面的支持，适时建立了索洛湾村蔬菜协会。大家互通有无，在这样一个平台上，既交流实际的种植经验，又交流市场销售心得，使得他们索洛湾村的村民经济收益大幅提升。2002年年底，人均纯收入就达到了6500元。

农业人口的年纯收入基数达到这样一个水平，别说索洛湾一个山区村庄，便是条件与机会都优于他们的平原地区村子，也很少能做到呢。

世事就是这么蹊跷，苦难来的时候，不会只来一趟，而好事来的时候，亦会接着来……2003年7月，一个爆炸性的消息，传进了索洛湾村，那就是黄陵矿业集团二号煤矿将入驻索洛湾村。

二

难得的一个大机会呀！

柯小海可是太知道他们索洛湾村下来怎么发展了。那就是很好地配合这家国有大企业，让其在索洛湾立好足，快上马，创效益……不过，有许多现实问题，也因为这家国有大企业的到来，需要柯小海认真面对呢！

国有大企业来了，不能在空中搞建设呀。征用土地即是头一件要做的事情哩。大企业选择的地址，是索洛湾村村东那一片，那里地势平坦，恰好是他们村种植优质水稻的地方呀！索洛湾村人想着种植特色水稻，也好给自己多添加收益哩。如果地被占用了去，他们在哪儿种植水稻，又怎么来挣大企业的钱呀？

各种议论纷纷而起，说狼说老虎的都有，让柯小海听来，谁说的都有道理。

翻天覆地的一场变化哩，就这么赶在了柯小海的面前，他是兴奋的，又是忧虑的……柯小海这种兴奋忧虑的心态，仿佛被镇党委书记张浩云窥探透了似的，张书记把他叫去了。

在张浩云书记那里，柯小海看到了一份黄陵矿业集团二号煤矿的详细材料，知道这座煤矿的规模是巨大的，前期探测的地质储量就达9.45亿吨，可开采储量6.4亿吨。矿井煤层厚度平均为3.39米。煤质优良，属于环保动力煤与炼焦配煤，更可以用作气化、低温干馏等煤炭深加工原料，产品销路极其广阔。年设计生产能力在千万吨以上……张书记让柯小海看着二号煤矿的基本资料，在一旁给他说上了。

张浩云书记说：知道我为啥把你叫到镇上来吗？

柯小海匆匆地把资料浏览了一遍，他听到张书记问他话，也不客气，就回话了。

柯小海说：我们索洛湾村是要抱上金疙瘩了呢！

张浩云书记在与柯小海交谈之前，是还有些疑虑的。村子刚刚遭遇了那样一场大洪水，一切都在恢复中，突然地给柯小海压担子，要他全力配合二号煤矿的新建工作，怕他思想上会紧张，从而想不开，产生抵触情绪，那就不好办了。所以在把柯小海往镇党委叫的时候，他已经做了不少功课，以便说服柯小海。可他仅与柯小海开了个头，多的话还没说，就得到了积极回应，这让他一时都不知道怎么往下说了呢。

张浩云书记一时不知道怎么给柯小海说，是因为他心里老是惦记着秦川牛的养殖问题，总觉得有愧，亏欠着柯小海与他们村；而柯小海一时也无话可说，是因为他们村贫穷潦倒了许多年，却不承想，他们的脚底下，竟然都是黑金财富！

一杯热茶是张浩云书记早就泡好的，柯小海来了，要送到他手上让他喝的，却被忘了。张书记这时看见了那杯茶，一向沉稳的他，都觉好笑，还就真的笑了起来。这一笑，使得他想要给柯小海叮咛的话，就都热辣辣地往喉咙眼儿上涌，他给柯小海说上了。

张浩云书记说的话，差不多就是他在县上接受任务时，说给县上领导的。县上领导多有顾虑，作为双龙镇的地方主管，张浩云打包票说：索洛湾村的干部素质不错，特别是党支部书记柯小海，讲义气、重感情，群众都很拥护他。这些年在他的带领下，村民们也都觉悟很高，很讲团结，也讲原则。前些日子暴发的那场大洪灾，对索洛湾村的干部与群众就是一次考验，他们不会胡来，而且还会支持煤矿建设哩！

在县上领导面前，张浩云书记是夸下海口了。然而具体落实，他是想了的，不出几身大汗肯定不成。

张浩云书记把在县上领导那儿说的话，给柯小海和盘托出，要他表态了。

柯小海能怎么表态呢？他问了张浩云书记一句话。

柯小海问：有期限吗？

张浩云书记是瞌睡来了，就有柯小海给他递枕头。他回答说：当然有了。

张书记说：我给县上领导立下了军令状，一个月完成征地任务！

张书记说：我还给县上领导保证，绝对不出事故。

张书记说：柯小海啊，我给县上立下了军令状，你呢？

柯小海没有想到，张浩云书记一口气给他说了那么多话，而且句句都是军令状。张书记给县上领导立下了军令状，现在到他来立的时候了，他能不给张书记一个干干脆脆的答复吗？

柯小海说话了。他说：请书记放心，索洛湾村不会拖县上重点工程的后腿。

柯小海说：我马上回村里去，动员村民为工程建设让路。

保证好下，工作难做。他是满口应承下来了，但他知道面对村里的群众，要说服大家，一起为煤矿工程服务让路，绝对不是个好做的工作。特别是大家刚从一场大洪水的灾难中缓口气，还没有完全恢复正常生活，就又征用土地，大家一定不会很快活。祖祖辈辈居住在这里，哪一年，哪一天，离开过土地？土地就是村民们的命根子，吃饭靠土地，穿衣靠土地，便是娶媳妇嫁女生娃娃添人口等等事情，靠的可不都是土地！谁愿意眼睁睁看着自己的命根子被征走，那不是在夺自己的饭碗，在扒自己的衣裳，在断自己的后路吗？即便会给些补偿款，但是有个料想不到，遭遇个不测，凭那点儿补偿款……哎哎哎哎，就是说大家的头不是铁箍着的，大家的身子骨不是铁打的，出个不测，出个意外，坐吃山空，又能吃几年，穿几年？可是土地就不一样，不论这个世界怎么变，土地还是土地，到什么时候土地都能供应吃、供应穿，供应农家生活的一切。

柯小海在从双龙镇回索洛湾村的路上，脑子里乱乱地就想了这许多。

柯小海没有白想，他回到村上来，没像过去遇事先给大家开会通报，而是放出风来，让村里人自己消化，逮着个适当的时机，再与大家一起商量……柯小海的这个办法不错，他不给大家开会，听到风声的村里人坐不住，相互交换着意见，就都纷纷找他来了。

对于这样一个现象，柯小海在心里给起了个名字，叫"放线钓鱼"。

结果是不错的，村里人来找他，无不忧心忡忡，说他倒是沉稳，"那么大一件事情，村里都炸了锅！你却什么话也不说，你让大家抓瞎吗？你快不敢这样了呢，小心村里人吃亏，亏大了可咋办呀！"村民们这一急，柯小海就好办了，他给大家说："咱们挡得住公家的大事情吗？那么大一个煤矿，镇上的领导，县上的领导，可是都出马了。他们把大型煤矿地址选在咱索洛湾村，咱们没有讲价钱的余地，唯有积极配合，才最有益。如果咱们处处掣肘，事事下绊子，人家不在咱这里办矿了，咱们找谁说理去？"柯小海欲擒故纵，村里人来一批，他给他们说一回。柯小海事后想他也是够绝的，许多话，从他嘴里说出来的时候，连个磕绊都不打。他不召开群众大会，而是在家里把账算了又算。他算清楚了，二号煤矿在索洛湾村筹建，怎么说都是一个千载难逢的好机会。他甚至想了，索洛湾村走出贫困，走向小康，配合煤矿的建设，是最见效果的出路，没有第二，这是唯一。

不存私心，不枉私情，不出事故，实事求是，公正公道，开诚布公，透明以对……柯小海在心里定下了这样一条铁的纪律，既与二号煤矿协商打交道，又与村民打交道协商，管好用好征地款，一方面对得起煤矿，一方面对得起村民。

对得起煤矿，就是按时按点、保质保量供应所需的土地。

对得起村民，就是合情合理、应规应定地分配好土地补偿款。

三

柯小海前期的工作没有白做，他把村民的许多不解，还有疑虑，一点点地消化着，感觉时机差不多了，就报告给了镇党委书记张浩云，让他绕道到村里来，与村民们见面了……见面会虽然也发生了些波澜，但都不大，全在可控范围内。很快与村民做好沟通，取得了村民的谅解，由村"两委"出面，来为黄陵矿业集团二号煤矿解决一切必须解决的问题。

那天的柯小海，特别有担当，他趁着张浩云书记在会上的机会，还向村民发布了一条纪律，那就是与煤矿发生的一切业务，村民如有疑问，只可以找村委会反映，不能擅自行动，干扰煤矿建设筹备组的工作……宣布了这项纪律后，柯小海还向村民宣传：我们失去一些土地，并不是就失去了我们的饭碗，失去了我们的衣着，失去了我们的体面，绝对不是。我今天把话说得透彻一点，想要与咱们大家讨论。我们农民过去最向往的是什么呢？是人家穿着四个兜兜（中山装）的干部和工人。大家如果看得远点儿，可以看见，咱们索洛湾村世世代代的农民，会过上比他们干部、工人还要洋气的生活哩。

柯小海说得兴起，最后给大家说：时间不会太久，大家等着看好了。

索洛湾村的村民听了柯小海的话，首先等来的好消息，是柯小海对他种植的50亩"速生杨"的处理决定。因为黄陵二号煤矿征用的土地里就有他的50亩。当时栽种"速生杨"时，村里人是都没有意愿的，柯小海为了不给大家添麻烦，自己贷款买的树苗，而后承租了荒地，又雇请了人栽种进去。对此大家无人不知，无人不晓。煤矿要征用了，赔偿的款项，既有土地的，也有青苗的。土地的那一部分没啥好说，归村集体所有；而青苗的部分，当然也没啥好说的，谁投资就是谁的，柯小海当年出的资，自然也就归他个人所有。但他没要，在村民面前，他豪迈地说出了这样一句话。

柯小海说："速生杨"是我投资的没有错，但我不能一个人独得赔偿。

柯小海说：就都归入大集体的赔偿好了。

这是什么话呢？任谁听到柯小海的话，都要在内心打上一个问号呢。他是傻了吗？还是脑子出了毛病？赔偿款已计算出来了，30多万元哩！那时候几乎就是个天文数字了。他一张嘴，自己一分钱不留，全部给村集体，有他这样的人吗？

开始的时候，索洛湾村没有人相信。

与柯小海走得近的几个人，站在柯小海的立场上为他做了设想，劝说他："可是不能意气用事，那么大的一笔现款，不是儿戏，你别是怕钱多了烧手！而且你也不是多么有钱，都留给大集体，你怎么办？"

疯了！疯了！柯小海是疯了呢！

柯小海对大家的关心表示充分理解，他给村民们做工作了。说他没有疯，他清醒着哩。

柯小海这么给村民们一说，还怕大家疑惑不信，就进一步地解释了，说他说的绝对是真心话……柯小海的这些话，是在一次村级"两委"会上，当着全体村干部说的。柯小海说："我们索洛湾村是个集体对吧？集体就要有集体的样子，没有集体的积累，没有集体的资金，集体还怎么运作？所以我要把这笔资金留给咱们索洛湾村大集体，让集体的腰杆硬起来。集体的腰杆硬了，群众，特别是困难群众，就有了靠头。我是多方面想了的，咱们索洛湾村集体有了这一笔资金，不能平均分发给个人，而要借此发展集体经济，把这笔钱用到该用的地方，让钱来赚钱，让钱来生钱……赚的钱多了，生的钱多了，再按照村民的需要，分配给村民。"

柯小海的考虑非常全面，也非常深远。他是要把他"速生杨"的赔偿款留给村集体，以此为由头，来说服动员村里的人，不要都眼瞅着土地赔偿款，全部分掉完事。那么想那么做，只能说是小农经济的眼光，大家可以把赔偿款集中起来，大投资，大收益！

柯小海有理有据地给村级"两委"干部描述着大投资的前景，他说得大家都沉默了。

在此之前，欲把赔偿款一分不剩地分配给全体村民的，他们干部队伍中也是大有人在……柯小海先在村级"两委"会上表达他的意见，就是为了能够很好地统一村干部的思想。应该说，柯小海的想法，初步见效了。他就进一步地给村民们做工作了。

柯小海对沉默着的村干部们说：大家关心我，要我给自己留点青苗补偿款，是都知道我也有困难。不过，我的困难都是过去的事情了。

柯小海说：我不能只顾自己的小日子过得好。

柯小海说：只有索洛湾村全体村民的日子都过好了，才是真正的好。

柯小海说：咱们都是共产党员，都是村里的干部。要我说呢，咱们把各自的能耐都无所保留地用在这个方面，让村子里的群众说话，说咱们是有能耐的班子，是有能耐的人就好了！

这就是柯小海为"速生杨"所做的选择。

四

村"两委"会最后的决定是，柯小海的"速生杨"赔偿款进入集体资产，土地征用的款项按4：6的比例分配，村集体预留40%，分配村民们60%。这样一来，加上秦川牛养殖扶持款的10万，以及别的扶贫资金，索洛湾村集体账户，破天荒地达到了200余万元。

乡村社会里有一种非常有趣的说法，就是有了钱，给钱找下家是困难的。

这句话的意思，我开始并不怎么清楚。后来知道了，就是不能让钱躺钱匣匣里睡大觉，而是要想办法，让钱活起来，能颠能跑就能钱赚钱、钱生钱……索洛湾村集体，什么时候有过这么多钱？从来没有过。现在有了怎么办？村子里家家户户，所有的人都瞪圆了眼睛盯着那笔钱呢！

身为索洛湾村的当家人，柯小海自然看得见大家操心那笔钱，而他也很欢迎大家操心那笔钱。大家都为那笔钱操着心，才能把钱用在该用的地方。

那一场大洪水给索洛湾村造成的伤害与破坏，是非常巨大的：与外界连通的两座桥被冲毁了，须要重新修建；村子的街道，还有当年整修出来的村级公路，也都被冲毁了，须要修建；村办学校的校舍、围墙，也得加强……灾后的重建任务十分艰巨，没有一件是小钱就能办好的。这些都是柯小海要考虑和做的，但不能把村集体累积下的那笔钱都花进去，因为他有更大的谋划哩。

那个大谋划，就是依托黄陵二号煤矿的开发建设，索洛湾村要把剩余劳动力融入进去，既成为煤矿建设的参与者，又成为煤矿建设的收益方。

柯小海刚刚担任索洛湾村的干部时，为新建村办学校，组建了一支虽小却也具备承揽工程能力的施工队。现在是施工队大显身手的时候了！把他们组织起来，先修建与维护村子因遭受洪水灾害而毁了的桥梁、村道、公路及学校校舍，让施工队再锻炼锻炼，多长点儿本领，接下来就要进军煤矿，在煤矿找他们可以施工的项目了。

唯有如此，才能实现钱赚钱、钱生钱的目标。

方针与方向的确定，是走向成功的根本。在柯小海带领下，村里热火朝天的灾后重建工程，一项一项地进行着，不是原来凑凑合合的那一种重建，而是高水准、高质量的重建。每一项工程，参与施工的村里人，都必须经过专业培训，不达到一定的技术标准，就不能上手施工，只能在小工队里筛沙子、和灰浆、运石头、搬砖头，做些力所能及的粗笨活儿。不要小看柯小海的这一措施，对村里人的激励作用大了去了。村里的小伙子，在工地上干活的时候，他得鼓足干劲完成分内的活儿，吃饭休息的时候，依然不去休息，要蹲在灰浆池边，搬上一大摞砖头，练习抹灰砌砖……村子的灾后重建工地，成了最为有效的练兵场和最为有用的实验基地。

参与了村子灾后重建的索洛湾人，成了技术过硬的施工队骨干，他们有能力承担一些不是特别复杂的工程了。

矿上有不少这样的工程项目，也急需他们这样的施工队来做。像一号风井建设前期，必须要先修通一条公路方便后续建设。这其中就还涉及索洛湾村的一段道路，以及部分村民的鱼塘、林地等。矿上的负责人开始时，找了县上的公路局和双龙镇政府协调解决问题，但他们几方协调了好几个来回，除了浪费掉不少时间，一点进度都没有。县公路局及双龙镇政府的领导，想到了柯小海，他们建议矿上不要再找他们了，去找柯小海也许最能解决问题呢。一语提醒梦中人，矿上的负责人找柯小海来了，给柯小海说了他们的困难，柯小海安慰他们说："咱们现在成了近邻，邻家的你们的困难，也就是我们索洛湾村的困难，只要咱们相互信任、互通有无，就没有解决不了的困难。"

柯小海一番话说得矿上的负责人有些激动，他们给柯小海点着头说了。

他们说：那段路村上给咱出面来修吧。

他们说：资金不是问题，我们要的是时间，越早修通道路，矿上就能越早投入生产。

他们说：还有鱼塘、林地的征用问题，就都拜托村上了。

柯小海听他们说完，没有怎么讲价钱，就一口答应下来。他说：企地合作、企地共建，是个好办法哩。

柯小海说：我可以保证，绝不耽误矿上建设的时间。

一个县上、镇上千般沟通、万般协调都无法解决的问题，就这么在柯小海的嘴里，三下五除二地解决好了。矿上的负责人当即与柯小海商议具体的解决方案，最后达成协议：工程由索洛湾村集体出面承包，矿上出资出建材，安排专业人员督促检查，验收工程质量与进度，最终按时保质保量交付矿上使用。

对于索洛湾村来说，这是一件开天辟地的事情呢！

柯小海答应下来容易，要一项一项地实施还是要出几身汗水的哩。首先是施工队的资质问题，能不能够承接这样的工程施工？下来就是鱼塘、林地的主人，他们虽然都是索洛湾村的村民，但土地承包责任制，政策性地确定下来，不允许随随便便地取消人家的权益……问题一个又一个，柯小海没有被问题所干扰，他跑了县公路局，跑了双龙镇政府，以红头文件的方式，从公路局跑来了施工队资质许可，从双龙镇政府跑来了财政审计保证。有了这些措施做基础，柯小海与拥有鱼塘、林地使用权的村民研究征用补偿事宜，村民狮子大张口，但柯小海给他们耐心细致地做工作，最终以矿上意想不到的低价完成了征用工作。

皆大欢喜……矿上与索洛湾村，以及柯小海都很满意前期的这些准备。

　　议定好的合同放在了矿上和索洛湾村的办公桌上，他们分别签好字，下来就是具体紧张的施工了。索洛湾村历史性地投入一项承包工程，村里的剩余劳动力全部组织起来了。柯小海可是不敢大意，他请来几位懂技术又有丰富施工经验的人，充实进他们的施工队里来，避免了盲目施工的风险，使工程进度和工程质量，都得到了充分保证。按照他们与矿上合同约定的期限，经过矿上检查验收人员的严格验查，一条企地公用的道路，非常顺利地交付使用了。

　　一号矿井的建设，因此也得以顺利开展。

　　这是个好的开端，非常成功有效的开端。工程完工后的财务结算，也是非常喜人哩！索洛湾村不仅让被征地的村民们得到了实惠，村集体的资产亦获得了进一步积累，一次性就增加了百余万元。这还只是他们索洛湾村得到的好处，黄陵二号煤矿的建设方，也比总预算节约了很大一笔资金。他们说了，过去他们也搞建设，可从来都是在原预算上，追加了再追加，才可能完成；而这一次没追加，还节约了不少，少见呀少见。

　　矿上不是只这么感慨一下就过去了，而是留下话来：今后有适合索洛湾村工程队干的活儿，就都给你们干了。

　　矿上是这么说的，也是这么干的。接下来凡是矿上一些零零碎碎的活儿，譬如场地的修建、河道的整修等等，不用柯小海跑，矿上就都一个电话打给柯小海，由他带领他们索洛湾村的施工队来做了。他们双方在这个方面，建立起了非常友好且牢固默契的合作关系。

　　有些木作经历的我，从不隐瞒自己的经历，而且骄傲自己做的木工活儿比写的小说好。因此在听柯小海说起他初出茅庐，带领他们索洛湾村的毛头小伙承包工程的事儿时，我就特别有感触。原因是我也经历了那么一段时间的磨炼，知道其中的门道，绝不是说起来那么简单容易。所以我很钦佩柯小海，并因此而与他说得来，说着说着就会变得非常亲、非常近。我两谈了许多工程方面的事情，对此我生出了许多难以言说的惭愧感。

这是因为我操练木作手艺，为的只是自己家庭的生计，格局无疑小了许多；而柯小海想的都是集体，他的格局大了我很多。

<h2 style="text-align:center">五</h2>

在心怀大格局的柯小海引领下，他们索洛湾村积极参与黄陵二号煤矿的前期建设，使他们村级集体经济，在2003年到2005年之间，猛然间积累到了300多万元。

2005年年终，索洛湾村进行了第一次股金分红，村里人历史性地拿到不是自己的劳动，而是自己的资金产生的收益！分红虽然是在西北风呼号的冬季，但是那天太阳高照，村民们脸上就都像涂染上了一抹太阳的色彩，红彤彤的满是喜悦。他们纷纷走到村委会的大牌子下，在财务人员面前，伸手捉起那支许多人已经拿过的签字笔，于编造成册的分红账簿上，找到自己的名字，慎重地签好名字后，就有自己的所得奉送到手上，这便一只手拿着，一只手在嘴唇边蘸点儿唾沫，哗哗地数了！

祖祖辈辈只在土地里刨生活的索洛湾村人，哪里想过会有这样的好事，在自己村子里，就能获得收益，那感觉可是太爽了！

索洛湾村人里头也有热爱文学的人。他们如柯小海一样，是都爱着路遥的。路遥的长篇小说《平凡的世界》是他们的枕边书，他们背后议论柯小海，就用了其中的一句话。

那句话柯小海没有给我转述，但我想象得到，跑不了"权威是用力量与智慧树立起来的"那一句。

这应该就是"速生杨"的选择了。柯小海为"速生杨"选择了集体，这是他的力量了呢！当然更是他的智慧！

从这以后，索洛湾村人没有不信任他的。大家在他的一力推动下，首次品尝到了集体经济的甜头，就更自觉地团结在一起，为村集体经济的进一步壮大而奋斗了。

时间步入2006年，柯小海在这一年年初的时候，出门跑了几个地方。他去的地方，都是集体经济发展好的村庄，他在那些个村庄里，把自己变得像是一块海绵，先是紧紧地缩在一起，然后慢慢地放开，尽可能多地汲取经验，然后回到村上来，召集村上的干部与党员骨干，大家坐在一起，谈论村集体今后的发展方向与方法。柯小海把那样的村干部会议，叫成"务虚准备"——不能开拓大家的思想，就无法开拓集体经济的未来。

集思广益的"务虚准备"会开下来，村干部都说了话、发了言，但具体怎么实施，还是雾蒙蒙一片，不能理出一个清晰的思路来。

柯小海便把他跑了许多地方的见识与见闻，给大家说了。他说了邻省河南南街村的情况，说了本省袁家村的情况……说一千道一万，柯小海是立场更加坚定，对未来更加有信心了，那就是继续深化集体经济的厚度，扩大集体经济的广度，走出一条可持续发展的集体经济成长的路子来。

这条道路要顺应时势，因地制宜。黄陵二号煤矿在他们索洛湾村业已扎下了根，那就是他们可以依靠的一棵大树。企地合作、企地共建是柯小海为此提出来的一个总方针，现在他又要加上一条，那就是企地团结、企地友情。

柯小海在索洛湾村"两委"会上，给大家这么说的时候，二号煤矿的领导们，也在为他们未来的集体经济发展想着办法。

黄陵二号煤矿不忘索洛湾村人在他们有困难的时候，对他们伸出援手，帮助他们顺顺利利地步入正轨，现在该是他们回报的时候了。他们首先想到了矿上的后勤工作，过去都是委托物业公司来运作，这一次能不能向索洛湾村倾斜一点儿呢？当然没有问题了，因为他们已经听说了柯小海的思路和想法，与他们是不谋而合的，所以在与物业公司签订合同之初，给了他们一个清晰的指示，要他们在招录物业用工人员时，多考虑索洛湾村的人。年龄大点儿，能够从事保洁等一些简单工种的，就录用他们做那样的工作；而年龄小点儿，又还有些知识积累的，就给他们培训，让他们从事相对复杂点儿的服务工作。

足不出村就能工作挣钱，解决了索洛湾村许多人的就业问题。大家皆大欢喜，企地关系以及村里群众与矿上人员的关系，不但紧密起来，而且亲密了起来。

这种紧密的关系，在不断发酵。矿上的后勤灶上，原来所需的食材都要去黄陵县城等地采购，而索洛湾村有的是温室大棚蔬菜，还有蘑菇、木耳，以及猪、羊、牛等副食生产，舍近求远，不仅成本高，新鲜度也要大打折扣……"矿郊农业"的概念，就在这样一种情况下，应运而生。

柯小海敏锐地发现了这一苗头，他要想方设法，使这一新生经济形态，得以健康有序地发展下去。

与煤矿签订供应协议是一个方面，保证质量和数量是又一个方面，柯小海分析了这两方面的利害，以为保证质量和数量，是关键的关键、核心的核心。柯小海把矿上负责后勤供应工作的人请到村上来，与他们一起钻温室大棚，一起去蘑菇、木耳养殖基地，一起进猪、羊、鸡、牛的养殖场，针对已有的蔬菜种植，以及蘑菇、木耳、猪、羊、鸡、牛的品种与品质，现场办公商讨，按照后勤的需要，改善种养品种，按时按需供应矿上……这一措施的实施，收到了共赢的好效果，不仅解决了索洛湾村蔬菜等农产品的销售问题，也使矿上的职工吃到放心菜、放心蛋、放心肉。

企地合作的效益是巨大的，前景更为可观。

索洛湾村群众种植和养殖的积极性空前高涨，仅仅一年工夫，就新建和修补了塑钢弓形温室大棚二十座，中型弓棚六十八座，塑钢弓棚的年收入不低于5000元，其他弓棚的年收入不低于3000元。

50亩"速生杨"的选择，所产生的影响在不断发酵，索洛湾村村民之间的友谊在加深，索洛湾村与二号煤矿的友谊也在不断加深。

第 9 章

苹果有说法

生活包含着更广阔的意义，而不在于我们实际得到了什么，关键是我们的心灵是否充实。

——路遥《平凡的世界》

一

有"苹果教父"之称的乔布斯，很不幸地在56岁辞世，让全世界的苹果迷顿足哀伤，痛惜天才不在。我得承认，我算不得苹果迷，但我也深受苹果的影响，而且还不只是乔布斯创立的苹果品牌，另有两只苹果，也很让人迷恋。一个诱惑了夏娃，一个砸中了牛顿。他们的肉身没能永生，但因为苹果，他们成了传奇，成就了精神的永生。

譬如夏娃的苹果，一举成就了有灵性的人，给了爱无限美好。

譬如牛顿的苹果，造就了那科学的"灵光一闪"——正是他念念不忘被苹果砸了头的事，始有万有引力的发现。

让人馋涎欲滴的苹果啊，还将缔造怎样的传奇？我在索洛湾村住了下来，在与柯小海的交流和交谈中，听了他关于苹果的一段描述，蓦然有了一种不可名状的发现，发现他这个深山里的汉子，似乎也是被苹果所青睐的一个灵魂呢。

在与柯小海的交流中，说起集体与个体的关系时，他即很有感触地拿苹果来说事儿了。

柯小海把村集体比喻成一箩筐苹果。村里所有的人，都眼巴巴盯着箩筐里的苹果看，想要吃到苹果。然而箩筐里的苹果是有限的，没法满足所有人的胃口，那么就出现了争抢的现象。结果会怎么样呢？自然是身强力壮的人能够抢到苹果，而且还可能抢走别人该有的苹果。既如此，身体瘦弱，以及病老残疾者，就吃不到苹果。对于这样的状况，有人也许会说："能者多劳，劳者多得。"跑得快，跑在前面的人，就应该得到苹果，不论多与少。

这合理吗？柯小海的苹果有说法，听得我竖起了耳朵，想要听他继续说。

柯小海没有让我迷茫。他与我说起苹果的理论时，我们就步行在窨子沟的沟口上。他走着走着不走了，停顿了那么一会儿，抬起头来望向窨子沟沟垴悬崖上的那几孔石窑洞，他大伯柯玉斌创立索洛湾村党支部的石窑洞，就清晰地出现在他的眼前。他看了好一阵，回过头看向我，继续着他的苹果理论。

柯小海说：那肯定不合理。

柯小海说：人大多这样，得到了还想得到，得到的越多越不满足。他们身强力壮，抢先拿到了苹果，会匀出来一些给弱势的人吗？大概是很难很难的呢！

柯小海说：村集体该干什么呢？

柯小海说：村集体就是要让村民们不论身强力壮，还是老弱病残，都能合情合理地吃到苹果。

这么说着的柯小海是开心兴奋的。他进一步说了，平衡强弱之间的关系，可以让"能者更能"，而"弱者"也有其生存和发展的空间。这样下来，既不打击"能者"的积极性，又能照顾到"弱者"的利益。

我们社会主义的优越性就在这里，当年陕北贫苦百姓起来"闹红"的初心，也在这里。

柯小海把他们索洛湾村实行的这一系列治村规范，以分苹果来类比，说得我心服口服。我是有点崇拜他了，因为他就是个有思考、有实践的乡村哲学家。

结合我曾有过的乡村生活经历，以及乡村生活积累，我深入索洛湾村，全方位地对柯小海所做的这些工作，进行了我的考察和思考。我深切地感受到了他们索洛湾村，之所以不断进步、不断发展，都在于他们在柯小海的主持下实施了这一套管理办法。

这个办法就是柯小海说的，把集体经济融于市场经济，让两者相互作用、相互促进，这就是索洛湾村早日实现脱贫致富的根本。

听柯小海几次给我这么说，我加深了对他这一立场的认识，感知到他所全力推动的集体经济，只是他们脱贫致富的初级阶段。因为集体经济让大家吃饱穿暖是可以的，但要向更高的标准发展，还是有局限的。劳动者的惰性会逐渐暴露出来，影响大家向更高的目标迈进。市场经济亦有问题，大多数农民习惯了原来的"旱鸭子"生活，一下子赶进"商海"里，他们水土不服，淹在里面不能自拔怎么办？

柯小海以他们在索洛湾村的实践，很好地回答了这个问题。

二

柯小海与索洛湾村的人在做这个回答的过程中，发生的一些真实故事，是太令人难以忘怀了。

黄陵二号煤矿在他们索洛湾村是轰轰烈烈地建设起来了，并红红火火地生产起来了……柯小海乐见这样的情景，但他也看到了另外一些情况，是他不能忘记的。那就是他每次从二号矿的矿区经过时，总能看见村里那些缺乏生产生活技能，又不甘闲散的妇女们，为了能够捡到一块半块煤炭，守株待兔般待在拉煤车辆途经的地方，手是黑的，脸是黑的，浑身上下都是黑乌乌的煤粉灰。车辆不来的时候，她们灰塌塌坐在路边；车辆来了，扬起的煤灰立即笼罩了她们；到车辆跑开了去，她们就会从煤灰中露出来，追着道路上落下来的煤块儿，你争我抢地撵着去……她们常常因为一块半块煤炭，还要吵起来，甚至相互撕扯着头发打起来呢。

柯小海见了这样的情景，心里有种说不出的难受。

村子里的这些妇女，之所以捡拾拉煤汽车落的煤块儿，是因为一来可以解决点家里的日常燃煤需求，二来积攒着还能变卖换钱。

柯小海为她们而难过，不仅难过她们所受的苦与累，还难过捡拾车辆落煤时，个别拉煤的汽车司机，以及巡视矿产的保安，对她们轻慢无理的呵斥。

索洛湾人不能只是富裕了就好，还要有自己的尊严。

柯小海找到她们，与她们交谈，听得出来她们并不是缺吃少喝，也不是短穿短用，她们是闲得难受，闲得浑身的筋骨疼，又没啥可做，而那些煤落在公路上没有人捡，怪可惜的，便是你来了，她也来了。柯小海想要说服她们，不要那么受累，不要让人家看不起。

然而柯小海的这点儿说教，没能阻止她们捡拾落煤，他也就暂时地任由她们捡去了。

不过，柯小海不能允许这样的事长期存在。恰好又有两件事情，毫无征兆地发生了。2006年的年初，柯小海一个黄陵县城的朋友，约他出来吃饭。

两筷头的小菜咽下喉咙，一杯小酒倾进嘴里，朋友开口说起他的打算了。

对方希望利用柯小海的关系，进一步拉上黄陵二号煤矿，来做他想做的事情。柯小海没有随便开口，听他继续描述生意的前景，说得那叫一个天花乱坠，如果不是柯小海有定力，换一个人试试，非要被他忽悠进去不可。但他遇到的是柯小海，在听他口若悬河地说着好处时，柯小海想的不是个人的利益。因为他听得很明白，朋友之所以看准了他，是因为他与二号煤矿的关系。如果朋友借用他的关系，给自己谋利益，那不是徇私吗？柯小海没有答应他，他还不甘心，劝着柯小海酒，絮絮叨叨地继续他的话题。柯小海便找了个由头，借故早早走掉了事。

不过，那位朋友倒是提醒了柯小海，他与二号煤矿的关系还有利用的价值。这就对了，他可以充分利用起来，加大索洛湾村集体与二号煤矿的合作，既为二号煤矿做好服务，也为索洛湾村集体增加财富。

柯小海的心里种下了这样一颗种子后，他开始起心琢磨索洛湾村与二号煤矿合作的机会。恰在这时，他去县城开会，县城一位富商和他住在一套房子里。他俩晚上聊天，柯小海隐隐约约感知到那位富商之所以与他住在一起，不是掏不起单独住房的房钱，而是有意为之，想要与他套近乎，好拉住他这个关系，投资索洛湾，图谋点儿事情。开始时，富商还不是那么露骨，俩人聊得还算热火。但是聊着聊着，柯小海听出不同的味道来了。富商给他神秘莫测地悄声说了这样一句话。

富商说：肥水不流外人田！

柯小海听着，听得不是太真切。富商就还加重语气重复了一遍那句话。这使柯小海一下子警觉起来，知晓他投资索洛湾，是另有所图的，就是以索洛湾村为跳板，想法子渗透进二号煤矿，向煤矿寻利益。柯小海不动声色，仔细听他说，把他的话当成了自己学习的一种特殊教材，以为可以从前次那位朋友的说教，与这次这位富商的图谋中，获取很好的启发。他不能满足他们的私利，从而增加自己的私利，但完全能够以此为契机，发展他们索洛湾村的集体经济。

连续遭遇的这两件事情，让柯小海悟出了一个大道理来。

这个大道理就是成为索洛湾村近邻的黄陵二号煤矿，是个不可多得的"大财神"。与这个"大财神"不沾边的人，都千方百计地想要接触渗透，谋取利益。索洛湾村为了二号煤矿的建设，是付出了代价的，并且还有牺牲，他们为什么就不能抱住"大财神"的腿，为村集体做些文章呢！利用在县上开会的时机，柯小海几天来有意识地跑去县里其他煤矿考察参观……柯小海是有眼光的，脑子也特别好使。他在店头镇等处的国有煤矿发现了不少机会，一个一个都不是小机会，而是大机会哩。

每一个机会，可都是他们索洛湾村要做的大文章啊！

开阔的思路，带出了柯小海许多好的想法……二号煤矿的矿区建设规模在继续扩大，产煤量急剧增加，运输车辆，还有工程车辆等等，也都在不断增多，而停放场地严重不足，乱停乱放，到了下午四五点钟，矿区门口以及道路两旁，横七竖八停满了车辆，既影响交通，又埋下诸多事故隐患，造成了不少问题。柯小海的脑子里浮现出一个大型停车场的雏形，酝酿了一段时间，他觉得成熟了，就去找矿上的领导说了。

矿上的领导为此头疼了好些日子。柯小海找来那么一说，矿上的领导别提多高兴了。

双方一拍即合，矿上领导完全支持柯小海的想法。他们大大方方地告诉柯小海，村上需要他们帮助的，尽管说，只要他们做得到，就绝不含糊。矿上领导说到动情处，把柯小海一顿猛赞，说他总是能想矿上之所想，为矿上之所为。答应下来，可以拨出一笔经费，资助村上办停车场。

柯小海感激矿上领导的好意，但他没有接受矿上的资助。

三

索洛湾村集体经济积累到这个时候，柯小海算了一笔账，是不缺那笔建设大型停车场的资金哩。

柯小海不接受矿上的资助，是因为他要村上独立自主地完成这一项目的建设，最后也由村上独立自主地来运营。柯小海没有向矿上领导隐瞒他的想法，而矿上领导也都同意他的做法。因此，一个配套洗车、修理、住宿等方便运输车辆驾驶人员的综合性大型停车场，高标准地建设起来，并投入营运。

在建设前，柯小海不仅跑到双龙镇，向新上任的党委书记蔡书明汇报了情况，还跑到县上去，向相关部门咨询，办好了一切施工手续。

其间，柯小海自然充分征求了村"两委"干部的意见，还召集党员代表开会讨论……大家谁都看出来这是个赚钱的好项目，其中就有多位党员干部，以及一些有想法的村民，来找柯小海了，想要独自承包停车场。他们中的个别人，还动用了这样那样的关系，托人说情，施压于他，让他颇为被动。不过，柯小海的态度是坚决的，他的心里，装着的是村集体，他不能答应个人的要求。所以不管是谁要求、谁说情，他都耐心地给他们做工作。有些人的工作好做一些，有些人的工作还很不好做，柯小海就只有得罪他们了。

柯小海面对那样的人，说话便不客气。他说：我都没动这个心思，你们也就别动了。

柯小海说：动都是白动，没有用。

柯小海说：索洛湾村不是谁一个人的。大家既然都很看好这个项目，那我就要坚持，交给索洛湾村集体来经营，有收益了，都是村集体的。

柯小海把村"两委"的干部们，先一个一个地说服，与全体干部达成一个共识，以村集体的形式，注册了"黄陵县龙湾汽车服务站"。大家在村集体的召唤下，齐心协力，虽然有繁杂的土地流转等问题要解决，但因为是给村集体办大事，就也没人作梗，很顺利地整合好要用的土地，这便风风火火地一通大干。到2007年年底，一个专业化、高规格的运输车辆停车场建成投用了。

占地20余亩的停车场，同时可停大型运输车辆二百余台。

二号煤矿的领导在停车场建成投用后，来到停车场察看，高兴得全都合不拢嘴。他们说了，这是他们很早就想解决的一个问题呢。但是涉及的问题，不是他们一家就能解决的，既有土地的征用，还有服务配套，问题多了去了。他们不能及时解决的问题，柯小海出面解决了，比他们自己解决更省心、更快捷、更有效。他们要感谢柯小海，感谢索洛湾村。

有了这次成功实践，二号煤矿还与索洛湾村商议，建议他们继续以村集体的形式，在黄陵县龙湾汽车服务站的基础上，成立一个有规模的汽车运输队，承担矿上煤矸石的清运工作。

矿上提出来前，柯小海就已对此做了调查。

柯小海发现二号煤矿在生产煤炭的同时，还伴生了大量的煤矸石，提取到矿井上来，到处乱堆乱抛，已经成了一个不可忽视的公害。好端端的农田，好端端的沮河，就因为煤矸石的问题，不同程度地受到了污染……造成这种问题的根源，柯小海调查得清清楚楚，是洗煤厂在进行选煤作业时，把筛选出来的煤矸石交由一家外包公司来承担，他们不是索洛湾村的人，污染了农田，污染了沮河，他们才不以为意呢！他们要的是自己的收益，所以干得就很潦草，甚至放肆。索洛湾村集体来做，农田是自己的农田，沮河是自己的家乡河，谁会不珍惜自己的农田，谁会不爱惜自己的家乡河？

前有黄陵县龙湾汽车服务站这个榜样做基础，再有自己的汽车运输队跟进，索洛湾村的集体经济是越来越有模样了。

柯小海曾经说过，要让"索洛湾村的农民变工人，最终变成干部"。现在的村民是已经能够像矿上的工人一样，按月领到自己的工资了。

柯小海可不是随便一说的，他在集体经济良性运行的基础上，提出了一个"三变"的经营模式，来为壮大集体经济保驾护航。他的"三变"原则，即"资源变资产，资金变股金，农民变股民"。这样一来就好理解了，村集体的每一寸土地、每一棵树都是资源，而资源就是资产，包括过去遗留下来的扶贫资金，以及上级机关拨给索洛湾村的产业扶持资金等，综合起来，都属于全体村民所有。这也就是说，村集体的所有资金，就是全体村民的股金，一个村民，就是一个股民。

成了股民的村民，有资格择优到村集体办的黄陵县龙湾汽车服务站与汽车运输队工作。所有的工作岗位，全都按照相应的市场标准发放工资。岗位不同，薪资就不同。岗位薪资的多寡，不由谁一个人说了算，都是村集体商议决定的。

索洛湾村村民个人与家庭的收入和积累在增加，柯小海却又有了一样担心。他担心手里有点余钱的人，拿捏不住自己，往赌博圈子里钻，往酒场桌子上溜，就还思谋着把大家手上的活钱，集中起来办大事，赚大钱。

柯小海的思谋是这样的，他通过村"两委"会决议，号召村民参与到村集体的经济运营中去，可以考虑在增加运输车辆的时候，给村民机会，让他们带钱参与进来。这么做，既壮大了集体经济的规模，又提高了村民个人的收益。

到2007年年终，村集体的年收益达到了500多万元，村民人均分红3000余元。

村民们是富裕了，柯小海却并不满足。

2007年年底到2008年年末，柯小海总结成立蔬菜协会的经验，发现他们实行"农户+协会+企业"模式，对二号煤矿及矿区里的私企，采取定向、订单式销售的方法，是一个可行的好方法，是值得其他领域借鉴学习的。他因此贷款10余万元，为索洛湾村又建起了黄陵县首家村级农产品加工厂。他为工厂设计经营模式，灵活机动地采取了"集体经济+个体经济"的方法，一举使得他们做了几年的"双龙贡米""双龙玉米糁"，在生产规模上有了长足的发展，为他们索洛湾村集体经济增加了新的活力。

路遥《平凡的世界》里的这句话，在我与柯小海聊着这些事情的时候，蓦然清晰地浮现在了我的脑海里，我默默地诵读了出来："生活包含着更广阔的意义，而不在于我们实际得到了什么，关键是我们的心灵是否充实。"

显然，柯小海听到了我的诵读，他会心地笑了笑。

柯小海笑着说了：我所追求的，就是心灵的充实。

柯小海说：每一次面对财富的时候，我心里其实也是非常纠结的呢。充实的心灵，会帮助我坚持对的立场，做出对的选择。

四

柯小海因为坚持着这一颠扑不破的主张，所以才能清醒地认识问题，解决问题。索洛湾村富裕起来了，究其根本，是他们村与黄陵二号煤矿企地共建的结果。因此他把维护企地关系看得高于一切，发现村里有人绕开村集体找矿上的麻烦，甚至产生这样那样的矛盾，作为村上的当家人，柯小海看见了、听到了，绝不会偏袒村里人。因为他从来都是以身作则，不会因自己的私利去找矿上，也就不会产生矛盾、出现纠纷，因此出现问题时，他就能够站出来，做村民的工作，教育大家不可无理取闹，有理也要由村上出面，来与矿上交流。

这是柯小海的原则哩。他在任何时候，都是以维护友好企地关系为准则。

一条不成文的规定，柯小海在2008年时，于全体村民大会上讲了出来：索洛湾村不论什么人，都不得自己有事，直接去找矿上的领导。

为了友好的企地关系，柯小海在黄陵二号煤矿初来索洛湾村时，就与村"两委"一起研究出台了"三不、三要、三规范"村约。村约的"三不"即"不贪、不占、不拖拉"，"三要"即"要勤快、要务实、要敢负责"，"三规范"即"理论学习经常化，事务决策民主化，财务管理透明化"。村"两委"把这些规定，不只说在嘴上，还清楚明了地写了挂在墙上，让群众来监督。可以骄傲地说，自从有了这样的规定，不论柯小海自己还是村上其他班子成员，都模范地遵守着这些规定。他们每周召开的支部党员大会不间断，每月召开的村民大会不间断，"支部的事情党员定，村里的事情群众定"。

村"卫生制度""党员产业带头制度"等一系列行之有效的村规民约，逐步建立起来，有力地保障了索洛湾村风清气正，经济健康发展的良好势头。

柯小海带头制定的村级制度，最早的是"干部坐班值周制度"。

这个制度的制定，对柯小海来说，是被动的。当初他上任村干部时间不长，住在索洛湾村东头的一户人家，因家庭纠纷，竟然酿成人身死亡的严重事故。村民出了这么大的事情，村"两委"事前居然毫无知觉。事发之后，柯小海震惊之余，想了很多，他深深自责，并在村"两委"会上发了火。他发火不是针对别人，而是针对自己，说他自己没有做到位，他向大家诚恳检讨，并因此提出来制定"干部坐班值周制度"，安排村"两委"干部，以及村上的党员骨干，编组排队，按周轮流在村委会值班……这么一来，既能很好地了解村里群众的基本情况，还能很好地培养干部苗子。

在值周制度出台之前，柯小海先拿出一个初稿来，特别征求了一些老同志的意见。

二号煤矿入驻索洛湾村以来，村民们的思想动态以及心理活动，村委会必须及时掌握。这是柯小海在初稿里强调的一个重点。要达到这样一个目标，干部值班，就不是坐在村委会办公室里喝茶看报聊天那么松快了。大家无论谁值班，都要走出办公室，走到村民中间去，收集村民的意见与看法，还有村民的思想精神动态和苗头，回到办公室来，记录在案，定期在村"两委"会上研究解决，把矛盾和问题都化解在萌芽状态。

这个制度的建立，当即收到了非常好的效果。

然而都是些鸡毛蒜皮的家常事，开展了一段时间，有人就觉得麻烦，埋怨的声音也出现了。但是柯小海没有动摇，他坚持必须这么做，哪怕像有些人说的，是村干部自找难受、自找不愉快，柯小海都毫不动摇。因为他的心里有一个谁都不能触碰的信念，这个信念高于一切，那就是他常给大家说的。

柯小海说：群众的事无小事，小事也是大事。

我在索洛湾村采访，就多次听到村里人说，村党支部与党员领导干部，是飘扬在他们村子上空最鲜艳的一抹色彩，像党的旗帜一样鲜红。

有党的旗帜一样鲜红的村"两委"干部们努力，他们村还有什么问题不能解决呢？

五

2010年入秋的时候，老天仿佛要考验他们似的，又给索洛湾村带来一场大洪水。

自7月中旬开始，大雨连降二十多天，沮河水持续暴涨，致使双龙镇全镇遭灾，索洛湾村处在沮河边上，受灾自然是最严重的。村里的蔬菜大棚和庄稼地因此惨遭损毁而歉收，沿河的防洪堤坝以及村道和公路也都被淹，遭受不同程度的毁损……《陕西黄陵二号煤矿有限公司投产十周年大事记》对当年的受灾情况，做了详尽的记述："7月23日至24日，黄陵地区持续暴雨，矿区遭受严重洪涝灾害。暴雨造成店双公路长墙至河浦公路桥被河水冲断，二号煤矿至矿区中心区交通受阻长达28天。"透过这一记录可以看出，暴雨洪灾给索洛湾村造成不小的损失，而二号煤矿因为地理位置的关系，遭受的损失比索洛湾村要大得多。滔天的洪流，淹没了整个矿区和厂区，是二号煤矿建矿史上最大的一次灾害。对此记忆深刻的马忙利说了："如果任由洪水泛滥，矿井和几处风井也将受到严重威胁，后果不堪设想。"

柯小海在洪水暴发后，第一时间赶到二号矿场。

来到矿场的柯小海，头顶是一串串滚滚雷鸣，身边是一片片滔天洪流……他眼睛看得见，心里也知道，他们索洛湾村也在雷鸣和洪流中，但他心系国有大矿的危难，在一个小时不到的时间里，召集村上一百多位强壮劳力，根据洪水暴虐的情况，合理安排，与矿上的工人朋友一道，投入最为紧急的抗灾救险中去！

在柯小海的心目中，二号煤矿是国家的重点工程项目。与他一样，索洛湾村里人，这么多年与矿上的人休戚与共，大家都成了朋友，所以也都把矿上的危难当成村上的危难，甚至在某种程度上，把煤矿看得比村子还重。

两天的鏖战过去了，两夜的鏖战过去了。

鏖战在二号煤矿矿区和矿场上的柯小海，带领着索洛湾村的党员和强壮劳力，与矿上的职工们，风雨同舟、齐心协力、奋不顾身，保卫着二号煤矿的安全，任凭洪流滔天，他们岿然不动，有力地保障了矿区与矿场的安全，最终顺利熬过了危险期……在此期间，柯小海受伤了。他在洪水中扛设备时，腿部意外遭受冲击而受伤，伤口血流不止，但他顾不得包扎，一直冲在抗洪的最前线。

二号煤矿从洪流中安然无恙地挺了过来。柯小海他们村里的党员和强壮劳力，没有来得及休息片刻，就又投入了新的鏖战。

他们听闻崖头庄小组在洪流中受灾严重，扭头向矿上的职工们招呼一声，谢绝了他们备好的答谢，当即奔向崖头庄……柯小海腿上的伤口还在流血，他依然不管不顾，跑在全体救灾人员的最前边，跑到崖头庄，帮助村民转移。

在把崖头庄的村民都转移安置好后，柯小海发现他们无法保障基本生活，又立即动员索洛湾村的其他村组，拿出村民家里的食物，涉洪送到崖头庄。

柯小海处理好索洛湾村急需处理的灾害问题后，本可以回家去包扎一下他受伤的腿，可他向家的方向走了几步，却又转头去了二号煤矿的受灾现场。在那里，他发现矿上的集体财产是都保护好了，可是职工个人依然需要帮助。当时面临的最大问题，就是职工们的宿舍出了状况，大多数宿舍因为洪水侵袭，已经无法居住了。

柯小海来到他们身边时，许多职工就疲乏无力地躺在冰凉的湿地上。

这可是不行啊！要是因为湿冷而躺出问题来，可不是一天半天的事情。腰疼了，腿疼了，一辈子都要受罪了呢！柯小海喊来村上的干部，把村委会和学校教室腾出来，又号召村里的人，把家里的被褥铺盖捐出来些，送给矿上的职工兄弟们用……半天时间，二号煤矿百十来号职工的住宿问题，就顺顺利利地得到了解决。

二号煤矿的领导与职工，被柯小海与索洛湾村感动了。

他们没有想到，在这偏僻的山沟沟里，村民们是那么热心，把他们真的当作了自家人。二号煤矿的领导和职工因此感动地说了。

他们说：索洛湾的村民，依旧保持着革命老区的良好精神风貌！

他们说：在大灾大难面前，他们那种大无畏的精神，是值得二号煤矿的职工永远学习的。

二号煤矿的许多职工，在我采访他们时，还对当时的情景记忆犹新。

他们有人给我说了，柯小海在发动村里人给他们安排好住宿的地方后，还带头在家里烧好开水、蒸好馒头、炒好菜，盆子端、水桶提，拿到他们临时住宿的地方，给他们吃喝……二十多个日夜，柯小海和索洛湾村的村民，天天如此，细致入微地关心、照顾他们，让他们当时没少流眼泪。

患难之中见真情。二号煤矿与索洛湾村，感情凝聚在了一起，心也想在了一处。

二号煤矿感激索洛湾村的真情相待，索洛湾村感激二号煤矿带来的机遇。它们友好相处，共同发展。

爱想事，也能想出事情来的柯小海，处处比别人想得多一点，事事比别人想得远一点。他感觉，索洛湾村的产业能量，还远远没有开发出来。他们村因为二号煤矿的建设，发展得快了点儿。但煤矿资源是有限的，只能给一个地方带来暂时的繁荣。而一旦资源枯竭了，索洛湾村怎么办？还能躺在资源上面求发展吗？当然不能了。那样的话，索洛湾村还只能是原来的村庄，索洛湾村的村民还只能是原来的村民，就像索洛湾村四周山里的树木一样，根就扎在这里，在这里招风，在这里沐雨……想到这些的柯小海，是坐不住了呢！

柯小海要为索洛湾村寻找新的发展方向。他一有机会就往外跑，他四处跑，产生的费用，却都是自己掏腰包。

不断地跑，让柯小海的视野更开阔，格局也更大了。

索洛湾村，即将走出一条崭新的发展道路来。

第 **10** 章

柔情沮河水

如果我们是善良的，我们就应
该普遍同情所有人的不幸和苦难。

——路遥《平凡的世界》

一

沮河不总是暴虐的，只是在特殊的气候状况下，可能洪流滔天，给人带来危难。而平常的日子，发源于子午岭东麓沮源关的沮河，一路蜿蜒百余千米，横贯黄陵县全境。索洛湾村人看到的沮河，清清亮亮，潺潺湲湲，鸣鸣溅溅，好不舒缓柔曼，仿佛一位柔情似水的女子，浸润着深山里的索洛湾，使生活在这里的人们，无不受恩于她的爱抚。

当然了，特殊气候时的表现——暴虐，更加显现出沮河是需要人们警惕和包容的。

这该是一种别样的启示吧。

那场大火就来得既突然，又莫名其妙。居住在索洛湾村东头的乔生贵，家里发生矛盾纠纷，他老婆带着小儿子离家出走，留下大儿子和二女儿。性情孤僻的乔生贵一时想不开，导致精神错乱，竟然发起疯癫来，大白天在家乱扔砖头乱打人，还把他的大儿子乔大亮赶出了家门。乔大亮是年业已15岁，长得体体面面，他怕父亲在家里继续发疯，会闹出更大的问题来，就满村子寻找柯小海，找到后述说了父亲的情况。柯小海闻言没敢大意，迅速带着村委会干部，跟着乔大亮，一路小跑地奔向他家……他们跑得已经够迅速了，可还是赶不上事态的发展速度。柯小海气喘吁吁地跑进乔大亮家的院子，想要与发着疯癫的乔生贵拉拉话，解开他心里的忧烦。但是隔着被乔生贵关得紧紧的屋门，任凭柯小海高声大嗓子地给他喊话，他就是一句都听不进耳朵里。恰其时也，把自己关起来的乔生贵，突然引燃了放在窑洞里的一堆玉米秆。干柴见火，迅速把整个窑洞烧成了火炉，窑洞里还有积攒下来照明用的煤油，以及供食用的菜籽油，就这样都在大火里燃烧起来，油助火势，火借油劲，把整个窑洞烧得没人敢到近前去！

柯小海不能袖手旁观，他冒着被烧伤的危险，抢在所有人前头，冲到窑洞前，使出累死牛的劲儿，踹门砸窗子，但老榆木制作的门和窗，在这时候又那么牢固，柯小海就是踹不开、砸不烂，而烟雾跟着柯小海踹开的门缝，扑到院子来，把院子也都笼罩在烟海中了！

万不得已，柯小海喊叫着让乔大亮找来斧子镢头，劈开了门窗，但火势已不可逆转，而乔生贵在大火中已被烧成了一具黑乎乎的尸体！

看着父亲焦黑的尸体，乔大亮当下昏死了过去！

这样一场变故，不仅使柯小海错愕不已，便是索洛湾村的人，也全都不知所措，一点家庭矛盾，何以酿成如此大的悲剧！

然而眼前的情景，还不允许柯小海在那里痛悔懊恼。他知道死人是顾不上了，活人必须照顾好。他迅速组织村里人，把昏死过去的乔大亮，抬去了二号煤矿的医院，同时还把乔大亮的妹妹乔园园，暂时地送去了他们姑姑家。在煤矿医院里，柯小海单独留下，坚守在乔大亮的病床前，劝说开导着乔大亮，熬过了难熬的三天三夜。在此期间，柯小海几乎一眼没眨，他苦心劝说，让乔大亮安定了一些，这才出院回了家。

安葬乔大亮的父亲，柯小海可以动用村里的福利基金，但他没有，而是自己出资出面，替乔大亮葬埋了他的父亲。

因为家庭的原因，乔大亮养成了个沉默寡言的性格。面对家庭变故，他只是默默地流泪，手牵着他的妹妹，悲悲戚戚地掩埋了父亲。不过他知道，为他做着这一切的，是与他非亲非故的柯小海。他感念柯小海的善意，在安葬好父亲后，他拉着满脸泪水的妹妹，给柯小海跪了下来。这一跪，把柯小海惊得不轻，他一把拉住乔大亮，一把拉住他妹妹乔园园，拉起来，给他们兄妹说了。

柯小海说：有我哩。我不会让你们兄妹无家可归。

柯小海说：你们不是还有母亲哩么。我给你们把母亲找回来。

柯小海是这么说的，自然也是这么做的。大火烧掉了老窑洞，年少的乔大亮和妹妹乔园园，连进去看一眼都不敢。那里确实已不适宜他们兄妹居住了。柯小海就找了兄妹俩的大伯，还与村"两委"干部商议，但是他们，包括兄妹俩的大伯，都拿不出个办法来。柯小海就说了他的办法。

柯小海的办法就是大家没了办法，让两个孩子跟他过活好了。

柯小海这么决定下来，他征求兄妹俩的意见了。他说：给你俩找回妈妈还需要些日子，你俩跟我到我家里去，咱们在一个锅里吃喝怎么样？

柯小海说：我要把你俩当我亲生的来养哩。

柯小海的话让乔大亮和他妹妹乔园园非常吃惊。像他们兄妹一样吃惊的还有索洛湾村的众乡亲，他们都知道，对于柯小海来说，这是一个多么大的负担啊！那个时候，他的老父亲柯玉荣已经年迈，帮不上他什么忙，而他自己新婚不久，他媳妇儿接受得了他的这一决定吗？

柯小海不傻，他知道乔大亮、乔园园兄妹俩，还有很长的路要走，吃吃喝喝、穿穿戴戴，没有一件省心的事，再者，他也会有自己的孩子，他们在一起闹了矛盾、红了脸怎么办？

所以说，柯小海不是不知其中的难场，但他毫不犹豫地把乔大亮、乔园园兄妹俩接进了他的家，把他们当作自己家里的两口人。

二

乔大亮、乔园园住进柯小海家后，有人从关心柯小海的角度提醒他了，说："自己的孩子都难养哩，你怎么养他们俩兄妹呀？"

柯小海懂得他人的提醒，但他做他们的工作了。

柯小海说：孩子还小，他们需要一个家。有家的孩子，内心就会安定。

柯小海说：我不能给他们兄妹什么，给他们一个温暖的家还是可以的。

柯小海说：再者说了，他们兄妹的妈妈还在人世间，我给他们找回来不就好了吗？

柯小海把为乔大亮、乔园园兄妹找妈妈的事情，报给了双龙镇派出所，还有黄陵县公安局。两级公安机关费了许多心思，也用了许多手段，四处给兄妹俩找妈妈，但始终找寻不出个头绪来。两个孩子，因此就都只有吃住在柯小海的家里，就如他们家的两口人一样，安安静静地一边生活着，一边在学校里学习着。

乔大亮和妹妹乔园园的不幸遭遇，在此前一个并不特别的日子里，曾同样降落在杨亮宝的身上。

杨亮宝的家在索洛湾村那个叫水磨的小组里。

20世纪80年代的时候，组里来了一位讨口的哑巴女，40来岁的样子，倒也周正有样。组里杨生杰是位退伍在家的老好人，他妻子不幸早亡，没留下一男半女，杨生杰就悲悲戚戚地孤独地生活在人世上，苦熬日月……哑巴女讨口到了他家门前，他倾尽家中好吃的、好喝的，给她吃喝，并小心询问了她，发现她说不清自己的家世，就更同情她了。哑巴女嘴不能言，但心里清亮着哩。她敏锐地感觉到，杨生杰是她讨口路上遇到的一个最善解人意的人。她飘荡在漫漫长路上，不知道哪里是她的归宿。在杨生杰这里，她有了这样的感觉，以为她可以安下心来，做他的女人，成她的家了。

心里虽有这样一个打算，但哑巴女不会自己说，一连几天盘旋在杨生杰家周围，到了吃饭的时候，就往杨生杰家里去，站在他家的院子里，等着杨生杰给她端饭吃。

邻居老陈是个心眼儿比较活络的人，一来二去地，他看出哑巴女的心思，就有意撮合他俩。老陈给听得进他话的杨生杰先说了他的想法，杨生杰没有立即答应，只是告诉老陈："咱年龄太大了，人家还比较年轻，咱可不能亏了人家女子。"老陈把杨生杰的话，连说带比画，告诉了哑巴女。哑巴女是听明白了，因此把她的头点得如同捣蒜，很急切地应承了下来。

杨生杰感觉到了哑巴女对他的信任，就叫来亲戚邻人，给他俩举办了一场颇为讲究的婚礼。

八碟子八碗的，还有酒，与亲戚邻人一番热闹红火后，他与哑巴女住在了一起。杨生杰没敢奢望，年已60岁的他，居然与哑巴女孕育下了一个健健康康的男孩子。

这个男孩子不是别人，就是如今视柯小海为父亲的杨亮宝。

那个时候，杨亮宝虎头虎脑，在老父亲杨生杰和母亲哑巴女的怀里，是个顶在头上怕吓了、含在嘴里怕化了的宝贝疙瘩。原来死气沉沉的生活，杨生杰过得一点意思都没有，现在他花甲之岁得子，高兴得时常咧着个嘴笑，小日子因此过得有滋有味、快乐不已。老父亲杨生杰在家的时候，就把杨亮宝架在脖子上，让他尽着性子骑；老父亲杨生杰不在家的时候，他就缠在母亲的身边，玩个不停。总之，杨亮宝是活泼可爱的，更是惹人心疼的……但好日子总是过得太快，在杨亮宝两岁半的那个冬天，他先在家里缠着母亲玩，可能因为母亲忙着别的事情，他玩着玩着，就离开母亲，去了他家旁边的公路上。

公路上车来车往，小小的杨亮宝，却一点都不怕飞奔的汽车，他就那么晃晃悠悠、颤颤巍巍地穿行在汽车之间。

哑巴母亲忙着手里的活儿，蓦然有种母子心灵相通的悸动，她回头看在她身边玩的杨亮宝，却一时看不见他在哪儿。撵出门来，向公路上只瞥了一眼，就看见了她的宝贝儿子！她大惊失色，张着嘴喊，却一声都喊不出来，她因此破了命地往公路上冲。就在她冲上公路的一刹那，有辆满载着煤炭的大汽车呼啸而来。听不见她喊叫的儿子杨亮宝，顽皮地从汽车的前头往公路中间跑，母亲的本能让她急了眼，追着儿子就往前撵，就在她伸手刚够着儿子的那一瞬间，她把儿子推到了公路边，自己则倒在了汽车轮子下！

原来梦想的幸福生活变成现实后，杨生杰想着会一直继续下去的。

不承想就这么转瞬即逝……柯小海听闻杨生杰家里的不幸，很快赶到他们家。当时他第一眼看见的是杨亮宝，哭得鼻涕长流，两只小手紧紧地抓着死去母亲的手，不肯放开。他的老父亲杨生杰，像他一样，也是只有长流的泪水，不知下来的日子该怎么过。有情有义的杨生杰，在事故发生之初，很想与他的哑巴妻子一起走的，是嘤嘤啼哭的杨亮宝唤醒了他，他可怜的哑巴妻子没命了，他得活下来，照护他们的儿子呀！

从此，杨生杰就既当爹又当娘地拉扯着杨亮宝，把他拉扯得上学了。

在这期间，邻居老陈两口子，可是帮了杨生杰的大忙。他们因此还把杨亮宝认成了干儿子。不论杨生杰，还是邻居老陈两口子，都把杨亮宝照管得很有成效。上学后，他的学习成绩一直不错。不过他的生身父亲杨生杰，毕竟年龄越来越大，身体也是越来越不抵了。但老父亲就是老父亲，他省吃俭用，把杨亮宝母亲用她生命换来的赔偿费，一分不少地积攒着，全要用于杨亮宝的成长。

老父亲满心希望杨亮宝能够快快长大，顶门立户……然而，不幸像个魔鬼一样，老是盯着可怜的他们，又一个叫人痛心的苦难降落在了他们家。

杨生杰的鼻子老是不爽，去医院检查，竟然是鼻癌！

这样一个沉痛的打击到来时，杨亮宝刚刚上二年级。老父亲杨生杰不知怎么告诉他聪慧可爱的儿子，他默默地忍受着，既不给自己的儿子说，也不给别人说。那段时间，杨生杰最爱干的活儿，就是在儿子杨亮宝回家做作业时，守在儿子的身边，看他做作业……杨亮宝做作业的样子认真极了，小小的一颗脑袋微微地偏向一边，两眼盯着课本和作业本：是算数题，他就一道一道地解；是语文题，该默写的他默写，该背诵的他就抑扬顿挫地背……在杨生杰的心里，这个时刻，是他此生最为幸福的时刻哩！

享受着如此美好的天伦之乐，杨生杰恨他太不争气了，病成这个样子，他舍不得撇下儿子走呀！

三

为了给儿子杨亮宝多省下些钱，杨生杰放弃了治疗。

但鼻腔的疼痛，常常不能忍受，他也只是强忍着到双龙镇，或是店头镇的小诊所，背过人买些止疼药，吃了往过硬挨。挨不过去时，还自己钻进梢林里去，凭着他山民的那点中医药经验，挖刨几样中药材，拿回家来自己熬了喝……这么熬着熬着，他是再也熬不下去了，癌变的鼻腔出现了溃烂！溃烂到最后，懂事的杨亮宝发现了，他关心地问起了老父亲。

杨亮宝问：爸爸，你的鼻子怎么了？

杨亮宝问：爸爸，你咋不去医院看看呢？

杨生杰不想儿子太操心，他依然如故地对杨亮宝隐瞒着。只说：一点小伤，过些日子就好了。

杨亮宝没有相信老父亲杨生杰的话，他知道，他是该有一份责任了呢。因此就还给老父亲说：爸爸你等着，等我长大挣钱了，给你找大医院看病。

然而远水难解近渴，杨亮宝的老父亲杨生杰苦苦挣扎到1999年的冬季，终于一病不起，赶在杨亮宝年假期间一个大雪的日子，给杨亮宝说了最后一句话，这便永远地倒头走了。

杨亮宝记下了老父亲给他说的最后那句话。他说：我冷。

杨亮宝不要老父亲受冷。他跑出屋子，在大雪纷飞的天气里，跑去他们家的柴火堆，抱了一抱柴火回来，给老父亲烧热了土炕，伸手去摸老父亲的脸时，他感觉到老父亲的脸冰冷！

杨亮宝悲苦地成了一个孤儿。

作为干大、干妈的老陈夫妇，听到杨亮宝无助的哭声赶了来。他们倒是想要帮助杨亮宝的，但是他们手头拮据，并不能帮到杨亮宝什么。他们因此请来了村上的干部……当时只是二组组长的柯小海，是在听到消息后，不请自来的。

村里干部的分工如此，杨亮宝住在索洛湾村一组，二组组长柯小海还管不到人家一组来。

逝者为大。村里的干部坐在一起商量杨生杰的安葬问题。

柯小海不好意思先说，他坐在一边，听大家说。可是大家都是一副愁眉苦脸的模样，没有人说话。大家不说话，却还把目光转着圈子转到了柯小海的脸上……大家之所以如此，是因为柯小海当了二组组长后，不仅把二组的情况走访了一遍，还走出二组的范围，把全索洛湾村的基本情况都了解了一番。杨亮宝家的状况，他就是在走访中知道的。他知道后，就还自觉帮助他们家，特别是在杨亮宝上学读书的问题上。每逢开学的日子，柯小海都把他准备好的学费拿给杨亮宝，让他交给学校。柯小海这么做了，却没有说过那都是他挣下的血汗钱。杨亮宝年少不知道，但与柯小海一起坐在他家，商量他老爸后事的村干部，是都知道的。

大家知道柯小海给杨亮宝送学费，无不是以村里的名义送的。但是大家心知肚明，柯小海从来没有在村里报销过那样的钱。

正因为柯小海为杨亮宝他们家做了这许多，所以大家还是希望他先说话。

柯小海感受到了村里干部们投在他脸上的目光，他没有回避，抬了抬头，说话了。

柯小海说：咱不能难为死者，要体体面面地给人一个交代。

柯小海说：我手里松快一些，杨亮宝父亲的丧葬费用，还有棺材板，我就一起出了。

做了杨亮宝家多年邻居的老陈两口子，都是老实人。他们听柯小海那么一说，就还插话进来，说了他们的想法。

老陈两口子说：我们与杨生杰亲近了一辈子，棺材板就我们给出了吧。

柯小海没有让老陈两口子出那个钱，他知道他们也不容易，给杨生杰拿出那份棺材板钱，就会把他们自己的耽搁下来……就在柯小海坚持自己的意见时，一组的组长不知是脸上挂不住，还是怎么，他劝说柯小海了。

他说：小海呀，你与杨家非亲非故，你……

柯小海把话拦了下来，抢着说了：咱们都是村干部，你一组，我二组，分那么清干啥？

柯小海说：咱别太生分了多好。索洛湾就是一大家子，咱们不说生分话。

还能说什么呢？大家都被柯小海的举动感动了，接下来，还就送葬杨生杰的礼钱等事宜，商议了一下。村里的干部没有不出手的，大家你随点礼钱，他随点礼钱，最后把杨生杰安葬得堪称体面……11岁的杨亮宝，年纪虽小，但对父母亲的恩情记忆最深，他在村里干部为安葬他父亲劳累的时候，找着机会把柯小海拉到一边，提出了一个别人不怎么同意的想法来。

杨亮宝说了。他说：把我爸与我娘合葬在一起好吗？

杨亮宝提出的这个主张，在乡俗里，是万万不能的。他的哑巴娘死于车祸，如果与他爸合葬，对后人的影响可是不好。为此，虽然杨亮宝前头给村里主事的人说过了，但大家依着村里的老习俗，没有按他说的来办。那是因为做着"香头子"的村里人，把杨亮宝的话就没当话。杨亮宝被逼得没了法子，才来求柯小海的。柯小海到底是柯小海，他尊重杨亮宝，给大家做工作，让大家同意了杨亮宝的意见。后经商议，由柯小海来当"香头子"，把杨亮宝的父母合葬在一起，圆了杨亮宝的心愿。

杨亮宝的老父亲杨生杰虽然体面地葬埋了，但是杨亮宝呢？

孤儿杨亮宝只有11岁，柯小海放心不下他，在葬埋了他老父亲后，几乎每天都要骑着摩托车到一组的杨亮宝家里来。柯小海操心杨亮宝的吃喝，操心杨亮宝的穿用，一想起他，就不由自主地要跨上摩托车跑来。这期间，柯小海与杨亮宝的干大、干妈老陈两口子商量了，要他俩做杨亮宝的工作，把东西收拾一下，住到他家里去，他来照顾杨亮宝的生活，还有成长……一个星期过去了，柯小海再次骑着摩托车到杨亮宝家里，并在那里见到了杨亮宝的干大、干妈老陈两口子。他俩告诉柯小海，杨亮宝同意到他家里去，让他做自己的监护人。

柯小海很高兴杨亮宝信赖自己，他在老陈两口子的陪同下，去了杨亮宝孤独守候的家里，看见他站在那孔破败的窑洞里，已经收拾好了仅有的书包和一点儿生活用品。柯小海缓缓地走到他跟前，牵起他的手转身就要离开时，杨亮宝却坠着他的小身子，一动不动。他扬起脸来，望着柯小海，望了好一阵子，突然说了这样一句话。

杨亮宝说：叔呀！我是欠下你了。

杨亮宝说：欠下了你的钱，欠下了你的情。你等着我，等我长大了慢慢还给你。

柯小海还没听完，就弯下腰来，搂住了杨亮宝。他很想给年纪尚小的杨亮宝说句话的，却心酸得一句话都说不出来，只有热辣辣的眼泪直往外涌。他把杨亮宝收拾好的书包，还有那点散碎的家当，背到肩膀上，大手拉着他的小手，走出窑洞。走到窑洞外，柯小海抱着杨亮宝坐上摩托车，他再骑上来，发动了摩托车，向他二组的家快速跑了去。

四

在索洛湾村采访的日子，我与柯小海什么话题都能聊，但是关于这方面，我几次问到，他都没有说的意思。我懂得柯小海的心思，他不想因此给自己添好，又顾忌到可能会给乔大亮兄妹，以及杨亮宝，带来心理负担，因此我也就没有多问。然而我要写柯小海，又岂能少了这方面的素材。

正当我窘迫难耐的时候，黄陵县作协主席高波兄帮了我的忙。

在来索洛湾采访柯小海之前，我虽然知晓高波兄，但没有亲密接触过。我来索洛湾村后，对索洛湾村和柯小海有颇多了解和认识的高波兄，与黄陵县文化口的几位同人，闻讯到索洛湾村来陪我，让我很是感动。我们在一起相处了几日，因为有共同的爱好，亦有共同的兴趣，便处得甚为融洽……那天黄昏，我们一起用过晚饭，出门来到沮河河畔散步。我心里牵挂着柯小海的一些事情，就把高波兄当成解我难题的人物了。这是因为，非常熟悉柯小海的高波兄，在我之前，已深入采访过柯小海，也写了一部关于他的报告文学作品。他的那部作品，刊发在权威杂志《中国作家》上。说实话，我是很想拜读他的那部数万字的作品的。但我只能忍住，因为我担心掉在他作品的"深渊"里，写出个与之差不多的作品来，那可就坏事了。

我不阅读高波兄的作品，但不妨碍向他讨教。从他嘴里知道一些柯小海的事情，也算是个投机取巧的好方法哩。

因此我向高波兄讨教了。我写在这一章里的文字，差不多就都是他说给我听的。我俩那天傍晚走在夕阳下的沮河河畔，走了很长一段路……沮河的低鸣浅唱，渲染着我与高波兄散步时的氛围。我只觉深山里的索洛湾村，以及穿村而过的沮河，如诗如画般美妙，夕阳洒下来的余光，仿佛彩染的轻纱，纷纷扬扬地铺开来，笼罩着这里的山山水水。我与高波兄像是走在一幅天然鲜活的水彩画里一般。

我是这样讨教高波兄的。

我低头看着身边的沮河说：好温柔的一条河呀！

我的话有些突兀，还有些无心无绪，但高波兄似乎听出了我的心里话，他回应我了。

高波兄说：像人一样！

我乐了起来，就又接着我的话题说下去，说到了我想聊的主题上。我们俩一言一语地围绕着柯小海，说了不少事情，说了不少感受。

我因此还又想起路遥在《平凡的世界》里说过的一句话。

"如果我们是善良的，我们就应该普遍同情所有人的不幸和苦难。"

我把这句话轻轻地诵念了出来，高波兄深有同感地朝我微微一笑，像我一样，也把路遥的这句话诵念了一遍。这应该是我俩对柯小海最基本的认同了，觉得他在索洛湾村里，很多时候，就如沮河水一样，是清亮的，是温柔的，是有最普遍同情心的。

柯小海把他全部的情，柔情也好，温情也罢，是都倾注在索洛湾村全体村民身上了。其中最具体，也最有感触的，还是关于杨亮宝，以及乔大亮和他妹妹乔园园的事情。

面对小小年纪就先后失去母亲、父亲的杨亮宝，柯小海想着乡里乡亲的，自己有责任给他一个家，让他能在家的环境里，健康温暖地成长。对此，村里人都看得到，杨亮宝更感受得到。他清楚地记得，柯小海把他抱到摩托车上，头一次带回家，先烧了热水，帮助他洗头洗脸洗身子；洗干净了就又用摩托车驮上他，去了20里外的双龙镇，把他满头的乱发理出来；又到附近街面上相对豪华的服装店里，给他买了一身新衣裳，还有内衣、袜子、鞋，把他打扮得焕然一新；回了索洛湾村，又马不停蹄地带着他满村走，把家家户户都走了个遍。

柯小海每到一家就给那家人说：亮宝今后就是我的娃哩！

柯小海每到一户就给那户人说：谁敢看不起我亮宝，我就看不起他！

柯小海给大家反反复复地说：我亮宝娃要大家都来抬爱呢！

把满村子的家户转了个遍后，柯小海手牵手地领着杨亮宝，回到他们家里，把一孔新收拾出来的窑洞，给杨亮宝住了。柯小海家，仅有三孔窑洞，原来并不宽余。杨亮宝要成为他们家的一员了，他几天前就着手准备，把其中一孔腾出来，不仅重新粉刷一番，而且把窑炕上的铺盖，还有其他日常用品，都新添了一套……就这样，杨亮宝开始了一种全新的生活。

对于柯小海的这一举动，他父亲柯玉荣背过别人问了柯小海。

老父亲柯玉荣借革命领袖毛泽东主席的话问了。他说：一个人一时兴起，出手做件好事不难，你能一直做下来吗？

柯小海知道老父亲柯玉荣还有话说，就没有接父亲的话茬。

柯小海想得不错，他的老父亲柯玉荣果然还有话说。他停顿了片刻，接着他前边的话就又说了：心里想着他人，想着给需要帮忙的人搭手，这很好，老爸不弹嫌你。

老父亲说：但你看看，满世界都是窟窿，凭你一个人，浑身是铁，又岂能填得满？

老父亲柯玉荣说的话，柯小海记在了心里。便是老父亲去世许多年后，他想起老父亲当时说给他的话，都觉得心里热乎乎的。那应该是身为老革命的父亲，对他的一种道不尽的期许，即做好事，不是一时一事，而是一个长长久久的事情，而且不是一个人的事情，应该是大家都来做的事情。

当然，党员领导干部带头做是非常重要的。

柯小海把杨亮宝当儿子一样，管教在自己家里，左邻右舍都是看得见的。

柯小海从来不把杨亮宝当孤儿待。他在他们家的锅灶上吃喝，他在他们家的窑炕上睡觉，他出出进进他们家的大门……任谁见了，都觉得杨亮宝就是柯小海的儿子。姚巧芬与向奎林，住得与柯小海家比较近，他们给人说过：杨亮宝刚进柯小海家的时候，又黑又瘦，柯小海要把他养得壮实起来，就想着法子改善他的伙食，有时间了，就自己亲自下厨；赶不到季节变化的日子，柯小海就给杨亮宝买来了新崭崭的换季衣裳。

那个时候的索洛湾村还不是太富裕，大家都还过着紧巴巴的日子，但姚巧芬与向奎林说了，他们在杨亮宝的吃喝与穿戴上，看到的完全是富裕家庭的样子。

五

对孩子，就应该在一定条件下给予好的照顾。

柯小海照顾着杨亮宝，还照顾着他的亲生女儿柯雪。两个孩子长在同一个屋檐下，年龄大的杨亮宝把柯雪亲亲热热地叫妹妹，年龄小的柯雪把杨亮宝缠缠绵绵地叫哥哥，他们两小无猜，相处得十分融洽。家里有什么好吃的、好玩的，妹妹柯雪会让着哥哥杨亮宝，而哥哥杨亮宝也会让着妹妹柯雪……柯小海记得，有一次他在俩孩子面前分个什么东西，他把好点的挑着给杨亮宝多分了些，惹着了柯雪。小姑娘看不过眼，向他使了性子，埋怨他重男轻女，偏着哥哥。当时，柯小海没有怎么说柯雪，背过了杨亮宝，他把柯雪拉到身边，给她讲孔融让梨的故事，还讲哥哥杨亮宝正是长身体的时候……柯雪听懂了父亲柯小海的话，总之以后，她不仅学会了迁让哥哥杨亮宝，还学会了体贴哥哥杨亮宝。

杨亮宝小学毕业，考进了店头镇中学。头一次去中学报到，柯小海觉得他去送就行了，但女儿柯雪缠着他们，也走上了送杨亮宝上中学的路。

柯小海小的时候，没能很好地完成学业，这成了他的心头痛。

柯小海不能允许杨亮宝，还有柯雪耽误学业。柯雪还小，就在村里的学校读书，杨亮宝去了店头镇中学。他怕住在镇中学的杨亮宝不适应，受学校娃娃们的欺负，当天把杨亮宝送进中学，就去找了中学的老师，给老师私下讲了杨亮宝的身世，希望老师照顾爱护杨亮宝……初中三年，柯小海每个周末都要抽出时间，开着自己买的那辆小汽车，提前赶到店头镇中学来，看着杨亮宝走出校门，接上他和村里另外几个娃娃，拉着他们一起回村。

在家的日子，柯小海对杨亮宝嘘寒问暖，给他做好吃的、好喝的，要把他一周时间里吃喝不到的营养，扎扎实实地补上来。

高波兄给我说了，他在采写柯小海时，与杨亮宝进行了深入谈话。他听杨亮宝不无骄傲地说，在中学读书的日子里，他口袋里的零花钱，是同学里最多的。没错，柯小海除了周末铁打的时间来接杨亮宝，平日里路过店头镇都要到镇中学去看杨亮宝，给他零花钱就是怕他饿着了。杨亮宝记了一笔账，说每个月爸爸柯小海都给他不少于50元的零花钱。

杨亮宝平常日子是把柯小海都叫叔的。

有许多次，杨亮宝因为柯小海对他的好，张开嘴想要喊声爸爸的。但柯小海有言在先，说他是把杨亮宝认了儿子，但要杨亮宝一定记着，他是有爸有娘的人。柯小海不让杨亮宝叫自己爸爸，就是要他永远牢记受苦受难抚养了他的亲爸亲妈。

懂事的杨亮宝知道，在他上中学的日子里，他叔柯小海由于忙着村上的事情，对自己的生意疏于经管，钱没怎么赚下，倒还赔进去了一些。但他叔柯小海自己手头再怎么紧，都不让他吃钱的亏。杨亮宝记得非常清楚，妹妹柯雪常常没有一分钱，还要眼红他口袋里的零花钱呢。

杨亮宝不是无心的娃，他把他叔柯小海对他的好，一桩一件，都牢牢记在心头。小小年纪的他，星期天回家来，滴溜眼转地要帮家里干活。活儿自然都是他力所能及的家务活，可是柯小海看见了，都要拉住他，不让他做，哪怕杨亮宝洗的是他自己的衣裳鞋袜……柯小海唯一要杨亮宝做的，就是写他的作业。

杨亮宝没少给人说：我叔为了我，是把心掏出来了。

杨亮宝说：我叔对我是既做爹又做娘，一般男人没有他那细心劲。

第 **11** 章

大爱暖心

既不懈地追求生活，又不
敢奢望生活过多的酬报和宠
爱，理智而清醒地面对现实。

——路遥《平凡的世界》

一

　　熟悉柯小海的人都知道，自成为正式党员之日起，他即在心里起誓，要尽可能多地帮助困难群众，哪怕是素不相识的街头路人，只要他们伸手，他就必须给他们应有的支持。这样的事情，柯小海做了多少，他自己是不记得的，但有一件事，是由县团委、县扶贫办牵头来做的，因此就都白纸黑字，记录下了他每次的慷慨解囊。

　　那件事就是扶贫助学了。柯小海满共资助贫困大学生五十余人，以及困难群众百余人，累积金额高达50余万元。

　　柯雪讲述了一件事。父亲柯小海和她在西安城里过天桥，他俩往桥上走时，有个年老的乞丐向父亲伸出了手，父亲给了他2块钱。不给还好，这一给，当下给出麻烦来了——几个乞丐蜂拥而来，把父亲一下围了起来，全都伸出手来。父亲每个人都给了钱。

　　柯雪是知道的，那些乞丐，有许多都是骗子。因此走下天桥后，她还说了父亲。可父亲说得更有理。

　　柯雪说她父亲说了：就算他们是骗子，给他们点儿小钱，也算是对他们的教育。

　　柯雪说她父亲说了：他们如果经常这么骗钱，时间久了，可能会有感觉，被大家的善意所感化，能够自立起来呢。

我在索洛湾村采访，从众人的口中，听到最扎实的评价就是：柯小海心善，他见不得别人有难。

我服气索洛湾村人对柯小海的说法，因为我还要继续来写的杨亮宝，还有乔大亮兄妹，他们的人生经历，点点滴滴地印证着村里人的说法……杨亮宝是被柯小海最先认下来的娃儿哩。过了些日子，乔大亮兄妹遭遇大难，就又被柯小海认下来，领进他的家门，当作他的娃娃来经管了。

乔大亮走进柯小海家里时，已经15岁了。

柯小海的15岁，在他自己心里留下的印记，是非常深刻的。他是因为家庭困难，自己离开心心念念的中学，而走上了创业的路程。他知道自己当时心里的难受、心里的疼痛，他不能再让乔大亮像他一样，离开心心念念的中学而苦做苦受。他要让乔大亮光光彩彩地考大学，读大学。

中学三年，乔大亮在柯小海的尽心呵护下，日复一日、年复一年地辛勤苦读。到了高考那年，学校里一模、二模、三模……一直到九模，乔大亮的成绩还是不错的呢！然而遗憾的是，他却没能考上大学。柯小海鼓励他，要他复读，再接再厉来年再考。懂事的乔大亮违拗着柯小海，就是不松口，到了征兵的时候，他给把他当作自己娃娃的柯小海说了。

乔大亮说：叔啊，我要去当兵。

柯小海起初没有答应他。说：大亮娃哩，叔要你考大学的。

柯小海说：你怕叔供不起你吗？

柯小海说：你把心放到肚子里好了，我相信你考得上大学。叔供得起你，哪怕有困难，叔砸锅卖铁也供你。

柯小海动员着乔大亮，他已看出乔大亮的心理活动，是不愿意让他太作难。在那个时候，柯小海甚至想了，学习成绩不错的乔大亮，在高考的考场上，就没有好好考。他是有意考不上，给自己减轻负担呢！

柯小海没有说服乔大亮，只好顺了乔大亮的意，送他当兵了。

把穿上新军装的乔大亮送到黄陵县汽车站，眼看着乔大亮就要随同接兵的部队领导上车走时，柯小海蓦然心里发酸，一股热辣辣的泪水涌到眼眶里，模糊了他的视线……乔大亮和妹妹乔园园走进他家，成了他们家的人，三年间，他和乔大亮的交流不能算多，也不能算少。但是他们两人之间的关心与默契，是已达到了一个很高的程度。柯小海真切地感觉到，乔大亮对他是有了大感情了，当然他对乔大亮也有了大感情。乔大亮心细有主见，平时很会关心人，也会疼人。柯小海记得十分清楚，乔大亮在中学获得了些奖学金，他舍不得花，用那些钱给柯小海买了一件夹克衫。柯小海穿上身，夹克衫的大小肥瘦，刚合他的身。但他批评乔大亮了，批评得还很严厉。

自从乔大亮和妹妹乔园园走进柯小海家，柯小海最怕伤着他们兄妹俩，从来都是和颜悦色、循循善诱，耐心指教他们兄妹。可这一次，他批评乔大亮的声音大了，似乎吓着了乔大亮。为此，柯小海非常自责，没有过夜，就又把乔大亮和妹妹乔园园叫到身边，耐心地开导他了。要他有钱就攒着，到有用的时候自己来用。

过去的事情，历历在目。柯小海泪眼婆娑，他在车站外，眼盯眼望地看着乔大亮一点点地消失在他的视线外，他几乎要号啕大哭起来呢！

二

乔大亮参军去的是西藏高原，柯小海最怕乔大亮不适应环境……回到家里来，他找着纸和笔，想要立即给乔大亮写封信，却在寻找纸和笔的时候，发现了乔大亮留给他的一封信。

在那封信里，乔大亮说他从没有给亲爱的柯小海这么说过话。他说他是远走了，但他的心还在家里。他把柯小海叫了多年的叔，可他感觉得到，柯小海是把他当儿子一样来待承的，他自己则把柯小海当作父亲一样待着哩！在他失去家的时候，是柯小海给了他和妹妹一个新家，让他和妹妹有了依靠。他请他亲爱的父亲柯小海放心，在部队上，他一定会好好表现，绝不给索洛湾村和柯小海丢脸……读完乔大亮留给他的信，柯小海乐了起来，把他悬着的心也轻轻地放了下来。

柯小海知道乔大亮是长大了。他感佩乔大亮，经受了那么沉重的打击与苦难，他没有颓丧，没有走邪路，而是坚持着自己的理想，向着目标奋勇攀登。

柯小海感受到了莫大的安慰。

然而大幸却伴随着不幸。乔大亮入伍不到两个月时间，索洛湾村便传来一个噩耗，乔大亮牺牲了！

乔大亮是高原反应强烈，爆发了急性肺炎并发症，抢救无效牺牲的。

噩耗传入柯小海耳朵的时候，他整个人都愣怔住了。想起那时乔大亮坚决要求参军，柯小海陪他去查验身体，给他写政审材料，最后看着他穿上崭新的军装，情绪高昂、精神焕发地上了入伍的车辆，满脸笑容地告别……所有的一切，都像发生在昨天一样，怎么就牺牲了呢！

柯小海不能相信，不敢相信，他跑到双龙镇政府大院里去，去证实这个噩耗。

在镇政府大院里，柯小海是得到了证实，但不是他想要的证实……柯小海哭了，蹲在镇政府大院的泥地上，哭得哇哇的，任凭谁来拉他，都拉不起来，他真真正正是痛不欲生、伤心欲绝啊！

好好的一条汉子，在索洛湾村里啥事都没有，怎么就适应不了西藏高原的气候呢！

在内心里，柯小海对乔大亮是有期待的。几年亲密相处下来，柯小海看出来，乔大亮的身上有许多与自己相通的地方。他在送别乔大亮的时候，甚至这么想了，让乔大亮在部队的大熔炉里锻炼锻炼，复员回村来，要与他并肩而行，为索洛湾村的未来，做出他们的努力。

多么美好的期待呀！然而乔大亮牺牲了，一切都落空了。

乔大亮牺牲了，他心里最为牵挂的妹妹乔园园，自然如柯小海一样，极为伤心。不过她有爱她亲她的柯小海，在她哥哥乔大亮牺牲的日子里，陪伴着她，给了她许多慰藉，并在此后的日子里，更是把她当成手心里的宝爱护着。一直到她中学毕业，考上一所医学护士学校，毕业了安排下工作，柯小海才把提着的心轻轻地放了下来。

这件事情已经过去了许多年，我与柯小海拉话拉起来时，他依然痛心不已。

我是真切地感受到了，乔大亮是柯小海内心一处不可触碰的痛！

好在还有杨亮宝在他身边，一声叔、一声叔地叫，让他还能岔一岔心伤与心慌……比乔大亮年纪小的杨亮宝，长在柯小海的身边，正如俗话说的那样，跟谁学谁，他是把柯小海当成了他的榜样。在索洛湾村里采访，与我熟悉起来的人，知道我在收集柯小海的故事，见了我，有意无意地，都要与我说几句。我在闲聊中，听说了杨亮宝的一些事。他太懂事了，与乔大亮和乔大亮的妹妹乔园园，前后住进柯小海的家，成为他家锅灶上、炕头上亲亲热热的一分子，他们是柯小海眼里的小儿子、小女儿。乔大亮的年龄要大一些，柯小海把他们三个小家伙叫在一起，给了乔大亮一个任务，要他以身作则，带好他们……乔大亮做得很好，杨亮宝的作业，还有乔园园的作业，柯小海太忙顾不上看，乔大亮就一个一个检查，直到看着他俩做好了才算完事。

学业是一个方面，星期天、节假日，乔大亮给杨亮宝和乔园园说了："咱叔那么忙，还要巴心巴肺地照顾咱们，咱们一天天在长，可不能只长身体呀，咱们还应该长心眼儿呢！"

在乔大亮的开导和带领下，他们仨是都长着身体，又长着心眼，赶在星期天、节假日的时候，就都非常自觉地要帮柯小海和家里的忙了。柯小海把他们像亲儿子、亲女子一样养育在家里，可不是只管他们吃饱了、穿暖了，背着书包去上学那么简单。他还会抓住一切机会，给他们讲故事。

柯小海讲给他们的故事，有许多都是他大伯柯玉斌他们当年"闹红"的故事。因此，柯小海就还带着他们，跑到窖子沟的沟垴里，爬上那面陡峭的悬崖，钻进那孔石窑洞里，让他们现场感受当年索洛湾村的老党员们，如何"闹红"开展革命工作，在他们小小的心上，种下红色革命基因……在这样一种育养氛围里，他们三个是积极健康、勇于向上的。不过他们好奇，把他们当成亲生子女来养的柯小海，怎么就与一些人不一样，他胸怀宽广、刚正仁义、为人大方、乐善好施……这样一种好奇，积累在他们的小小心灵里，时间久了，渐渐长大的他们有了一探究竟的想法。

三个人的带头大哥乔大亮，抓住了一次机会，他带头来向柯小海询问了。

那是个雨后天晴的春日，乔大亮、杨亮宝和乔园园，星期天都在家里，做罢了作业便围在柯小海的身边，缠着他给他们讲故事。柯小海很开心他们想听他讲故事，讲着讲着，就把自己经历过的一些事情也讲给他们听了。

柯小海讲了他上山钻梢林捡拾木耳、地软时遭遇的那条大黑蛇。

柯小海的讲述深深地吸引了他们仨，他们偏着三颗脑袋，十分专注地听柯小海讲完，似乎还不能满足的样子，三颗脑袋就如三株向日葵，望着柯小海想听他再讲下去。柯小海却没再讲下去，于是年龄大点儿的乔大亮央求柯小海了。

　　乔大亮说：很想到您遇见大黑蛇的梢林里去看看。

　　乔大亮的话，引起杨亮宝和乔园园的共鸣，他俩跟着乔大亮也央求上柯小海了。

　　杨亮宝说：我也想去。

　　最小的乔园园，干脆趴在柯小海的肩膀上，摇着他说了：去吧，咱们去吧。

　　柯小海能怎么办呢？唯一的办法，就是带上他们仨，像他那个时候一样，去钻梢林了。深山里的索洛湾村，没有大城市里的公园、动物园、游乐场，四周的群山梢林，在柯小海年幼的时候，就是他的公园、动物园、游乐场。现在乔大亮、杨亮宝和乔园园长在这里，四周的群山梢林，又成为他们的公园、动物园、游乐场。他们那天跟着柯小海，钻进梢林里去了。

　　他们去的时候，挎竹篮子的挎竹篮子，背布袋子的背布袋子，兴冲冲无比快乐地跟随在柯小海的身边，钻进了梢林里……梢林太大了，山坡又太陡峭了，还有密密麻麻的各种草儿，梢林里的野山杏开着白色的花儿，毛桃开着粉色的花儿，还有叫得出叫不出名字的草儿，也纷纷乱乱地开着或黄或红或紫的花儿。他们鱼贯地钻在梢林里，一个一个，像是梢林里的小兽一般，嘴不停，手不停，既向柯小海询问那些他们不知名的花花草草，又还捡拾山坡上黑油油的地软，以及枯树根上生发出来的木耳、蘑菇……

他们有柯小海带路，准确无误地去了他当年遭遇大黑蛇的那处山崖，在那里又碰上了一簇黑木耳，却没有见着大黑蛇。

三

见不着就见不着吧。乔大亮、杨亮宝和乔园园一点都不遗憾。他们跟随柯小海，钻了梢林，那是比进大城市逛大公园、动物园、游乐场还要快乐的事情呢！

那一次，乔大亮、杨亮宝和乔园园捡拾的木耳、蘑菇、地软等等山货，把他们挎在胳膊弯上的竹篮子、背在背上的布袋子，全都装满了。

这给了他们一个启发，此后的日子，只要时间允许，他们就结伴去钻梢林，捡拾山货……一切美好，还像昨天发生的一样。然而却已不再是昨天了，长大了的乔大亮参军入伍，已把他自己光荣地交给了西藏高原，乔园园也考进了医学护士学校，杨亮宝本来能够继续读书上进的，可是他初三毕业后却怎么都不去读高中了。

柯小海怀疑杨亮宝到了叛逆期，要做他的工作，让他继续学业。

然而任凭柯小海磨烂了嘴皮，就是说不动杨亮宝。说不动他，柯小海就想问出个理由来，可他就是咬牙不说。这把柯小海给难住了，便还让与杨亮宝一起玩耍的乔园园、柯雪代他去问了。结果一个样，杨亮宝依然故我，就是梗着个脖子不上学……直到后来，柯小海才知道，杨亮宝本心是想上学的，但他自觉十七八岁就是一个男子汉了，他前边吃住在柯小海身边，给柯小海已经造成很大负担了，他还能再给柯小海增添负担吗？

经历过不幸的杨亮宝，性格有与别的孩子不一样的地方，对此柯小海是能理解的。

柯小海不能理解的是，求学上进正是他在这个年龄的职责，他怎么可以自甘落后呢？柯小海为此是生了大气了！内心生着气，还不能摆在脸上……柯小海那个急呀！他看见柯雪，心想如果不是杨亮宝，而是她，他会举起巴掌打上去的，赶着她去上学。可杨亮宝毕竟不是柯雪，柯小海就给不了他巴掌，但他实在忍不住，就真的把柯雪当成杨亮宝，没事找事地收拾柯雪了。柯小海的用意在于，他收拾的是柯雪，难受的是杨亮宝。他俩玩在一起，是有些年头了，杨亮宝大柯雪几岁，他真心把柯雪当妹妹，自觉做起了柯雪的保护神。在学校、在街头，谁敢对柯雪玩儿个横的看看，杨亮宝饶不了他。如果是在现场，杨亮宝会愤然而起，与其玩命的；如果不在现场，事后知道了，追着撵着找到人，是还要与之玩命的！

柯小海把他对杨亮宝的气，撒在了柯雪的身上，却也未能激发起杨亮宝继续求学读书的热情。

柯小海没有办法了，他不得不放下原有的设想，劝着自己，站在杨亮宝的立场上考虑了。柯小海想到杨亮宝经历了那么多苦难，能够顽强地活下来，还有什么不能理解和原谅的呢？他不逼杨亮宝上学了，想他自觉自己长大了，就把他当个大人待吧。乡里人不是常说"受苦的孩子早当家"，杨亮宝应该就是这样的孩子吧。他想要长大，想要自立，就随了他的意，让他长大，让他自立……这么想下来，柯小海有点想通了。

有着相同经历的柯小海，从杨亮宝身上看到了自己的影子。当年的自己，不就如杨亮宝一样，不听老父亲柯玉荣的话，背离学校，早早地进入社会，开始绝地奋斗，才有了今天的自己。

柯小海这么想着，是有些释然了。但他心里总是有个疙瘩，让他别扭着。

自己可以走难走的路，爬难爬的坡，蹚难蹚的水，那是自己的事情。自己走出来了，爬上来了，蹚成功了，就不想后来的人走一样难走的路，爬一样难爬的坡，蹚一样难蹚的水……柯小海想要杨亮宝读书上大学，有一个不一样的未来，成为更光彩的自己。

没办法，柯小海向杨亮宝妥协了，屈服于他的倔强，答应他可以不再上学读书。

得到柯小海不再逼他上学读书的许诺，杨亮宝就提出了他进一步的请求。

杨亮宝的请求是单纯的，一门心思要去二号煤矿做事。柯小海觉得煤矿的活儿都太繁重，又特别苦特别累，就没理睬他，而是劝说他了："你一个小后生，去了受得了？"对柯小海的关心，杨亮宝不以为意，而是觉得自己真的长大了，没有干不了的苦活累活，什么繁重的劳动都经受得了。

问题再一次横在了柯小海与杨亮宝的中间。

那时的镇党委书记蔡书明，与柯小海非常谈得来。柯小海对杨亮宝没了办法，就想到了蔡书明书记，跑到他跟前去倾诉。蔡书记的耐心，柯小海是很佩服的。他到蔡书记跟前，说得自己都流了泪，蔡书记却一直微笑着，只是不断给他的茶杯续水，等他把话说完了，还问了他一句话。

蔡书明书记问：你说完了？

柯小海说：说完了。

蔡书明书记说：你说完了就听我说，受了诸多苦痛的杨亮宝，很自然地要比其他同龄孩子成熟得早，心智的发育也远比其他孩子健全。

蔡书明书记说：这你一定要理解。

柯小海听蔡书明书记这么一说，心里亮堂了许多，就点着头继续听蔡书记给他说了。蔡书明书记循循善诱地引导柯小海：杨亮宝不想再上学读书，你依了他是对的。他上学读书迟，十七八岁的人了，与小他几岁的娃娃在一起，他是不好意思的。再者说了，他这个年纪也是能够自立了呢，你就让他自立吧。

善解人意的蔡书明书记，说到最后，就把他的一个设想告诉了柯小海。

蔡书明书记说：镇上现在刚好缺个通信员，你回去给亮宝说，让他到我这里来试一试，看能不能干。

柯小海闻言高兴起来了。到蔡书明书记的身边锻炼，可是求之不得的大好事哩！

一路高高兴兴地回到家，柯小海把杨亮宝叫到身边，当即就把这个好消息告诉了他。然而柯小海高兴的事情，说给杨亮宝，他却高兴不起来，反而忧愁了许多，竟还回怼了柯小海一句。

杨亮宝闷声闷气地说：谁爱去谁去。我不去。

柯小海是真的火了呢！但仍努力压抑着自己的怒气，问了杨亮宝两句话。

柯小海说：在镇上做事不体面吗？

柯小海说：我的面子不值钱，镇上蔡书明书记的面子也不值钱？

杨亮宝是吃了秤砣铁了心，一点都没考虑他叔柯小海生气不生气，他说不去就是不去，态度坚决得让柯小海心寒……柯小海因此还问了他一句。

柯小海问：那你说，你想到哪儿去？

到哪儿去呢？亲爱的柯叔这么问之前，杨亮宝似乎知道他想去哪里。但柯叔这么问出来了，他倒一时说不清楚要到哪儿去，或者说他想干什么了。

那次谈话，柯小海觉得是他与杨亮宝谈得最艰难的一回。

柯小海叹气了。

叹着气的柯小海最后给杨亮宝说：想受苦了就到矿上去吧。

四

杨亮宝就那么放着柯小海为他争取来的好岗位、好机会不要，硬是到二号煤矿受苦去了。

杨亮宝在二号煤矿撑着干了半年多，那一份苦，那一份累，他是切身感受到了。但他从不叫苦，从不叫累。然而天天见面的柯小海，发现他比原来黑了许多，瘦了许多，便特别心疼。恰好那天，二号煤矿的一个领导，有事寻到柯小海家里来了。柯小海与那位领导说话期间，杨亮宝从矿上下班回到家里来，洗了把脸，像他平时在家里一样，就很有礼貌地给柯小海与矿上领导续水添茶……在一行干久了，对这一行就特别敏感。杨亮宝就那么在矿上领导眼前来去了几趟，那位领导就看出来，杨亮宝在他们矿上上工。那位领导连问杨亮宝都不问，就把柯小海给埋怨上了。

那位领导说：小海呀，你说咱们还算朋友吧？

柯小海赶忙说：当然是朋友呢！

那位领导说：既然是朋友，咱的娃娃在矿上上工，你咋不给我说？

柯小海语塞了。说：是我的错。

杨亮宝续水添茶间听见了柯小海与矿上领导的对话，他不能让亲爱的柯小海叔叔受埋怨，就插话进来说了。

杨亮宝说：这不怪我叔，是我自己愿意的。

那位领导撵着杨亮宝的话说：你愿意也不成。我不能让柯小海的娃娃在矿上吃苦受累，那我成啥人咧？

杨亮宝辩解说：我主要是想好好锻炼一下自己。

那位领导说：你这话说得我爱听。想要锻炼，咱那里有的是地方。

那位领导说：你现在是我的员工了，你听我说，你回头到我办公室来一下，我安排你到调度室去工作。

多么好的工作啊！既能得到锻炼也能向更高的目标发起冲击，咋说都比他自己吃苦受累干别的活儿好哩。而且不是好一点，是要好上许多倍啊！杨亮宝不是听不懂，不是不知道，但他却没有接受矿上领导的好意，很客气地拒绝了。

杨亮宝说：谢谢领导关心，我还是先在下边锻炼吧。

杨亮宝说：后边有机会我听领导的话。

必须承认，杨亮宝的这些话说得很艺术，也很聪明。他配合着柯小海，把那位矿上领导高高兴兴地送走后，柯小海回头来问他了。

柯小海说：亮宝你知道么，这样的机会不是常有的。

杨亮宝当然知道在调度室上班的好处：工资高，比他现在的岗位要多几倍，而且工作也很轻松，不是一点轻松，是非常非常轻松哩。再者他已听说，矿上现在要搞机械化改造，进一步还要往自动化方向过渡，在那里工作，是还能学到许多别的地方学不到的东西哩……杨亮宝不傻，他都知道，他之所以没有顺着矿上领导的意思去，是有自己的另一个活思想哩。

杨亮宝的这个活思想，恰恰就是柯小海紧跟着问他的话。

柯小海问他了：娃，你给叔说实话，这种别人家的娃娃想都不敢想的好事，你是真不愿意接受吗？

听到柯小海这样说，杨亮宝决定不再隐瞒他内心的想法了。他抬起头，一脸真诚地给他爱在心里的柯叔说了。

杨亮宝说：叔你前边给我在镇子找的工作就很好，那也是个锻炼人的好地方哩。我没有答应，是我不想让人背后指戳你给我走后门。这一次一样，我知道叔对我好，就更不能让人在背后说三道四，说我是你的儿子，你娇惯我、抬爱我，占公家和矿上的便宜。

多少天的心结，在这一刻被杨亮宝解了。

柯小海听完杨亮宝的话，既震惊又高兴。柯小海震惊的是杨亮宝的心是细的，知道为他想了。柯小海更高兴的是杨亮宝多年来终于当着他的面，承认了是他的儿子！眼泪蓦然喷薄而出，一下子模糊了柯小海的视线，他看不清杨亮宝，就只往前走了一步，把比他还高的杨亮宝抱住了。

柯小海说：我娃真是长大了呢！能为人着想了。

柯小海说：好，好，好……算我没有白疼你。你什么时候都是我放不下的好儿子。叔我心里是领下了，你是叔的儿子，好儿子。

柯小海说：但叔还是要给你说哩，你有你的生父和生母，他们都是受苦人！

柯小海说：我们永远都要记着他们，怀念他们！

杨亮宝点头了。不过他点着头又还说了一句话：生我的是他们，养我的是叔你哩。

杨亮宝说：养育之恩比天大！

杨亮宝把自己都说哭了。之所以会哭，是因为他知道，他视为父亲一样的柯小海，活了半辈子，没有因为自己的事情求过人。他心疼柯小海，不想他求人，就只好抗拒了。他暗暗下定决心，要自己努力奋斗，为柯小海长脸争气。

这是柯小海与杨亮宝最贴心的一次对话了。

这次对话，让他俩此后如父子像朋友一样，相处得更加和谐美好。乔大亮入伍牺牲了，杨亮宝没有因此而将参军视为畏途，反而坚定了他的意志。他给柯小海说了，说他也要像哥哥乔大亮一样到部队上去，继承哥哥的遗志……柯小海同意了。但他体检没能过关，就只有待在家里了。

五

杨亮宝没能参军，对他自己是个遗憾，但对柯小海来说，倒是好事哩。

如果杨亮宝真的入伍走了，柯小海心上老牵挂着他，还不把人牵心坏了。这下好了，柯小海让杨亮宝就先在家里待着，缓缓心劲再说。这段时间，杨亮宝在家待不住，柯小海就把他带在身边，让他到村"两委"干些义务工的活儿。杨亮宝把义务工干得那叫一个快活，因为跟着柯小海，就向他学习，一天一天学，一件一件学，还真学到了一些有用的东西。

没过半年，杨亮宝与二号煤矿那里的一个私企老板谈好，去了他的公司工作。那里的工作是给来往拉运煤炭的车辆发煤，月入1500元。到了月底，他把收入交给柯小海，也算是对他养育之恩的报答。

在那家公司干时，杨亮宝只管发煤就好了。可他是个勤快人，就不只闲闲地待在发煤室里，而是会在发煤的间隙，拿起铁锨帮忙铲煤装车……私企老板非常满意杨亮宝，给他加了几次工资。杨亮宝在那里锻炼了两年时间，有了点儿积蓄，就想着买辆汽车跑运输。

杨亮宝把他的想法给柯小海说了。

想着牺牲在西藏高原的乔大亮，柯小海不想杨亮宝冒风险，就没有同意他的想法。但是杨亮宝没有放弃，私下里跟人学习了一段时间汽车驾驶技术，考取了机动车驾驶证……水到渠成，当杨亮宝再给柯小海说时，他虽然还是不同意，但没有前边那么激烈了。因此就还相持着，拉锯拔河一般，过去了好长时间，在杨亮宝的一再坚持下，柯小海妥协了。

柯小海妥协的表现就是给予支持。杨亮宝购买的那台车，售价是7万元，杨亮宝手上只有2万元，还差着5万元哩。

二话没说，柯小海给杨亮宝拿出了5万元。

有了自己的车，杨亮宝跑得非常努力。他自己到处跑，没有觉得累或是不适应，但柯小海天天为他操心，提心吊胆地，吃不好睡不好，人都瘦了一圈。杨亮宝看着心里不忍，这才自觉把车卖了。

杨亮宝逐渐长大，慢慢地会想大人的心思了。他看着瘦了一圈的柯小海，知道那是心疼他、爱护他，想要他过活得安生快乐，他怎么还能固执己见呢！几年时间里，杨亮宝就纠结在这样一种状态中，他甚至想过从索洛湾走出去，到外面的世界闯一闯，但都因为柯小海对他的牵挂而放弃了，一直留在村子里。

杨亮宝太清楚不过了，只有他人在索洛湾村里，柯小海牵挂他的心才会安定下来。

索洛湾村的集体经济发展得越来越好。到了2015年，村里以集体名义给村民们建住宅楼，柯小海给杨亮宝说了一声，就从他自己的积蓄中，一次性拿出17万元，为杨亮宝购买了一套280平方米的房子。

乡村人的概念，千百年来都是一个样子，有了自己的房子，就有了自己的家，有了自己的家，就能给自己迎娶新娘子了。

2016年五一劳动节，索洛湾村人，先先后后涌入杨亮宝的新房子，见证了他新婚成家的经过。

提亲的时候，媒人上门来，柯小海大大方方地给媒人说了。他说："咱就按咱们这里的风俗来，该给彩礼咱就给，一分不能少了人家，让人家弹嫌咱小气。"柯小海拿出3万元交给媒人，送媒人出门时边走边给媒人交代。

柯小海交代说：杨亮宝不是孤儿，他是我的娃娃，我是他爸。

柯小海交代说：咱一切都按礼数走，给娃把事办红火。

确实是红火哩。杨亮宝新婚那一天，自觉主动地拉着新娘子，给柯小海跪下来，他自己把柯小海大声地叫了爸，也让新娘改口把柯小海叫了爸。

柯小海满心欢喜地答应着杨亮宝和他的新娘子，并在内心向杨生杰祷告了。

柯小海向杨生杰默默地祷告：亮宝娃出息了，有家舍了。

柯小海向杨生杰默默地祷告：你在天之灵可以安息了。

过去的日子，索洛湾村里人过事，柯小海或多或少，是都要撺着去随礼的。这一回是杨亮宝结婚，柯小海是杨亮宝的家长，村里人没有不还礼的道理。那一天，你来了，他来了，杨亮宝的新房子里，人来人往，熙熙攘攘，谁来了都给柯小海随礼。最后礼金是多少呢？柯小海懒得数，一股脑儿给了他们新婚小夫妻。

现在小夫妻恩恩爱爱，把他们的小日子过得让柯小海是能放下心了。而他们夫妻也都不忘柯小海的恩情，常常跑到柯小海跟前看看他、问问他。如果时间方便，还要把柯小海拉到他们的小家里去，做顿好吃好喝的，孝敬一下柯小海。

第 12 章

搭车走新路

一种真正美好的感情，像酒一样，在坛子里藏得越长，味道也许更醇美。

——路遥《平凡的世界》

一

柯小海被选拔为双龙镇的党委副书记了！

一个农民的儿子，扎根在乡村社会中，在村级干部职位上深耕了一些年，有机会进入乡镇领导班子锻炼，这在过去是少有的，可以说几乎没有可能。黄陵县解放思想，改革思路，为了鼓励基层领导干部的工作积极性，从组织需要出发，自2011年起，大胆实施了这样一条规定：针对有坚定政治理想，有发展前途，且已做出巨大成就的乡村基层干部，通过三级考核、群众评议，层层筛选，把他们安排进乡镇党委或政府的班子里，发挥他们基层工作经验丰富、敢闯敢干的优势。这既是对他们的一种肯定与鼓励，也是对当地生产建设的一种促进和勉励。柯小海毫无争议地成为首批被选拔进乡镇领导班子的人，这使他的责任更大了，压力也更大了。

不过，组织上考虑到索洛湾村的实际，没有让他全面脱产，在双龙镇党委工作，只是把他的组织关系升为了镇党委副书记，他不用住到镇上去，依然兼任索洛湾村的党支部书记和村委会主任。

柯小海为此感激着组织和领导，让他登上一个更高的台阶，既看得远，又能继续扎根索洛湾村，继续他未竟的事业……与柯小海在镇党委一起工作的刘腾，对此就有非常好的评价。他在一份别人书写的文稿里说过，开始的时候，柯小海镇上、村子两头跑，不论工作还是生活，都有些不太适应，手忙脚乱的，把人愁得都消瘦了许多。不过他的虚心，还有好学，帮了他大忙。只要他有时间，同事也恰好有时间，他就主动上去，找他们交谈沟通，碰上他不熟悉的事情，就更是虚心求教，向有经验的同志请教。

柯小海很快就进入角色，融入工作，成为镇党委合格的一分子。

刘腾还说了，柯小海的使命感非常强。他时刻牢记自己的使命，勇于担当、敢于任事，对同志们都非常尊重，领导布置的任务从来都不推诿扯皮，总是积极接受执行。每次镇党委召开会议，他都会从索洛湾村紧急赶来，从未迟到过。在会上，他总是像学生一样，认真听会，记录要点。

刘腾说到后来，承认他还向柯小海学习了不少东西。

经过几年的磨炼与培养，柯小海的履职能力大踏步前进，从优秀村干部进阶为镇一级合格干部。

柯小海的这一变化，让他的精神境界提高了，让他的思想认识提升了，同时还使他的工作方法，以及看问题、看事物的能力有了长足的进步，发展经济的视野和开发项目的眼光，亦更加独特与开阔……建设新农村，把他们索洛湾村打造成公园化山村的蓝图，就这么一天天地成熟着，并勇敢地落实了。

之所以要实施这一发展目标，是因为柯小海发现，到他上任双龙镇党委副书记的2011年，在他们索洛湾村安营扎寨的黄陵矿业集团二号煤矿，已火爆了十年时间。他未雨绸缪，知晓二号煤矿迟早会枯竭。到时二号煤矿可以搬家到别处去，索洛湾村能跟着搬去吗？当然不能了。索洛湾村还得踏踏实实地在自己的土地上讨生活。

因此，柯小海清楚他们索洛湾村的致富之路，依靠二号煤矿是不能长久的，必须要有自己的产业方向，才能保证索洛湾村的经济发展长盛不衰。

那么，索洛湾村该如何定位自己的未来呢？

没有远虑，必有近忧。老祖先的话，像是一记重锤，敲击在柯小海的心上，他是必须为索洛湾村谋划一个发展方向了。

柯小海在谋划发展方向的时候，没有自己一个人想。他还想到了村上的老干部，譬如一直支持他的原村党支部书记、村委会主任路建民、张军朝他们。其实呢，柯小海自2000年从他们手上接过村里的担子后，就一直以他们为师，既学习他们的人生经验，还学习他们的工作经验，并且牢记着他们对索洛湾村的贡献，在生活上、工作上，都尽可能地给予照顾。譬如路建民，柯小海知道他有一定的文化积累，就让他去了龙湾汽车服务站，做了公司的出纳，同时监理公司的运营情况；而张军朝，考虑问题全面，看见什么不符合村里规定的事情，他会不讲情面地说出来，柯小海就人尽其用，让他担任了村监委会主任。

柯小海说了：村里的老干部、老党员都是宝贝哩！

二

学习、关爱老干部、老党员，柯小海不只是嘴上说说而已。

柯小海是真心这么想的，特别是他刚当上村里干部的时候，是非常年轻的呢。正是因为有这些老干部、老党员的信任和支持，他才能走上这条路，并走得越来越稳、越来越远……柯小海关心爱护老干部、老党员，老干部、老党员也大力支持帮助柯小海。柯小海主持召开的支部党员会议，老干部、老党员都积极参加，柯小海有求于他们时，他们都建言献策，不遗余力。

为索洛湾村的未来发展考虑，柯小海征求路建民、张军朝他们的意见了。

他们虽然受自己认识和视野的限制，提不出什么建议来，却对柯小海谋划出来的未来发展蓝图特别有感觉，一哇声支持他去实现……应该说，公园化山村的思路，柯小海提出来的时间不算早，但他的实践可是早就开始了。

在2007年春节期间，柯小海东家进西家出，先拜访了路建民、张军朝等村里的老干部、老党员，向他们征询意见，想要对杂乱无章的村庄开展统一规划、统一施工，按照新农村建设标准进行一次全新的建设。

柯小海给他们说了，村里的道路，再是村里的临街墙体以及屋面改造，是村里统一要求的，就由村里出资来做了。那个时候，还有许多户人家，分散居住在距离村中心远点儿的地方，村子给予他们政策上的支持，批准一定量的宅基地，使他们能够搬迁到村中心来。

那次涉及改造和搬迁的家户，有近六十户。

柯小海走访了村里的老干部、老党员后，心里有了底，知道大家是支持他的。因此就又走进村里其他人的家里去，与他们拉家常、论未来、说发展，充分听取各家各户的意见，然后汇总起来，拿出了一个大家都能接受的方案。赶在春节过后，大家还有点闲工夫的时候，立即开始了他头一次的山村公园化建设。

对于近六十户分散居住在村庄外围的那些人家来说，把家搬进村中心来，是多少代人的梦想呢！所以在整个建设过程中，他们是最积极的一部分人。下来大概就要算主持这项工作的柯小海了，他在那一段时间里，浑身泥土地就滚爬在工地上。

为了节约工程建设的费用，柯小海用他自己家里的车，跑甘肃，下铜川，为的是买到相对便宜的建筑材料。给他跑车的司机，最后算了一笔账，车来车去的，在甘肃、铜川两地跑了有近四十趟，耗费的油钱，以及人工费用，总在三五十万的数儿上。这么多的费用，柯小海没有在建设费用里报销一分钱，都由他自个儿掏腰包了。

整个工作原计划在夏收前结束，最后提前两个月便全面竣工。

竣工的时间虽然提前了，但工程质量没有降，严格按照新农村建设标准，一丝不苟地来做了。因为工期缩短了，还因为柯小海的车无偿为工程运输材料，到决算时，预算的百万元投资，只花销了50万元。

柯小海的观点是，集体的钱，每一分都是大家辛苦所得，既要花销在刀刃上，还要俭省。

是的呢，这项新农村工程建设，柯小海是把大家的钱花销值了，可把自己的又赔进去了多少？柯小海没算这笔账，他算的是集体利益和集体荣誉的账。工程验收后，延安市委根据多方面考察，并征求黄陵县委、县政府等相关部门的意见，授予索洛湾村"市级五个好党支部"荣誉称号。

我在采访中听到这个荣誉称号后，问了他们，知道"五个好"包括"领导班子好、党员队伍好、工作机制好、工作业绩好、群众反映好"这样的内容。

村容村貌是一个村庄的尊严，是一个村庄的脸面。

荣誉称号呢？自然更是了，索洛湾村承受得起那样的荣誉。经过新农村改造，索洛湾村以一种崭新的姿态呈现在世人面前，是整齐划一的亮灰色屋顶，是坚实的水泥路面，是红白相间的外墙涂饰……一个新的索洛湾村，提升的不仅有村容村貌，还有村民之间的感情。他们院与院接连，户与户照应，人与人相亲，家有男子未婚的，家有女子未嫁的，一度成了香饽饽，总有提亲说媒的人到他们家里去。

就在这个时候，有一个叫刘玉高的人，与柯小海走着走着走得近了。

说起刘玉高，柯小海总会想起路遥在《平凡的世界》里说的一句话。那句话是："一种真正美好的感情，像酒一样，在坛子里藏得越长，味道也许更醇美。"

在柯小海的记忆里，与刘玉高相识，是他柯小海遇到了大难题之际。他在二号煤矿争取到了停车场的项目，但要往里投资，预算最小也在600万以上。索洛湾村那个时候，可是没有那么大的资金量呀。向银行或信用社贷款吧，没有贷款指标，没有贷款抵押，凭柯小海一张嘴是说不来的。这时，他遇到了刘玉高，把难处给他述说了一下。刘玉高是怎么做的呢？立即从他公司的账上，一笔打给了索洛湾村600万元！

刘玉高很清醒，他不认可柯小海，能把600万元打给他吗？

"一文钱难倒英雄汉！"老话儿不是瞎说的，但是谁会怕钱多烧手，随随便便就给人吗？当然不会。

在采访期间，我很想见一见刘玉高，但他那些天忙着景区项目提档建设的事情，我追了他几趟，都没追上。但我看到了一份资料，有刘玉高对那段事情的回忆，说最初认识柯小海时，与他推心置腹地谈了谈，知道他是个有原则的人，在索洛湾村当干部，当的是很不容易的呢。

他是想要帮助柯小海的，所以就把600万元借给他用了。

当然，柯小海不会乱花乱用刘玉高的钱。他量力而行，最后只用200万元就把停车场建起来了。但他经过那样一件事，是把刘玉高当作他可以交心的好朋友了。

柯小海的好朋友刘玉高祖籍陕北榆林市横山区，20世纪70年代中期，随父母亲落户到黄陵县店头镇鲁寺村。由于生活所迫，如柯小海一样，年少时即已辍学打工。80年代初始，撵着黄陵县的煤矿，去这里下窑挖一段时间煤，去那里下窑挖一段时间煤……居无定所，人无根底，像是一朵漂在水面上的浮萍，到处流荡，可以说是积攒了满腹的苦水，还有满腹的社会经验……柯小海就这么给我介绍着刘玉高。还说他头脑灵活，人缘极好，后来组建了自己的建筑施工队，主要从事土方施工，以及路桥等小型工程施工。在此基础上，刘玉高从煤窑下走上来，走出了一条资本积累的道路。他赶在90年代黄陵矿业集团二号煤矿建设的时候，大胆涉足煤炭行业，先后承建了黄陵县店头镇白石村煤矿等煤炭企业，跃身为黄陵县早期为数不多的"煤老板"。

　　刘玉高仿佛通着一个神秘的境界似的，看事情比起一般人总要高点儿、远点儿。煤炭事业蒸蒸日上，正在攀高的时候，他却突然于90年代末全身而退，告别了他的"煤老板"生涯。

三

　　新的世纪要有新的气象，从煤炭行业退下来的刘玉高，迅速转入房地产领域，很快就在店头镇开发了"幸福苑"小区项目。因为注重环境设计，更注重工程质量与品质，他开发出来的商品房，大受居住者青睐。开盘之日，一个还有点规模的小区，便几乎售罄……自此以后，刘玉高没出黄陵县域，既在几处有需要的煤矿矿区所在地开发房地产，还在县城做着项目。他科学管理、守法经营，公司信誉高，效益也水涨船高，越来越好，很快就成为黄陵县叫得响的民营企业家。

刘玉高眼界独特，思维也独特，他在房地产事业发展势头十分向好的时候，再一次转身而去，投身另一个更为新鲜的产业项目。

"森林公园"，是那个时候黄陵县委、县政府高瞻远瞩提出的一项战略性的经济发展规划。刘玉高听到了、看到了，就积极地参与进来，要做出他力所能及的贡献……其实这个战略性的发展规划，最早是由省林业厅评定审批下来的，具体由县林业局落实建设。

但是建设的资金量太大了，县林业局没敢盲目投资，所以就一直搁置着，没有推动。县里知道这件事的人议论开了，一个"金娃娃"放在咱黄陵县，竟然放得凉成了一个"死娃娃"。

这话可是不好听，太不好听了！

后来陕煤集团不知是谁牵的线，把这个项目拿到了手里。想要从他们原来熟悉的煤炭产业，转变方向，走绿色产业发展道路。但隔行如隔山，经过几次调研、几次论证，感觉非他们所长，就又无可奈何地放弃了。

这么美的一个"金娃娃"，真的就没有人抱得了？

刘玉高勇敢地来抱了……作为黄陵县著名私企紫来发实业的老板，他对这个项目已关注了一段时间。开始时，他没有声张，因为这个项目看着是个"金娃娃"，却只在国有企业的怀抱里打滚，他便是有心，也只能远远地看着，插不上手。2010年，黄陵县把这个"金娃娃"抱出来，放进了招商引资的项目中，接受更广泛的投资。刘玉高便站出来揭榜了，以他足够高的报价，还有他颇富想象力的项目策划，赢得大家的一致赞同，一举拿到了这个几乎快要碎烂掉了的"金娃娃"。

刘玉高自觉他抱上了个"金娃娃"，但熟悉他，与他多有交往的人，却没有多少支持他、看好他。

便是刘玉高最为亲近的几位朋友，也都站在他的对立面，反对他去抱那没人抱的"金娃娃"。一些生意场上的朋友，冷嘲热讽还说了许多难听话，说他是有了两个钱，烧昏了头，胆大包天。他们言下之意，刘玉高肯定弄不好，甚至会一头栽在这个项目上，他们就等着看他的热闹了！

就在众人都不看好这个项目的时候，柯小海坚定地站在刘玉高旁边，支持他、鼓励他，坚信刘玉高能把这个项目搞出眉目来。

刘玉高义无反顾地接手这个项目，是因为他对养育了他的这一片山水，太有感情了。柯小海之所以支持刘玉高，也是因为他对这片养育了他的山水，太有感情了。怀揣着对这一方山水的深情厚谊，两个陕北汉子要用他们的大情怀、大构想、大手笔，报答他们热爱的这片山水了。

刘玉高、柯小海他们之所以对此信心满满，干劲十足，绝不是什么逞匹夫之勇，他俩是对"森林公园"有着相较于他人多得多的认识与憧憬。特别是刘玉高已经拿到手里的这处森林公园，可是有着别处森林公园所不具备的大好条件。按照原初的规划，森林公园距离黄陵县城仅40千米，内有《山海经》里描绘得如诗如画的沮河主流，以及众多支流，山林与水脉相交融，水脉与山林相滋润。最让人期待的，就是中华民族的人文始祖黄帝，晏驾后即安葬在这片山林中的桥山上！

试想一下，哪里还有这么得天独厚的历史人文景观，以及自然山水景观呢？

我在采访中，走访了相关部门，查阅了这处森林公园的整体规划，知道整个公园的规划面积达4358.5公顷，南北横跨14.8千米，东西横跨9.8千米，最高海拔1547米，年均气温9.4℃，山林覆盖率98%，地貌之独特，气候之温润，仿佛黄土高原上少有的一处仙之境、神之域……专业的调查统计显示，山林中各类动植物有750多种，生态环境是非常好的呢！

周边环境更为吸引人，有诸多令人神往的景观，像是一颗颗璀璨的人文历史珠翠，环绕在这片神奇美丽的森林公园周围。东去40千米就是著名的黄帝陵旅游景区；南下20千米即是皇家避暑胜地玉华宫；西往60千米又是红色根据地照金；北上便是天下闻名的黄河壶口瀑布，以及伟大的红色革命圣地延安。

能在这样一个环境里，做点自己的贡献，是刘玉高和柯小海的梦想。

梦想到手，要实现了，可是不敢草率行事，不做出让人满意的规划，他们是不会乱下手的。作为项目的主持人，刘玉高先后延请了十多批次专业人员，深入这片林地里调研，最后在原有基础上，做了新的规划及预算，打算拿出12.7亿，在保护好景区环境的前提下，分两步走，对景区进行适度的开发建设。

森林公园的南口，选择在店头镇腰坪乡潮塔村，那里的开发建设还算顺利。但是北口的建设就不那么顺利了。原因是规划中的那处地方，在征地等方面，出现了刘玉高不好解决的问题。费用太高了，刘玉高不能把有限的资金，投放在让他难受的地方。柯小海的索洛湾村，是不是一个选择呢？刘玉高心里想着，就给柯小海通了一个电话，没说几句话，就把心头上的大疙瘩解开了。

柯小海盼望着森林公园的北口能够建设在他们索洛湾村，因为这会是索洛湾村经济发展转型的一个好机会。

四

刘玉高和柯小海这两个陕北高原上的汉子，可以携手来为这片山水，为共同梦想，做出他们的努力了。

柯小海之所以能与刘玉高一拍即合，不仅因为他对刘玉高本人的高度认同，还因为他对森林公园项目的认同。早在刘玉高把森林公园项目拿到手前，柯小海就在心里思谋这件事情了。柯小海是结合索洛湾村的经济发展态势，一步一步向这个方向思谋的。

　　老祖先说了，"靠山吃山，邻水吃水"。

　　索洛湾村既被重重大山围绕，又有沮河缠绕，身处在这样一处风水宝地，不去依靠这里的山，不去利用这里的水，只能说明他们是愚钝的、不开化的。其中更多村民，还把山水优势看作劣势，开口穷山，闭口恶水。年少时的柯小海，也曾受这种情绪的影响，痛苦过难受过，也沮丧过失望过。他是在成长过程中，大胆地走出去，见识了依靠山水地利优势发展自己产业的村庄后，才慢慢地改变了他的观念，还有他的思维。他因此想着应该学习人家外地的经验，也把他们索洛湾村打造成公园式村庄。为此，柯小海找寻了林业及旅游方面的专家，还找寻了景区和公园建设方面的专家，虚心向他们讨教，并拿出了一个初步方案，几次在村"两委"会上讨论。

　　柯小海可能走得超前了，村"两委"的人一时还赶不上他的步子。所以他的带有森林公园意义的村庄建设规划，没有获得足够的支持。

　　不过，柯小海没有放下他的追求与梦想。

　　柯小海在等待时机……这个等待是漫长的，也是痛苦难耐的。柯小海曾无数次站在窨子沟的沟口上，望着满山密密麻麻的林木，陷入无限遐想。他对照自己走过的一些先进村庄，想他们索洛湾村为什么就不能把他们过去认为的穷山恶水，改造成流金淌银的福窝窝！

　　柯小海越是站在窨子沟的沟口上，把他们索洛湾村的山水地势看得越勤快，他就越有信心。

柯小海说有一次，他在窨子沟看得时间久了，竟然好像被施了法一般，视线穿越森林密布的大山，看到远远的那一边，闪耀着一种绚烂无比的五彩霞光，那灿烂的霞光里，富裕起来的索洛湾村民欢快地歌唱、舞蹈……那个时候，柯小海回过头来，面向他们初步富裕起来的索洛湾村，一幅谁都不能阻挡的发展蓝图，瞬间在他的心底展现出来。

春风吹来了山川秀美，
山鸟歌唱又把喜讯报。
党的政策变好了，
咱们的光景好过了。
…………
风儿吹过劲从那心头起，
挽起个袖子抡起个腿。
赤脚片子全抖开，
新生活任咱张开胳膊去搂抱。

恍惚间，柯小海觉得他隔山隔水听见的就是这样一曲信天游。他知道这曲信天游的名字叫《山川美》，刚刚在他们陕北的地界上流行。流行着流行着，许多人是都会唱了呢……这曲信天游仿佛一阵阵鼓舞人心的号角，柯小海村庄公园化的梦想，即在那美妙的声音里成熟着，现在就要起步了。

当真是瞌睡遇着了枕头。刘玉高拿下森林公园项目，打电话给柯小海，要把原来规划的公园北大门，挪到索洛湾村来，他俩能不一起干吗？

干的决心有了，干的方向有了。但是在怎么干上，还有许多事情要协商。柯小海分析了当时存在的一些问题，首要还是村里干部的思想观念，必须纠正过来才行。干部的思想观念不改进，群众的观念就更成问题。对此，柯小海没有畏难，他在口头说服的同时，把村委会里的干部和村里的党员骨干，分批拉出去考查培训，开阔他们的视野，让他们在事实面前接受教育。

关中道上的礼泉县袁家村，他们统一去了；关中道上的兴平马嵬驿，他们统一去了……走出去看了人家的发展方向、规模和势头，村里干部党员的思想观念在改变，大家慢慢接受了柯小海的谋划。但在柯小海看来还是不够的，他需要全村群众的思想观念，都能有一个质的飞跃，那样做起来才会千人一心，势不可当。

因此，柯小海自己向村里人宣传他关于索洛湾村新发展的理念，也让与他一起跑了些地方，有了新见识的村干部和党员骨干们，给村里的群众宣传普及……索洛湾村的老百姓，在他们不懈的宣传普及教育下，渐渐地都有了一个正面认识，觉得能把他们陷在泥土里的腿脚，拔出来点儿，过一种别样的生活，也是非常迷人的呢！

在听柯小海讲述这个过程时，路遥在《平凡的世界》说过的一句话，蓦然涌现在我的脑海中。我把这句话说给了像我一样喜欢路遥的柯小海。我说："一种真正美好的感情，像酒一样，在坛子里藏得越长，味道也许更醇美。"

我刚把路遥的这段话念叨出来，柯小海就呼应了我。

柯小海说：太对了！太对了！

索洛湾村的人，不独柯小海深深地感怀索洛湾村的新发展，村里其他人，也都深深地感怀索洛湾村的新发展。过去，大家苦于找不到好的方向，柯小海带头提出来了，大家起初还有怀疑，不怎么积极。但那又有什么要紧的呢？不过是在增加大家对索洛湾村新发展的感情罢了。

大家的思想观念改变着，变得统一起来了。

柯小海因此就有了施展想象和拳脚的余地。他与刘玉高沟通交流了几次，那个"搭车法"的理念，便在他的心里越来越清晰，越来越有眉目了。

搭刘玉高森林公园项目的车，配合他，把索洛湾村融入进去，成为公园的一部分，那该是多么令人向往的事情啊！

柯小海带着慢慢成熟的设想，又与刘玉高沟通交流了。

对索洛湾村的人文历史和地理环境了如指掌的柯小海，把刘玉高请了许多专家搞出来的规划认真研读后，补充性地说了一些他的想法。柯小海说了"小石崖"革命旧址的红色品质，与森林公园的绿色景观，水乳交融，相得益彰，红色的质地可以丰富绿色的内涵，而绿色的浪漫又可以增加红色的意蕴。这样一来，爱国主义的教育作用，能够得以彰显，自然风光的体验作用，又能得到深化。

俩人的交流，对彼此都有启发。刘玉高赞赏柯小海的设想，但有一些问题，还需要继续磨合与探讨。柯小海的"搭车法"暂时还得休眠些日子。

五

对此，柯小海要说不急，那一定是假话了。

柯小海为索洛湾村制定的"搭车法"方案，不能融入刘玉高的森林公园，就不只是他柯小海梦想破灭那么简单，而是索洛湾村未来的发展，将会找不到头绪……心急的柯小海等待着，终于等来了一个机会。他在与我说这件事情的时候，以为是冥冥之中上天眷顾，而促成了人之所愿。

刘玉高来找柯小海了，这一次他是有求于柯小海了呢！

按照刘玉高的规划推进森林公园施工的过程中，出现了一些让人大为头痛的事情。最突出也最关键的就是建设用地问题了。涉及的个别村子，对森林公园的建设用地，坐地起价，开口十分离谱，行政协调也不顶事……费尽周折的刘玉高，想到了柯小海，他们二人灵犀相通似的就走到了一起，再次说起了合作的事情。

柯小海明白无误地告诉刘玉高：你别费那些闲劲儿了。

柯小海坚持他"搭车"森林公园建设的设想，劝说刘玉高不要受作难，就把公园的北门设在他们索洛湾村。这么做的好处是，不仅索洛湾村搭上了森林公园的车，可以实现山村公园化的目标，还能扩大森林公园的规模，容纳更多的山林景点，使森林公园的格局和框架，上到一个新的台阶。

刘玉高被柯小海的执着惹笑了。他说：我是服了你呢！

刘玉高说：按你说的做下来，游人进入景区，要多走四五个钟头哩！你想想，全都是山路，走得下来吗？

柯小海继续说服刘玉高。他说：都是山路不假，但不是白走。一路走，一路风景，哪个游人会嫌景区的风景多？

柯小海说得来了劲。他还说：不只景色好，富含氧离子的空气更好！游人进入景区，多走些时辰，就多吸纳些高质量的氧离子，他们开心还来不及哩，你说是不是？

争执辩论了好几个回合，还不能说服刘玉高，柯小海和村委会干部一起邀请刘玉高，到他们索洛湾村实地考察了。刘玉高那叫一个隆重，带了自己的规划团队，可以说是浩浩荡荡地进了索洛湾村，一口水不喝，一杯茶不接，就拉着柯小海带路，一行人迤迤逶逶从窑子沟的沟口走进去，走到胶沟，然后又翻上山头峁、马天梁、西头峁、东头峁、河南梁、上楞子……最后落脚在百药沟。

把索洛湾村周边的山山水水走得烂熟的柯小海，在百药沟的沟口上，招呼大家歇一歇脚，给大家讲说起了百药沟的革命史。

柯小海的讲说有根有据，都是听他大伯柯玉斌和父亲柯玉荣给他说的呢。他转述给大家，说这一带在土地革命时期，是游击队"闹红"时的主要活动区域。林业部门对这条沟的管理非常严格，因为这是他们索洛湾最大最深的一条沟，也是自然生态最好最美的一条沟。柯小海的述说引起了刘玉高他们的极大兴趣，大家是已经走得很累很累了呢，但经不起柯小海一番鼓动，就又都精神抖擞地往百药沟里钻了……峰回路转，流泉淙淙，鸟啼蝉喧，云飞雾绕，身在百药沟里，大家如入仙境一般，眼界突然为之清明，身心顿然为之舒爽。他们忘记了劳苦，忘记了时间，攀上百药沟沟梁顶时，天色已近黄昏，夕阳似燃，把一道道梁、一条条沟，渲染得灿烂无比，一道梁是一道梁的景色，一条沟是一条沟的景色。

刘玉高看得一脸迷醉。

柯小海看得一脸迷醉。

一起走进来的规划团队专家们，亦都看得一脸迷醉。

柯小海趁热打铁，把他没说完的故事，继续给刘玉高和他的规划团队说了。他说百药沟的来历可是不简单呢！之所以有此大名，全赖咱们的老祖先轩辕黄帝。他老人家当年在这条沟里颐养生息，发现百草是能够治病救人的，因此久居这里，享受着这里山的幽寂、水的幽明，还有仙露云雾的润泽。传说他留下了一部名为《黄帝内经》的药典，子孙后代得以千年万年地享受他老人家的恩泽，而他老人家自己，亦在这百药沟里颐养天年！

刘玉高听柯小海说到这里，开口说话了。

刘玉高说：你柯小海把咱们森林公园的车是搭上了。

柯小海的反应特别快，他没等刘玉高的话音落下来，就呼应起来。

柯小海说：搭车走新路！

第 13 章

山村公园化

他相信，自己经历千辛万苦而
酿造出的生活之蜜，肯定比轻而易
举拿来的更有滋味。

——路遥《平凡的世界》

一

　　接受了采写脱贫攻坚先进典型的任务后，我来到索洛湾村，在柯小海的陪同下，进了百药沟，当然还爬上了百药沟的沟梁顶。

　　我在百药沟的沟梁上看到的景色，应该还是柯小海、刘玉高他们当时看到的。不过我看到的，已经被他们科学地开发出来了……道路如练，仿佛缠在百药沟山梁上的一条飘逸的素绸带子。我们驱车很快就到了百药沟山梁的最高处，站在他们精心设计打造出来的观景台上，东眺西望，北观南瞻，一时之间，只觉自己的眼睛不够用。夕阳下的四面山水，尽收眼底，我很想把眼前看到的景观描写出来，但我搜索枯肠，竟然找不出一两个能够描写这一处山景的词句，什么层林尽染、美不胜收、蔚为大观、美妙绝伦、别有洞天、重峦叠嶂、山明水秀……我不能再罗列了，因为不管我如何罗列，都不能很好地写出这片山水的绚烂与瑰丽。

　　也就在这个时候，柯小海的大伯柯玉斌，还有他父亲柯玉荣当年在这里"闹红"的情景，蓦然涌入我的脑海，我情不自禁地吼了一曲信天游：

　　　　红军共产党来了天心顺，

　　　　咱老百姓嘛就随红军。

一人一马一杆那枪，

咱们的红军声势壮。

…………

镰刀斧头嘛老镢头，

砍开那大路百姓走。

革命的势力大无比，

红旗一展那天下都红遍。

我的一曲信天游，别说把柯小海惊住了，连我自己一时都觉得不可思议，怎么就在百药沟的沟梁顶上吼出这么一嗓子？柯小海呆呆地看着我，听我落下音来，不无惊讶地问了我两句。

柯小海问：你会吼唱信天游？

柯小海问：你咋吼唱了这一曲信天游？

我回答柯小海了。说：我是热爱信天游的，写了不少关于陕北的小说和散文，都是受了信天游的启发哩。我爬上百药沟来，想起你给我讲的故事，知道你大伯、你父亲他们'闹红'钻梢林，给予了梢林红色的记忆。我们后来者，难道不能在红色记忆的图谱上，涂抹上些新的色彩吗？

我说得兴起，就还回过身来，抬手指向森林公园里如诗如画的索洛湾村，给他说了。

我说：你们索洛湾村以自己的实践，收获了前辈们想要通过革命获得的成果。

我的话把柯小海说得沉默起来。这是不难理解的，因为前辈们想要实现的梦想，正是柯小海他们索洛湾村人的梦想哩。但要知道，实现的过程，是太不容易了，柯小海他们费了太大的功夫。首先还是土地的征用问题。

柯小海说服刘玉高，把森林公园的北门调整到他们索洛湾村，但刘玉高前期耽搁了不少工期，想在这个时候补上来，就给柯小海提了一个非常紧迫的时间要求，希望能在一个月内，完成土地合同的签约授权。柯小海看得出刘玉高内心的焦急，人家既然按照他的谋划，把森林公园的北门调整了，他就必须给人家一个态度。

柯小海冲着焦急的刘玉高笑了笑。他说：不要一月时间。

柯小海说：三天就够了。

刘玉高以为他听错了，瞪着一双大眼睛，揪了揪自己的耳朵，问起了柯小海。

刘玉高说：哄我开心吧你？

刘玉高说：我三天把施工设备开过来。

柯小海说：我不哄你，三天后让你的施工队进场施工。

柯小海说：我和我们索洛湾村的村民给你放炮庆贺！

话是这么给刘玉高说了，但真要在三天时间里把森林公园北门所占土地拿出来，绝不是手到擒来般那么容易。虽然他有了"搭车"森林公园建设的决策，也做了些前期准备，但真到拿地的时候，要向村民说明情况，而获得多数人的同意与支持，还是有些难度的。柯小海的个性是，没有难度的事情不见得有多大精神，有了难度，他反而特别积极奋勇。

向刘玉高口头打了三天的包票后，柯小海回到村里来，先与村干部和党员骨干沟通了一下，这便喊来全体村民，召开大会，向村民们说明了情况。柯小海从"搭车"森林公园项目说起，对索洛湾村未来的发展，进行了非常清晰的梳理与解释。到了讨论表决的时候，虽然大多数村民表示理解，可还是有不少人提出了不同意见。其中有人情绪还很激烈，说是索洛湾村在深山沟里，挖煤掏炭是他们的优势。森林公园有什么优势呢？发展旅游，谁来山沟沟里旅游呢？

以柯小海那时在索洛湾村的威望，他是可以在大多数村民同意的情况下，不顾少数人的意见，强行通过决议，给森林公园腾地搞建设的。但他没有那么做，而是耐心地给心存疑虑的村民，做进一步的说服工作了。

柯小海把他前边争取刘玉高时说的话，又耐着性子给村民们说了。

柯小海从黄帝陵景区说起，说了黄陵县的整体旅游。黄陵县只有一个黄帝陵，全国各地来黄陵县的游客，游了黄帝陵后，就没有别的地方可去了。森林公园是对黄帝陵景区的一大补充，可以使全国各地的游客，兴高采烈地到黄陵县来，再欢天喜地地走进森林公园里，观景康养，既能体会黄帝陵的庄严宏阔，又能感悟黄帝文化的源远流长，是非常有前景的呢！

部分村民虽然还半信半疑，但大家相信柯小海，因此就都没有再坚持，同意了把森林公园北大门建设在他们索洛湾村的规划。

二

村民们有了统一的意见，土地的问题就好解决了。

因为森林公园所需的土地，基本都是村集体所有的荒地。不过关于怎么补贴，是还需要与刘玉高协商谈判的。对此，柯小海没有独自前往，而是与村委会的人一起去了刘玉高的公司，找到他，与他当面锣、对面鼓地谈了。他们双方开诚布公，谈得还算顺利，出租的基础价为每亩1200元，此后按照全县经济增长的比例逐年提高。

柯小海带着他们谈好的价钱回村来，大家听到这个价码，一下子吵闹得几乎开不了会。

村民的意见很集中，租给二号煤矿的土地，每亩是5000元，给森林公园怎么就少到1200元？这差别也太大了吧！

柯小海没有与村民们争执，他让大家充分发表意见和看法。等大家说得口干舌燥，没有别的话说了，他还是没有说话。因为他提前有个安排，要村委会里的干部们都先来说。干部们说了后，他再条分缕析地给村民们说。柯小海说得不紧不慢，他说：5000元与1200元，大家不要吵闹，没人不知道这个租价比二号煤矿低。为什么低呢？煤矿用的是咱们的好地肥地，撒把种子能长庄稼的地。森林公园租用的土地是什么样的呢？咱们撂荒没人种的地，一年一年地荒着，颗粒不收，分文不得。那个时候，大家怎么就没有意见。现在不管收入多少，都是咱们的，意见倒来了。我不强求，谁给咱的撂荒地一亩120元，我租给谁……柯小海说到这里停顿了一会儿，等着人说话。他没有等来，就又自己说了起来。他说：没有人租用是吧？这就是我们心胸和眼界的问题了，不能只看眼前的利益，而是要往远处看呢！

柯小海说到这里，又停顿了一会儿，把大家一个一个都看了一眼，他是想看谁还要提意见。结果没有人提意见，因此他就说得很坚决了。

柯小海说：不是我给大家开空头支票，咱们耐下性子等一等，等到森林公园开园后看吧。

柯小海说：我相信不论集体还是个人，在森林公园获得的收益，是二号煤矿远远赶不上的呢。

柯小海把话说得掷地有声。他取得村民们统一意见的日子，刚好是他给刘玉高打包票的第三天。柯小海通知刘玉高，让他到索洛湾村签订合同。

刘玉高接到柯小海的来电，没有立即相信，在电话那头还把柯小海连问了两句。

刘玉高说：是真的吗？

刘玉高说：我的血压不太稳。

柯小海肯定地告诉他：君子一言，驷马难追。

柯小海说：咱俩还都算得上君子吧。

刘玉高心头上的一块石头，在柯小海的君子之言里，落下地来。

刘玉高后来回忆那三天，说他就没吃好一顿饭，就没睡好一场觉。他内心的忐忑，以及担忧，大了去了。租用索洛湾村的土地那么多，而他与柯小海等村干部谈下来的租价又是那么少，柯小海和村里的干部同意，索洛湾村的村民们能同意吗？接到柯小海打给他的电话，刘玉高是高兴坏了，但他还存着些内疚，想他小看了索洛湾村村民们的眼界。在这样的认识基础上，刘玉高到索洛湾村签订合同时，不禁给柯小海和索洛湾村的村民竖起了大拇指，而且在森林公园建成运营招募劳务人员时，全力向索洛湾村的村民倾斜。

在刘玉高的心里，索洛湾村的人眼界远、素养好、品德高、靠得住，这样的人不大胆地用，还考虑谁呢？

"咱不能亏了索洛湾村的人！"刘玉高后来提起这件事，总要这么来说。

在柯小海和索洛湾村村民的全力支持下，黄陵森林公园很快进入施工建设的攻坚阶段。他们在索洛湾村建设北门，租用了480亩土地，因此还把原先规划设计在南门的一些项目，也转移到北门来建设了。

北门建设，竟然成了整个森林公园建设最早开工的⋯⋯以此为契机，刘玉高把他们业已拟好的规划，做了许多调整，即后来实施完成的核心区"一谷、一岭、一寺"，与配套区两个小镇"潮塔小镇、双龙小镇"。核心区的"一谷"即为轩辕养生谷，"一岭"即为飞龙岭景区，"一寺"即为紫峨寺景区；两个小镇中的双龙小镇，因为北门口的存在，即有索洛湾村深度融入其中。特别是轩辕养生谷，便全都是在索洛湾村的百药沟里建设的。

不用柯小海给我说，也不用刘玉高给我介绍，在走入百药沟，游览了这条神奇的山谷后，我亦明白：以百药沟为根本，打造出来的轩辕养生谷，不仅扩大了森林公园的格局，更深化了森林公园的内涵。他们经过多方面的论证与重新设计，挖掘出了降龙湖、十里松廊、湿地草甸、蝴蝶谷、万卷书（也称黄帝石）等各具特色的游览景点。而生态文化体验的丰富性，更是别处所少见的，譬如百草药种植园、蝴蝶科普馆等。当然了，黄岐会馆、养生度假馆，对关心身心健康的人，更具吸引力……特别是索洛湾村所在的公园北门，愈发让人流连忘返。

我的记忆力在这里一下子不够用了，就掏出装在裤兜里的手机，找到记事功能，打开来一个景致一个景致地来记了。依次为北游客服务中心广场、三养门和广场、生态酒店、丹壶、降龙湖、七星岛、儿童乐园、卡丁车游乐场、五公里游步道、香林食府、习静亭、树顶玻璃栈道、动物园、树屋、小木屋等，还有攀岩、拓展训练、野外露营等更为刺激的项目，也在如火如荼地建设着。而特色鲜明的热泉养生项目马上就要开馆迎客了。

走在百药沟里，继续往纵深去，向南即可到达飞龙岭景区。

最初的规划，飞龙岭景区没有这么大的规模，也没有这么多的景点。采纳柯小海的建议，把游客进山旅游的北门挪移到索洛湾村后，飞龙岭才真正像条巨大的飞龙，活灵活现地展现在游客的眼前。游览罢百药沟后，我与县委宣传部的几位同道，没有出沟来，选择了沟内一户人家，吃了顿那户人家说的"百姓菜"，歇了歇脚，才向南走上飞龙岭。

下笔到此，我是要把那户人家的"百姓菜"说道说道哩。

城里大馆子的鱿鱼海参、龙虾海贝等大菜品，在"百姓菜"里是找不着影子的，有的是小鱼儿、小青菜、小炖锅等小的吃食。我大嚼大咽了一番后，感慨人的嘴，其实是很贪小的呢！并不是大的吃食就好，小的吃食，才是入心入肺的呢！端给我们的鱼儿，应该是从沟底里的溪流中刚捞回家的，裹上些面糊糊，油炸一下，既香且脆；小青菜也是刚从地头拔的，在旁边的溪水里洗一洗，投进热锅里炒出来，似乎还带着田野特有的那一种清香；小炖锅里肯定是他们家养在院门前满山乱飞乱走的鸡儿了，在锅里炖着的时候，即已引人垂涎；还有地软小包子、小米稀饭……不是我嘴馋，是我厌烦了城里的那种"大"。凡事都要大，好像大了就好。其实不然，这是我在百药沟吃了一顿"百姓菜"后，才突然明白的。

小老百姓的日子，恰恰就在那一个"小"字上。

因为小日子，才正是小老百姓过的日子哩。

在百药沟里吃小老百姓的"百姓菜"，并不只我们一行，在我们的前头就有一拨人，在我们之后，又来了一拨人。

三

吃罢"百姓菜"，我们就往飞龙岭上去了。

蜿蜒曲折的飞龙岭全长6000余米，整个形制仿佛飞龙的一段纤腰，很是柔和地把轩辕养生谷与紫峨寺景区，连接成了一个整体，使森林公园因此而景象万千。驱车是可以前进的，但没有步行那么自在。我们漫步在参天大树之下，曲径之中，耳可以随时听闻鸟语，眼可以随时观看花色，一石一木，无不沾染着华夏文明隆兴的气息，并豪迈地散发着自然龙脉蕴含的灵异与吉祥。

哦！那不是在建的公园二期工程巨型轩辕黄帝雕像嘛！

哦！还有子午三塔！

柯小海"搭车"森林公园建设，为早已脱贫致富的索洛湾村谋划的新发展思路，业已呈现出非常耀眼的成就。

2015年5月10日，黄陵国家森林公园在位于索洛湾村的北门，举行了隆重了开园仪式。五彩的气球，挂满了北门，还有五彩的旗帜，在风中猎猎飘扬，窜天而起的炮仗，以及铺地炸裂的鞭炮，把开园仪式推向了高潮！闻讯而来的游客，当天把宽敞的北门挤得水泄不通，而更多的来宾，已在园区之中游览……开园半年，到12月的时候，黄陵国家森林公园即已跻身国家"AAAA"级景区行列。

统计数字证明，森林公园的游人数量及收益，逐年提升。2017年时，即达4000余万元，现在年收益基本稳定在5000余万元。

我在索洛湾村采访，见到的村民都说，他们索洛湾村成就了森林公园，而森林公园也成就了他们索洛湾村，使一个过去落后破烂的小山村，如今成了远近闻名的公园村。

就在我伏案写作这部报告文学时，想到我在索洛湾村看到的情景，路遥在《平凡的世界》里说的一句话，突然涌上我的心头。那句话是："他相信，自己经历千辛万苦而酿造出的生活之蜜，肯定比轻而易举拿来的更有滋味。"

我要把这句话记下来，在写罢这部作品后，是要与深谙路遥文学精神的柯小海，做一番交流的，我相信他会有更为深刻的感触哩。

如今的索洛湾村，因为森林公园的启动，一下子声名远播。全国各地的游客，在来过这里后，把公园化的索洛湾村，也带向了四面八方。

市场化的今天，没有点儿名声，别说搞旅游了，便是村里的特产什么的，也都难以流通。索洛湾村有了他们自己的名声，"搭车"森林公园，很自然地也就搞起了旅游，并且由此，还进一步带动了他们村的特产山货的销售。

乡村旅游好，柯小海与村干部及党员骨干们，在看过别处的这一发展模式后，知道这是个来钱的好办法。

黄陵国家森林公园开园了，他们决计要搭这列前途远大的列车，但怎么搭，还是需要认真对待的。跟风去搭，不一定能搭出效益来，而且可能造成不必要的损失。柯小海对此已做了比较详细的思考，他在森林公园入驻的时候，就已多次给村里人讲述他的思路，真到了具体实施的时候，还得做更为细致的分析。

柯小海是这样给村里说的，他们索洛湾村与森林公园，在旅游项目的设置上，必须遵守差异化的原则。森林公园做了的项目，索洛湾村就坚决不做，而森林公园未做的项目，他们索洛湾村拾遗补阙，给做出来，方能获得双赢。

索洛湾村与森林公园是一个整体，如何借助森林公园的建设之风，把村子建设成黄土高原上一个具有指导性意义的新农村示范社区，成了柯小海必须考虑周全的事情。因为公园化乡村建设的精髓就在于此，不如此，谈何公园化？

但柯小海的这个提议，显然超出了许多人的想象。

大家"搭车"森林公园，想的是能在游客到来的北门口，开店售卖山里的特产，或是做些小吃小喝的小生意，没有人往柯小海说的这个方向上想。柯小海提出来了，没有多少人响应是个问题。但是柯小海不急，他做任何工作，都没有强迫过谁，这一次就更不会了。他有一套自己的工作方法，那就是先统一村干部和党员骨干的思想，然后再做群众的工作。柯小海的这套工作方法，在以往的工作实践中，还是很有效果的。所以他在提出来后，就召集了村"两委"会议、村民代表会议、村民大会等一系列必须开且一定要开好的会议，分级分层来做说服动员工作了。

柯小海给大家做说服动员工作，没有套话、空话。那些话他不会说，即使会也绝不说，他说的都是村里群众听得懂、入得耳的家常话。他给村上的干部和党员骨干咋说，就也给群众咋说，绝不隐瞒事情的本质。

我从村里群众的口中得知，柯小海当时是这么给大家做说服动员工作的。他说："咱们索洛湾村是发展了，大家不愁吃不愁穿，咱们是解决了基本的温饱问题，初步走上了小康之路。但这不能成为咱们村裹足不前的障碍，那会影响咱们村的进步哩！咱们还要在小康路上，向更高标准、更大目标继续坚定地、不停步地走哩。"

柯小海说到关键处，还给大家打了一个很有趣的比方。

柯小海的这个比方，是索洛湾村人过去生活中常见的一个景象，那就是驴拉石磨碾米磨面了。给驴子戴上笼嘴，套进磨道里，一整天都在走，但能走出个啥呢？就只在磨道里转圈圈，一圈一圈又一圈……使唤驴子拉磨的人家，想要驴子走得快一点，还可能给驴子的颈项戴一串响铃，驴子走一步，响铃跟着响一声，对驴子倒是很有鼓动作用哩。但驴子走得出磨道吗？它是走不出的……柯小海这么给大家比方着说，有人是听出些味道来了。

听出来后就在下边议论了，有人说：柯小海这不是骂咱们吗？

有人说：他就是骂咱们哩。他骂咱们都是没出息的驴子！

下边的这些议论，柯小海是都听到了。

听到了的柯小海，就抓住下边的议论，再给大家说了。柯小海说："咱们索洛湾村前面的进步与发展，可不就是一头驴子，只在咱索洛湾村里打转转。咱们赚的每一分钱，咱们吃的每一嘴食，咱们呼吸的每一口气，出过索洛湾吗？没有吧。咱们还想有更好的未来、更大的发展，就得从磨道里解放出来，才能走得快、走得远。"

柯小海直白质朴的比喻，让村里人一下子就听明白了。

有了这样一个基础，下来再说新农村示范社区的建设，也就好说了。柯小海趁热打铁，把村干部和党员骨干们的工作做好后，当即召开村民代表与全体村民大会，给大家讲新农村示范社区的建设，就是要满足农村居民不断提高了的生活物质需求。为此，就必须打破城乡二元结构的藩篱，让城乡互通互融，共享经济发展和社会进步所带来的物质与精神文明成果。具体方案就是：以中心村为核心，以农村住房建设和危房改造为契机，用三到五年的时间，实现索洛湾村社区建设全覆盖；与此同时，还要以新型农村社区建设为抓手，积极妥善地推动迁村并点行动，促进土地集约化水平，充分做到资源共享，全面提升索洛湾村的基础设施和公共服务水平……逐步实现索洛湾村的基础设施城镇化、生活服务社区化、生活方式市民化。

掷地有声的说服动员，极大地提高了索洛湾村群众的认识水平，大家齐心协力，为索洛湾村的新农村社区化的发展，高效率地行动起来了。

四

采访活动中，我见到了一位姚姓的索洛湾村女性，她的见识就很不一般。

她给我说了，索洛湾村现在的生活水平和生活质量，城里人可能也要羡慕呢！她说了，她先生就在县城工作，20世纪90年代，她跟随先生离开索洛湾村，进入黄陵县城，并在县城找了一份工。二号煤矿入驻索洛湾村以后，她并没有立即返回村上来，而是一次次回村上探望亲属，看到了索洛湾村的变化，才从县城迁回村里来的。回到索洛湾村，不仅方便照顾家里的老人，而且在自己的家门口打工，出的力不比在县城时大，收益却比在县城时要好。她是先回村上来的，先生经常要回来看家里人，也慢慢地被村里的变化所触动，也就回到村上来了。

现在的情况是，姚姓女子一家人，安居在索洛湾村子里，幸福融洽，快乐安逸。

村民赵崇斌是索洛湾村公认的秀才，他成长在索洛湾村里，懂事听话善读书，是在村里读书把自己读出村，进入大城市里的大学深造的人。他大学毕业了，把求职资料挂在网上，挂了很长一段时间，也参加了许多单位和机关的招聘，最后都没有入职。

千般委屈、万般失望之时，赵崇斌回索洛湾村里来了。

赵崇斌住在家里好几天，都不愿出门见人。柯小海了解到赵崇斌的情况，非常理解他，又非常关心他，就去找他了。

柯小海首先向他介绍了索洛湾村在他读大学期间发生的变化，让他了解他们村子的发展前景是非常吸引人的，而人才又是多么匮乏。

在把村子里的基本情况都告诉赵崇斌后，柯小海把来找他的想法和盘托出，给他说了。柯小海说大城市有大城市的优势，小山村也有小山村的优势，只要有理想、有目标，在村子里扎下根来，脚踏实地地做好自己的事情，同样能够发挥主观能动性，用自己掌握的现代化科技知识，创出一番辉煌的业绩来呢！

赵崇斌的心，被柯小海的一番话打动了。

在大城市里几番挣扎、几番沉浮，赵崇斌需要柯小海这样推心置腹的开导。他听懂了，更听明白了，并把柯小海说给他的话，回味了好几天，终于痛下决心，抛弃了对大城市的种种幻想，决定就在他们索洛湾村，开创一个属于自己的未来。

赵崇斌结合索洛湾村实际，对照网络上的讯息，发现与索洛湾村相邻的甘肃省部分山区乡村，栽种山核桃种出了大市场，他就简单收拾一下，背着个他在大学校园里背出了年代感的小背包，激情满怀地去了甘肃省。他找到山核桃栽种很有规模的一个村子，埋头在一户热心肠的人家里，向人家虚心学习了。他自觉学得可以了，就千恩万谢地离开他们，回到索洛湾村来，开始了他的创业尝试。

但是钱呢？

赵崇斌可以从村子租来闲置山地，然而购买树苗要钱，雇用民工更要钱。他口袋里空空的，没有几个可用的钱。可是他又特别要面子，不愿向他人张嘴，就暂时拖着……柯小海看出了赵崇斌的困窘，再次主动找他了。

"怎么样啊？"

柯小海找到赵崇斌的家里去，开门见山地就问他了。

赵崇斌耗在家里，似乎就等柯小海来。柯小海来了，淡淡地问了他一声，他即核桃枣儿地，把他的想法，还有他去甘肃邻县考察学习的情况，给柯小海满盘子满碗地端了出来。赵崇斌说了，山核桃的市场前景非常好，大可期待……前面的几句话，赵崇斌说得很流利，也很有自信。但他把那几句话说过后，即吞吞吐吐说不顺畅了。

柯小海什么人没见过，什么事没经过。他与赵崇斌几句话一说，就知道他想创业，而手头没有创业的经费。这么一想，柯小海笑了，他微笑着给赵崇斌交了底。

柯小海说：需要多少经费？

赵崇斌红着脸说：初始有个三几万的就够了。

柯小海说：这不是难事。

柯小海说着站起来，拉住赵崇斌的一只手，让他跟着去了一趟信用社，从自己的户头里取出3万元现款交给赵崇斌，帮助他注册成立了一家山核桃深加工企业。

赵崇斌毕竟是个有学问的人，他给他的核桃深加工企业起了个很有味道的名称，即"黄陵乾锦和山核桃工艺品有限公司"。

公司成立于2014年4月，是陕西省当时规模较大的山核桃深加工企业。公司业务就是把子午岭地区天然的野生核桃集中收购起来，精拣细选，选择品相品质优者，包装起来，采用线上交易的方式，向市场推送。当然也绝不偏废线下的功能，双管齐下，共同推进。公司成立当年，就取得了非常可观的业绩。

赵崇斌有学问，脑子活。他在拣选集中收购回企业的核桃时，发现了一种花纹精美、色泽自然、品相独特的核桃。他拿了两枚回了他的办公室，一边仔细地把玩，一边细心地琢磨。他那么把玩着、琢磨着，突然灵机一动，以为这种山核桃，太适合制作那种市面上受人追捧的文玩核桃了！

这一发现，与接下来的灵机一动，让赵崇斌喜出望外。

赵崇斌的长项就是脑子活，行动快。他默默地在网上搜集文玩核桃的各种信息，让拣选核桃的员工，照着他的指导，在一大堆一大堆的野生山核桃里，把那种可做文玩的核桃都挑出来，又寻找制作文玩核桃的专业人士，组建起专业化的队伍，使他们的野生山核桃，笨鸟儿变成了凤凰，飞出他们的小山村，进入大城市的文玩市场，极大地提高了野生山核桃的文化品位及经济价值……从做山核桃的深加工业务起家，赵崇斌的公司，现在已经把市场触角伸向了全省各大旅游景区；他后来又发展了中蜂养殖业务，其产品种类已有百余。

赵崇斌的山核桃深加工公司，现已建设了一座投资百万元的标准化大厂房，为当地创造了二十余人的就业机会。心存善念的赵崇斌，还专门设立了残疾人岗位，尽可能地满足残疾人就业需求。

我要写这部报告文学，就不能不去采访赵崇斌。

与赵崇斌交谈时，他三句话不离柯小海，是打心里感激柯小海哩！

记得我与赵崇斌谈过话后，走出他的公司大门，走出很远了，却蓦然听见从他公司的方向，传来一曲信天游。我听得出来，那人吼唱的是新编信天游《庄稼汉》：

深不过黄土地高不过天，
吼一声信天游唱唱咱庄稼汉。
水格灵灵的妹子虎格生生的汉，
人尖尖就出在咱索洛湾。
…………

沮河清清润日月凉房房里暖，

好吃好喝好呀打扮。

山丹丹那河沟沟里兰花花开满山，

庄稼汉的那信天游唱也唱不完。

五

索洛湾村公园化的发展，不仅带来了村容村貌的规模性变化，便是人们的精神面貌，也如那曲信天游吼唱的一样，都发生了根本性的变化。

柯小海的名望，因此被人到处传颂，使他的一位旧日好友，听进了耳朵里，便把一个难题，毫不客气地甩给了柯小海。

那位朋友找到柯小海，给柯小海说了，说他是一点办法都没了。他的儿子长着长着叛逆起来，别人给他出主意，他便把儿子送去了部队，接受人民军队这一大熔炉的锻炼。他原想儿子肯定有变化，可是转业回来，儿子依然故我，还是非常叛逆，整日无所事事，闲待在家里吃他们老两口的！朋友说得伤心，甚至有些悲哀。他想把儿子交给柯小海，诚心希望他带在身边，让儿子设身处地地感受一下他柯小海，带领大山里的一个小山村，是如何奋斗的，是如何进步的。柯小海答应了朋友。很快地，朋友的儿子被朋友带进索洛湾村里来了。

玩世不恭，是朋友儿子的全部底色。

柯小海见到他的头一面，没与他说啥。只让他住在索洛湾村，到处看看，自由自在地转悠。转悠了几日，柯小海和他谈话了。

柯小海问了小伙子几个问题，他对答如流，知之甚详。

然而他就是十分厌世，又十分愤世，对现实社会充满了不满。他的不满是从哪儿来的呢？柯小海耐着性子与他交谈，在逐步深入的交谈中，柯小海听出问题来了。他交友出了问题，满脑子的负面情绪，以及负面讯息，全是从他的朋友还有网络上获得的，几乎没有什么可信的东西。柯小海发现了他的问题来源，知道应该怎么与这位叛逆者相处、交谈了。

柯小海从来不是爱说大道理的人，他自底层出发，又自底层成长起来。

因此，柯小海就与这位叛逆者推心置腹地说起了他的过去……柯小海没有忌讳，毫无保留地说了自己的成长历程。说他小时候钻梢林，大些了下煤窑、扛木头，看人的眉高眼低，事无巨细，都给小伙子说了。小伙子开始听得漫不经心，听着听着把他那玩世不恭的样子收敛起来，躬身向着柯小海，生怕漏听了什么。到最后，柯小海说完了，他竟然还没听够，诚恳地问了柯小海一声。

小伙子说：叔叔，您还有说的吗？

柯小海笑了一下，给他说了：你要还想听，我就说给你。

小伙子点头了。他说：叔叔您说。

柯小海因此就继续说了。他说：我们有机会享受现在的物质生活，要感谢钻梢林的革命前辈们抛头颅、洒热血，武装"闹红"，不懈斗争。没有共产党的领导，没有人民当家做主，让别人领导咱们，让别人给咱们做主，你说行吗？那还能是咱们自己的日子吗？你自己好好想一想，你老爸现在给你提供的各种生活条件，够优越了吧。那是别人送的吗？都是咱们自己借改革开放的良机干出来的。你老爸勇于改革，积极实践，他才有机会、有条件给你提供更好的物质生活呀！我今天给你都说了，我是个村党支部书记，干了十几年，每走一步，每有一点成就，都深刻地认识到，那是我们在党的领导下，坚持为人民服务，一点一点干出来的。不要有别的幻想，那不实际，很不实际，都是蛊惑人心，是破坏咱们社会经济发展的恶势力捣的鬼。他们那些人，是有国外的，也有内部的，但他们是不会得逞的。

柯小海说着又停顿了一下。小伙子以为他说得口渴了，就双手捧起一杯放凉了的茶水，送到柯小海的手上，给柯小海恭恭敬敬地说了。

小伙子说：叔叔您喝口水。

柯小海接过茶杯喝了一口，想要就此打住。他怕一次性说得多，小伙子听不进去会厌烦，得给他时间，让他把这些话很好地咀嚼咀嚼，以后找机会再说。可是小伙子是听得入迷了，他还想听下去。因此，在柯小海喝罢了茶水，把茶杯放下来时，他就又迫切地请求柯小海继续给他说了。

小伙子说：叔叔您没说完吧。

当然没说完哩。柯小海看着小伙子，发现他的眼睛里有股子火苗儿在跳动。那是渴望的火苗儿哩，柯小海不能让小伙子失望。

柯小海没有犹豫，他又说起来了。

柯小海说：我们国家正处在一个全面发展的新时期、新阶段，有问题是难免的。就像你口中的贪官和污吏，他们只能侥幸一时，不会侥幸一生。你应该看见了，多么大的人物呀，贪污腐败了，就把他拉下台，判他的刑，让他去坐牢。咱们从上到下，不是都在说嘛，"苍蝇要打，老虎也要打"。怎么样，小小苍蝇纷纷坠地，大大的老虎也束手就擒……

柯小海一边说，一边观察着小伙子，他发现他的眼睛在颤动，他的灵魂似乎也在悸动。因此加重了语气，给他说了最后几句话。

柯小海说：共产党人的初心，从建党之初就树立起来了，那就是为人民服务。过去没变，今天没变，未来更不会变。

小伙子听完了柯小海苦口婆心的一番劝说。他是听懂了。不过，小伙子似乎没有听够，他在柯小海的话音落下时，意外地提出了一个要求。

小伙子说：村上的荣誉室，我前面看过了，您能陪我再走走、再看看吗？

柯小海能说什么呢？他二话没说，站起身拉着小伙子去了索洛湾村的荣誉室。那里的墙上，挂满了索洛湾村集体和柯小海个人的奖牌及奖状。那铜板奖牌、锦缎奖旗、镶在镜框里的奖状，熠熠生辉，都是柯小海带领索洛湾村群众艰苦奋斗、流血流汗的见证，每一个奖项的背后，都藏着一个又一个让人动容、叫人慨叹的故事。

小伙子之所以让柯小海陪他重新领略那些奖牌、奖旗、奖状的风采，是因为他前头看时，并没有多少触动。现在来了，重新体会与感受，他的思想感情发生了变化，柯小海无须一一说明，他也打从心里有了不一样的思索。

小伙子看得是仔细的，把那双眼睛都看红看酸了。

小伙子在索洛湾村跟着柯小海，深入体验了一段时间，他自己说他感激柯小海叔叔，他要回家去了。

小伙子回家不久，即跟随他的父亲，去了父亲工作的场所，做起了父亲的助手。这让他的父亲不禁泪目，背过儿子，给柯小海打了个电话，问柯小海是怎么弄的。之前费那么大劲儿都没能改变儿子，柯小海带了几天时间，就变化得让他不敢认了。

那位父亲激动地说：柯小海你说，那还是我儿子吗？

那位父亲说：你给了我一个全新的儿子！

柯小海是开心的，他答了那位父亲两句话。他说：我们索洛湾村的公园化，不能只是环境上的进步与成长，还应该有精神上的变化与提高。

　　柯小海说：欢迎你们父子，常来我们小山村做客。

第 **14** 章

山水洞天

决不能松劲！他还应该像往常一样，精神抖擞地跳上这辆生活的马车，坐在驾辕的位置上，绷紧全身的肌肉和神经，吆喝着，呐喊着，继续走向前去。

——路遥《平凡的世界》

一

2010年，索洛湾村被陕西省委授予"先进基层党组织"荣誉称号；

2016年，索洛湾村被陕西省委授予"省级文明村"荣誉称号；

2017年，索洛湾村被中央文明办授予"全国文明村镇"荣誉称号；

2018年，索洛湾村被陕西省政府授予"脱贫致富示范村"荣誉称号；

…………

2012年，柯小海被陕西省委、陕西省人民政府授予"省级劳动模范"荣誉称号；

2013年，柯小海被陕西省人民政府授予"陕西省最美村官"荣誉称号；

2013年，柯小海被农业部授予"百名农业科教兴村杰出带头人"荣誉称号；

2015年，柯小海被党中央、国务院授予"全国劳动模范"荣誉称号；

2016年，柯小海被中共中央授予"全国优秀共产党员"荣誉称号；

2017年，柯小海当选中国共产党陕西省第十三次代表大会代表、中国共产党陕西省第十三届委员会候补委员；

2018年2月，陕西省委办公厅发出向"三秦楷模"陈士橹、柯小海、刘永生同志学习的决定；

2019年9月，柯小海被陕西省村社发展促进会授予"功勋村官"荣誉称号；

2019年，柯小海荣获"全国最美奋斗者"荣誉称号；

2019年国庆七十周年，柯小海登上"乡村振兴"彩车，参加国庆群众游行，接受党中央、习近平总书记的检阅。

我在索洛湾村采访，也参观了他们村的荣誉室。老实说，一块块铜质奖牌、一面面锦缎奖旗、一个个镶在玻璃镜框里的奖状，看得我眼睛发热、心潮澎湃，情不自禁地向那些奖牌、奖旗、奖状，深深地鞠了一躬。

有过长期乡村生活经历的我，曾和柯小海一样，也满怀着那样一份梦想，做出过自己的努力。虽然我机缘巧合，走出了乡村，走进了大城市，但我的心跳，似乎还有着强烈的乡村节奏。我感受得到，那些荣誉的获得，是太不容易了。没有心血和汗水的付出，是得不到的。柯小海和索洛湾村得到了，但他和他们村没有满足，他们村在他的带领下，还在不断成长与发展。

有付出才会有收获。柯小海直接说给了索洛湾村群众，并付诸行动，刻在了索洛湾村的一座座山林上、一道道山沟里，刻在了索洛湾村群众的心上……村子里三名孤儿，是柯小海领回自己家里，像亲生一般养育照顾；八名贫困大学生，是柯小海资助他们完成学业，光光彩彩地走向社会，成为对社会有贡献的人。

柯小海永远记着他们，他们也永远记着柯小海。

关于这方面的故事，我有比较深入的了解，柯小海说得出他们每一个人的名字，记得他们每一个人的事情。我亦与部分接受过柯小海帮助的人聊过，知道这样的例子太多太多，我是无法全都罗列出来的。不过有件事情，我还是必须说说的。对于村里的老人，柯小海无时无刻不在关心着他们。从2005年起，村里的经济基础还很薄弱，拿不出那样一笔钱，柯小海就自掏腰包，组织村里60岁以上的老人，分期分批外出旅游。我在村里采访，总会有老人拦住我，拿出他旅游时拍的相片让我看。我看见老人的笑脸，一会儿在巍峨高大的天安门前，一会儿在水波荡漾的黄浦江边，一会儿在微风吹拂的西子湖畔……我与那些老人拉话时，会不由自主地问上他们一句。

我的问话很有那么点儿骄傲的意味。

我问他们：你们游玩过的地方是好，但与你们索洛湾村相比呢？

被问到的老人，无不呵呵笑起来给我说了。

有人说：金窝银窝，不如自己的土窝。老话是这么说来的，而我们索洛湾村的土窝，不是已经变了嘛，也都变成金窝银窝了！

还有人说：我们游玩过的地方，是有我们索洛湾村没有的，但我们索洛湾村也有那些地方没有的。山村里的新鲜空气，山村里的吃的喝的……哈哈哈哈，我们不说，你们大城市的人都知道。

我被索洛湾村老人们的这份喜悦与自豪所感化，自觉我在他们村里的日子，真是没有虚度……要我说，我是真切地融入索洛湾村了，恨不得自己也是索洛湾村的一员。在索洛湾村里，每个家庭最多交上8万元，就能住180平方米的大房子。参与一期项目的群众，早已住了进去，二期项目的人家，也都陆陆续续地往进搬了。

傍晚时分，华灯初上，索洛湾村天堂一般，好一处人与自然和谐相处的大美人间。

二

我与柯小海就在这样一个大美的傍晚，走在他们索洛湾村子里，继续挖掘我想要的内容。柯小海满足了我，他给我说了，树有根，人有根，水也是有根的呢！

我俩走着聊着，这就又一次走到窨子沟的沟口上来了。

在柯小海的记忆里，窨子沟是一处抹不去的胜地。从沟口到沟掌（沟的最深处），也就1000米的深度吧，柯小海早就给我说过，不论对他，还是对索洛湾村人，窨子沟仿佛一处神奇的魔幻世界，其中藏着太多太多的故事、太多太多的神秘……我没能早来索洛湾村，未见过原初的窨子沟，不过我在柯小海和村里人的描述中，知道窨子沟的沟掌里有一股清泉，汩汩地昼夜喷涌着，汇成一条清澈的溪流，流到沟口上来，再汇聚成一处小水潭……索洛湾村的少年，无论男女，都把那处小水潭当作游戏玩乐的天堂，他们的欢笑、他们的悲哭，还有他们的憧憬，就都在小水潭里漂荡或沉淀。

柯小海记不清，他沿着窨子沟向它的深处走了多少回。

柯小海也不知道，他一次一次走窨子沟，究竟是要探寻什么，还是要追问什么。他钻进窨子沟里，想着他长大了，就要离开这里，去他理想中的地方，开始他理想的人生。这应该不是他一个人的想法，索洛湾村的少年和青年，肯定都和他一样这么想过的呢……慢慢地长大了，少年时的憧憬，早已消散。他哪里能离开索洛湾村，离开窖子沟；他还相信，索洛湾村许多曾经想要离开的少年，长大了就都不思离开了。

柯小海不思离开，是因为他有了新的憧憬，那就是挑起索洛湾村的担子，给予索洛湾村新的形象，让索洛湾村与窖子沟变成真正的人间天堂。

索洛湾的山水，赋予了柯小海这样的灵感，同时赐予了他改变这一切的力量。

森林公园的建设及开园，让柯小海拿出他少年时钻梢林的那一股子精神头儿，把他熟悉的索洛湾山山水水，又用他的腿脚丈量了一遍。他的腿脚告诉他，森林公园如同一位胸怀博大的母亲，而他们索洛湾村，就是母亲怀抱里的一个孩子。孩子是能依赖母亲而成长的，这是母亲的责任，也是孩子的责任。柯小海为此是费了些心思的，他把他要实施的乡村旅游项目，首先定位于索洛湾的水。

水是生命之源，有水的地方正好做文章。

窖子沟的水，沮河的水，滋润着索洛湾村的水啊！柯小海是要充分发挥它们的作用了，他要在窖子沟沟口，筑起一道坝，把窖子沟沟口上原有的小水潭，变成一片开阔的湖泊……这是我在索洛湾的最后一夜呢，柯小海陪着我，在窖子沟的沟口上，站了很久很久。

业已被柯小海改造成湖泊的窖子沟，波光粼粼，满天星斗倒映在湖面上，让我俯仰之间，一时竟然糊涂起来，无法分辨天与地的界限了，朦胧中只觉夜幕中水天一色！

我受窖子沟的夜色吸引，又顺着铺筑和架设在湖面上的那条栈道，再一次向窖子沟的纵深走了去。

柯小海的大伯柯玉斌、父亲柯玉荣"闹红"时常来常往，柯小海在建设新索洛湾时也常来常往的那孔石窑洞，就在沟掌里的那面悬崖上。还是那面悬崖，如今多了一条新凿的隧道，是柯小海带领村里的年轻人凿出来的。他之所以带领大家来凿那条隧道，一来为了强化红色文化体验的现场感，二来便于他大做水上文章。在索洛湾村采访，我把那条隧道穿越了几回。在我的意识里，百米纵深的一条隧道，给索洛湾村带来的景致，是非常诱人的，我为此是这样说了呢。

山水洞天！

这条隧道的脚下，即是柔波荡漾漾的窖子湖；而穿过隧道，走到另一边去，就是另一番景色了！山之灵，灵似少年弄姿；林之秀，秀如美女回眸。我初来索洛湾村，就曾在柯小海的带领下，钻过这条他亲手凿的隧道，走到隧道的那一边。我们数人置身于林木繁密、花香草碧的世界，大家是欢悦的，谈笑风生间蓦然遭遇了一只落单的獾兽！

獾兽一身棕色的毛发，见我们走来，也不知躲闪，就那么蜷卧在密林的一边，一双乌溜溜的眼睛，看着我们一行人，向它一步一步走近……我在乡村生活的时候，是与獾兽有过交往的。知道它对大秋的庄稼玉米、高粱等，是有大伤害的。不过，獾兽伤害过大秋庄稼，是会吃得肥肥胖胖的呢！肥胖的獾兽，庄稼人发现后，是不会让它遛跑的。逮住它，不扒皮，亦不剔骨刮毛，就只找来一个黑瓷的小口罐子，把打死的獾兽硬塞进去，于牲口圈里挖一个合适的土坑，把罐子放进去，封好罐口。这么沤上一年时间，再挖出来时，黑瓷罐子里的獾兽不见了，满罐子都是亮汪汪的獾油了呢！

獾油的用途，在乡村是广泛的。谁的身上火烧火烫了，涂抹点儿獾油，三几天准好，而且不留疤痕。不像牛吃了草会反刍，骡子马等大牲畜没有这样的功能，一嘴草吃不好，会患上结症的，拉不出粪便，一天不要紧，两天不要紧，到了第三天还拉不出粪便，就只有活活憋死一条路了！把獾油从骡子马的嘴里灌进去，不要多少，就那么小半碗的样子，灌进骡子马的肚腹里，拉着骡子马遛弯。不要多遛，只遛上那么一半天时间，骡子马就会抬起尾巴，像是打枪放炮一般，把肚腹里的草团，一丸一丸地喷射出来……所以在我的记忆里，獾兽是非常怕人的呢！

然而这只獾兽，怎么就不怕人呢？

我迷惑不解，用手去拽柯小海的袖口。他倒是一点都不奇怪，转向我，说了这样一句话。

柯小海说：这只獾怕是病了哩！

我惊讶于柯小海的话，就问他了：你认识这只獾吗？

柯小海说：我不认识它，但它或许认识我。

这太好笑了。一只獾兽怎么可能认识他呢？但眼前的事实是，那只獾兽就那么静静地待在密林边上，仿佛有什么心事，或者有什么病痛，要与人说，而这个它能说的人，就是上山来的柯小海。我当时就是这么想的，正想着，听见柯小海说话了。

柯小海说：那只獾伤着了吧？

与我们一起上山的人，把那只乖乖卧着动也不动的獾兽抱了来。柯小海翻看獾兽的皮毛，发现它真是伤了呢！他因此嘱咐抱着獾兽的人，让他把獾兽抱去兽医站，看一看伤。

索洛湾村不独柯小海爱护着与他们共同生活在这处山水间的一草一木，满索洛湾村的村民，也都爱护着与他们生活在一起的自然万物……那件让人难以忘怀的事情过去不长时间，我与柯小海又一次走进了窨子沟。

这一次走着，只觉窨子沟万籁俱寂，而天际一片暗蓝，唯月光如洗，照得整个窨子沟灿灿亮亮……我得承认，因为那次在窨子沟与獾兽的美好相遇，这次就还期待能有新的相遇。

还别说，自然是爱人的，只要我们人类给予自然一定的尊重，自然会还给人百倍的惊喜。就在我这么幻想的时候，我意识到我与柯小海的身后，总有一种轻轻巧巧的挪动声。我因此回了一下头，这便看见一只白色的狐狸，正悄然跟在我俩身后，我俩走一步，它跟一步。

我是想大喊的，但声音刚到嘴边，就被狠狠地咽了回去。

我没能喊出声，而且也是不能喊出声的。

那一刻我还看见，柯小海也回头了。他应该像我一样，看见那只白色的狐狸了。

三

柯小海看见了那只白色狐狸，没有像我那么吃惊。

柯小海脸上一副见怪不怪的神色，那么轻描淡写地看一眼白狐，就又转过脸，向前走了去。我受了柯小海的影响，也转过脸，背对白狐，跟紧了柯小海，向着窨子沟的沟掌里走……柯小海走着，似已忘记了那只白狐，而我走着，却无法忘记，总能感觉到那只神异的白狐，窸窸窣窣地还跟着我与柯小海走。这让我不禁想起蒲松龄的《聊斋志异》，其中就满是爱着人、恋着人的狐狸，演绎了许多凄美故事！

跟着我与柯小海的白狐，可是从《聊斋志异》中走来的一只吗？

是小翠、青凤，还是婴宁、红玉，或者是辛十四娘？小翠的清纯、青凤的妩媚，以及辛十四娘的知性，在那个时刻，争相出现在我的意识里……跟随着我和柯小海的白狐啊，是她们中的谁呢？我胡思乱想着，在白狐的相伴下，走进了窨子沟沟掌，走到了柯小海带领他们索洛湾村的年轻人凿出的那条隧道前。我与柯小海没有停步，继续向里走着。白狐没有落下，继续伴着我与柯小海，钻进隧道里来，跟着我俩穿过隧道，上到隧道的那一边。更加惊奇的是，我们刚刚钻出隧道口，居然又看到了一只白色的狐狸，就那么安安静静地守在隧道那边的树丛里，高扬着小脑袋，眨巴着小眼睛，淡定从容地看着我们。

这只白狐似乎知道我们要来，在那里悠然自得地等我们！

这太叫我不能理解了！为了不至于惊吓着白狐，我只是伸手把柯小海的衣襟拽了拽。

柯小海理解我的惊讶。他说了，声音幽幽地：惊着你了吧？

柯小海说着抬头望了一眼天色。他继续说：时间长了，大家是都习惯了呢。

柯小海说：在我们索洛湾，人习惯了白狐狸，白狐狸也习惯了人。

柯小海说：没有啥奇怪的。咱们早前见过獾兽，现在又见到了白狐，往林子里继续走，说不定还能看见大猫豹子哩！

啊呀呀！我情不自禁地又要说了呢。再说还是那四个字。

山水洞天！

我在采访中就已知道了，借助森林公园开发的大势，柯小海在他们索洛湾村实施乡村旅游项目，规划时他即提出在窨子沟沟掌里的悬崖上凿出一条隧道，使窨子沟上下连通起来，形成一处规模可观的旅游景观……然而，规划是规划，要实施起来还是很困难、很不容易的呢！

100多米长的隧道，是窨子沟景区的枢纽工程，不打通就无法把景区连成一个整体。

这也是他大做水上文章的重点。

森林公园在北门举办了开园仪式后，柯小海即紧锣密鼓地开始了他的"搭车"项目建设。水上漂流，是他要首开的工程哩。中华文明的精神标识桥山，层峦叠嶂，山是不缺的，水更不缺，有一架山就有一道沟，有一道沟就有一条河，其中最为跌宕起伏的就算沮河了。索洛湾村居于沮河上游，河水清冽而湍急，像一道水做的链环，把索洛湾村不多不少绕了多半个圈子，把索洛湾村的人抱养在其中，一代又一代地哺育着和滋养着。

水上漂流项目，所依赖的即是沮河了。

这是个必须做好的项目，做好了既不辜负沮河，又不辜负索洛湾村人！柯小海定下了一条铁的准则，即在水上漂流项目施工过程中，不能对河水造成丝毫污染。在这一铁律的规范下，柯小海不能盲目开工，他因此又带领村上的干部和党员骨干，去省内外有名的水上漂流点参观学习，实地考察。还延请专业人员到索洛湾来，他则陪着他们，把沮河一寸一寸地走过，哪里水流平缓，哪里跌宕湍急，哪里湾大落差大……仔细地观测绘图，最后确定出一个大家认同的方案来。

柯小海之所以如此谨慎仔细，是因为他们外出看到的水上漂流项目，大多是在南方的山水之间。那些漂流项目，因为当地河流水势的关系，都是以惊险刺激为胜。可是沮河少有惊险刺激的河段，大多很平静，这是不是一个特色呢？考察回来的干部、党员骨干拿不准，延请来的专家也不是很乐观。讨论的时候，你提出一个疑问，他提出一个假设。柯小海没有插话，他把大家的议论都听了后，坚持他的观点不放弃，咬紧牙关也要把水上漂流做出来。

柯小海的主张很有趣。他说人家追求惊险刺激，那是人家的特色，我们自在休闲，可不就是我们的特色吗？

柯小海的这一主张，醍醐灌顶般让大家一哇声地赞同了。

四

水上漂流，并不只是惊险刺激就好。

人们在各自的生活中已经紧张过了，可能也刺激过了，走出大城市，走进山里来，着迷的恰是乡村恬静悠闲的生活哩！给他们创造一个舒缓的漂流时空，让他们的身体慢下来，让他们的心慢下来，漂流在沮河上，慢悠悠地观赏两岸的山水风光，那是旖旎烂漫的，那是悠然自得的。如此漂流，该是多么惬意美好啊！

2013年年底，沮河水上漂流项目开工，按照设计要求，对河道和坝体进行了尽善尽美的整修。特别是关键的坝体工程，采取了当时最为先进的水流控制系统，在保证安全性的基础上，尽可能地增强娱乐性。

那就是漂流者顺水而下，漂流到终端的戏水区，更畅快地玩乐。

水上漂流项目的资金投入，在前前后后两年时间里，共计近300万元。桥山里的一个小山村，要投入这么大笔资金，怎么说都是必须上心，也必须出力的呢！为了节约经费，柯小海在两年时间里，把自己像头不知疲倦的黄牛一样，拴在了工地上。跳进河渠里挖河道，清除淤泥，他一天一天又一天，一月一月又一月……在那期间，他每天都如泥猴子一样，与村里人一起上工、一起下工。上工时他走在最前边，下工时他落在最后边。

我采访村里参与这项工程建设的人，他们无不记忆犹新：有柯小海带头，他在的时候，大家齐心协力，他开会跑材料不在，大家在工地上依然齐心协力，没有谁说一句怨言、发一声牢骚，每天安排的活儿是一定要完成的。

为了确保工程质量，柯小海在的时候，亲力亲为；他不在工地时，大家会把现场的情况拍下来，发给他看。这样的干群关系，不正是党所提倡和坚守的吗？在索洛湾村，有柯小海的带头，以及他的模范作用，大家自觉不自觉地做到了。

采访中我所感动的，还就在于此。

索洛湾村人的集体意识空前强烈，主人翁的情操和境界，已然空前高涨。

抽了个空子，我没有叫谁陪，独自体验了一次水上漂流。回到西安城里的家中，我捉笔来写这段文字时，仿佛仍绕在索洛湾村的沮河上漂流。6000多米的漂流河道，掩映在苍郁的山色之中，清澈碧绿的水流中，橡皮漂流筏悠悠然顺流而下。筏头激起的水花，与沮河两岸盛秋开放的各色野花相映成趣，流水清甜的润泽气息，与野花绽放的山野味道，弥漫了沮河的河道。我一路漂流下来，仿佛置身于一处世外仙境，无法自拔。随水而去，千回百转，翠峰似染，青崖似削，那种入画般的体会，我是深深地迷醉在其中了！

我因此还在心里发誓，度过这个秋季，还有冬季，来春我一定要再到索洛湾村来。我来这里，要再体验一次沮河漂流，那时春光烂漫，该有一种别样的体会与感受呢。

漂流下来，即是索洛湾村投资107万元打造的"半亩田"生态园了。

那一回，我是带着满身的山野味道与山水气息，从漂流驳岸下了漂流筏，进入生态园的。这里满是山里人家的风味，突出了绿色的主题，也不乏南方的小桥流水，徜徉其中，一股一股地往鼻孔里钻的，都是馋人的山里人家味道，那味道让我迷失其中，不知该如何选择了……走南闯北，我自以为见多识广，在这里却成了这个样子，那么别人呢？

可以想象，他们也会迷失在这一片口腹之香里，无所适从，不知道怎么下嘴。

再看围绕森林公园的服务型辅助项目，索洛湾村在柯小海的主张下，见缝插针地还建设了家庭旅馆、仿古一条街、美食一条街等。相信有柯小海的领导，索洛湾村会不断有新的发展项目，一个一个建设起来的。

柯小海给我讲解索洛湾村未来的发展，是一点都不加掩饰的哩。

柯小海说刘玉高的森林公园建设得大，那个"大"成就了其独特性，但这个独特性是有其缺陷与不足哩。而这正是留给索洛湾村的机会，他们索洛湾村要以"小"为上了——用小公园弥补大公园的缺陷与不足。对此，柯小海胸有成竹，什么特色体验项目，什么文化体育项目，什么生存技能训练项目等，不一而足。柯小海的设想令我兴奋，相信森林公园的"大"，与索洛湾村的"小"，相互依存、相互呼应，一定会达到双发展、共盈利的一个美好境界。

对柯小海的信任，是我采写这部报告文学最重要的收获。

之所以信任他，在于他的每一个决定，都建立在充分调研的基础上。像窨子沟小公园的总体建设方案，便是刘玉高的森林公园进入前，即在他的脑子里，朦朦胧胧地有了一个概念。把刘玉高的森林公园北门，争取来了索洛湾村，柯小海脑子里那个朦胧的概念，便一点一点地清晰着。他还与刘玉高交流看法、交换想法，到要实施的时候，也绝不盲目从事。专业的勘察，专业的设计，哪怕多花钱，也绝不吝啬……刘玉高喜欢的就是柯小海的这一股子劲头，他要搞窨子沟小公园开发，刘玉高就把他的森林公园的设计团队介绍给了他，并且不讲价钱，让柯小海看着给。柯小海知道这是刘玉高在支持他，他当然不能让刘玉高难堪，按照资质，给人家设计团队支付了报酬。

专业的团队自有专业的样子。他们针对窨子沟小公园的设计，结合了森林公园的功能，不仅做到了锦上添花，还实现了各具形态、各有千秋的新样态。

设计之初，柯小海陪着设计专家，把窨子沟钻来钻去、爬上爬下，钻爬了个遍……沟掌里的那面悬崖，《黄陵县志》就有清晰的记载：早年，那里可是个土匪聚集的窝巢，其地理条件之隐秘，在桥山独一无二，可进可退，可攻可守，进退自如，攻守自在。

那面悬崖之上，就是飞鸟难上的峡谷寨。

他们从窨子沟的沟口进到沟掌，再要翻上悬崖，过去土匪们的办法就是悬挂一条粗粗的绳索，绳索头上拴绑一个藤编的吊篮，是人也好，是物也罢，都用吊篮往上吊了。后来"闹红"，革命游击队进了峡谷寨，对寨子做了必要的改造，使其成为游击队的一处后方基地。

柯小海与设计团队攀爬悬崖，没有采用那个原始的方法，而是绕了个大圈，绕到悬崖的背面去，把峡谷寨仔细地勘察了个透……站在悬崖下看，那里是天堑一道，上到顶头，却是另一番景致，像极了一个葫芦，愈是往里进，地势愈是开阔，一直向上，便能直达跑马梁。桥山的道道山脉尽收眼底，跌宕绵延，云蒸霞蔚，美不胜收。

窨子沟小公园的设计，就在柯小海与专业团队的脚步丈量下，成熟起来了。

县委书记孟中华是看了他们的设计了呢，他就非常赞赏，说这是索洛湾村未来发展的一个纲领。我采访后在县城见到了孟书记，他向我介绍柯小海，说他这个人，对党是忠诚的，党组织这些年给了他一些名誉，但他没有因此而骄傲，做人做事，更为扎实认真。

我把孟中华书记对柯小海的评价，拿来与他开凿那条隧道时的状态做比较，以为孟书记说得是非常透彻的。

因此，我想起路遥在《平凡的世界》里说过的一段话，他说了：

"决不能松劲！他还应该像往常一样，精神抖擞地跳上这辆生活的马车，坐在驾辕的位置上，绷紧全身的肌肉和神经，吆喝着，呐喊着，继续走向前去。"

如果说索洛湾村是一辆飞速向前奔跑的汽车，那么柯小海就是驾驶车辆的驭手。他不会停步，更不会歇气，他是要继续未完的事业哩！

窨子沟小公园的建设，即是他不知疲倦地向前奔跑的例证。按照设计，是必须开凿那条隧道的。怎么开凿？按照最初的设计，预算投资近1000万！索洛湾村大集体是有积累了，但是大手大脚地花在那样一条隧道上，值不值得呢？参与了黄陵矿业集团二号煤矿建设的柯小海，想到了他的这个老伙伴，煤矿深入地下挖煤，哪一日不是在挖洞？柯小海想到此，兴奋得直挠头，把他一头黑发挠得乱糟糟地去见二号煤矿的领导了。没有虚头巴脑的寒暄，开门见山地说了。二号煤矿的领导响应企地共建的号召，满口答应下来，并立即派出技术队伍，跟着柯小海去了。他们依照矿上的经验与方法，没有花费多少日子，就顺顺利利地完成了隧道的设计和施工。预算1000万元，最后决算，只花费了100万元。

经过五年一千八百多个日夜的劳累操心，窨子沟公园建设大为成功，规划中的景区内环谷栈道、山间石路、彩画廊桥、飞云瀑布等5000余万元的基础建设，全都完成运营。二期的建设项目也在如火如荼地进行着……可以预见的是，窨子沟公园作为森林公园的一个组成部分，为索洛湾村村民们的生产生活带来的发展和变化，是空前的，更是实在的。

他们索洛湾村，先有一百一十六户人家，四百三十五口人，2014

年，村中富裕户为五十六家，发展户六十一家，这时即已没有了贫困户。2016年，全村实现共同富裕的目标，集体走向了小康道路。现在的索洛湾村，集体经营有三大公司，即黄陵县龙湾汽车服务站、黄陵县索洛湾轩辕土特产专业合作社、黄陵县双龙索洛湾绿地旅游服务有限公司。三大公司的经营方向，既有工程开发、运输、煤炭信息等，还有汽修、农林牧业生产种植、旅游餐饮等。

到了2017年，村集体资产即接近亿元，如今早已突破了亿元大关！

五

柯小海从1998年担任索洛湾村的村干部，到今年已经二十二年了。他怀揣梦想，带领索洛湾村的老百姓，走过了一个从小到大、从弱到强的乡村集体致富奔小康的康庄大道，他们走得艰难、走得辛苦，但也走得坦荡、走得辉煌！

柯小海没有忘记他现在不只是索洛湾村的党支部书记、村委会主任，他还是双龙镇党委副书记。

既然是双龙镇党委副书记，就必须担起他应负的责任。他在索洛湾村的实践，也证明了他完全具备这样的眼界与能力，可以为更广大的目标服务了呢。

心里怀着这样的理想，柯小海把目标首先投向了索洛湾村周边的几个村庄，主动请缨，创造性提出"强村带弱村，先富帮后富，同奔小康路"的工作思路。具体来做，柯小海对在索洛湾村行之有效的一些工作策略，做了针对性的改变，即"党支部+合作社+贫困户"，吸纳周边的官庄村、河浦村、崖头庄村等村中三十五家急需脱贫的农户，加入合作社，结合他们居住地的自然条件，以及他们力所能及的劳作，为每户免费提供十箱中蜂。他们只管看守蜂箱的安全，至于技术和蜂群的繁殖等专业问题，都由合作社统一处理，最后产出的蜂蜜，亦由合作社统一采收、销售。年终时分，合作社统一清算，把全部收益分红给扶助的贫困户。

如今这些贫困户，仅养殖中蜂的年收益，都在1.5万元以上，基本算是脱了贫、致了富。

大院子村素有制作豆制品的传统，柯小海就为其量身打造其熟悉的豆制品生产产业。投资100万元，为大院子村建起了一座豆制品深加工厂，其中豆芽加工房十四间，豆腐加工房三间，锅炉房三间，非生产性质的用房十间，面积达1700平方米。还添置了锅炉、瓦罐等大型豆制品器械，使大院子村一举成为远近闻名的豆腐村，为村子进一步实现脱贫致富，打下了坚实的基础。

崖头庄村的贫困户伍玉平家，是双龙镇科技干部分工帮扶时，分配给柯小海的帮扶对象。

柯小海在得知分工后，当天即去了伍玉平家。进得门来，柯小海只看了一眼，心里就直发酸。他想象过他们家的贫困程度，但没有想到会是那么一个样子。伍玉平六口之家，配偶腿脚残疾，孙女1岁，儿子、儿媳、女儿全都在家里的10亩山地里刨生活。柯小海往他们家的土炕上一坐，就与他们拉起了家常。他听取了他们的需求，还听取了他们的向往，就和他们一起讨论，发掘他们家庭成员各自的能力，给他们家制订了一个三年脱贫计划。

计划养殖土鸡和鸭子各二百只，放养中蜂十箱。为了帮助他们实现这一目标，柯小海资助他们现金3000元，并把伍玉平的儿子安排到镇上去工作。

他们家的硬件条件也让柯小海非常闹心，他弄来水泥砂石，帮忙维修了房舍，硬化了院落，使他们家从里到外焕然一新。如今，伍玉平家已全面脱贫，进入巩固阶段。

再是崖头庄村的杨永福，他并不是柯小海分工帮扶的对象，但柯小海知道了他的情况，就主动走进他家帮助他了。

柯小海走进杨永福家时，他在外打工腿部受伤已经五年了。

五年来，杨永福的伤势是好了许多，但还是不能下地去干重体力的活儿。他因此不得不闲在家里，坐吃山空，生活一度极度困难。柯小海与他谈心，知道他并不想靠别人施舍，还想凭着自己的劳动养活自己。柯小海非常欣赏他的态度，就特意安排他做了索洛湾村的清洁工，每月发他2000元的工资，使他生活无忧，重拾笑容。

我在索洛湾村是见到杨永福了呢。他用行动提升着索洛湾的村容村貌，把索洛湾村打扫得亦如他微笑着的面容一般，焕发出索洛湾村人才有的那一种闲适与安逸。

就在杨永福打扫得干干净净的索洛湾村街道上，我欣喜地转悠着，这就听见哪家人在播放王二妮演唱的信天游。我仔细听来，听出是一曲新编信天游《爱陕北》：

> 一方土一方水，养育了我祖辈；
> 山丹丹红艳艳，开得是那样美。
> 信天游唱不完，黄土地情和爱；
> 东方红红满天，万里春风吹。
> ············

我用我的歌声唱陕北，

唱不够家乡的山和水。

宝塔放光辉，腰鼓敲得像春雷，

光芒万丈照陕北。

万古黄帝陵（后记）

指针没有在那一时刻停留，时间继续向前走去……

———路遥《平凡的世界》

一

赫赫始祖，吾华肇造。胄衍祀绵，岳峨河浩。

聪明睿知，光被遐荒。建此伟业，雄立东方。

世变沧桑，中更蹉跌。越数千年，强邻蔑德。

琉台不守，三韩为墟。辽海燕冀，汉奸何多！

以地事敌，敌欲岂足。人执笞绳，我为奴辱。

懿维我祖，命世之英。涿鹿奋战，区宇以宁。

岂其苗裔，不武如斯。泱泱大国，让其沦胥。

东等不才，剑屦俱奋。万里崎岖，为国效命。

频年苦斗，备历险夷。匈奴未灭，何以家为。

各党各界，团结坚固。不论军民，不分贫富。

民族阵线，救国良方。四万万众，坚决抵抗。

民主共和，改革内政。亿兆一心，战则必胜。

还我河山，卫我国权。此物此志，永矢勿谖。

经武整军，昭告列祖。实鉴临之，皇天后土。

尚飨。

　　黄帝陵轩辕庙碑亭内的《祭黄陵文》，书体苍劲挺拔，岿然万象。1937年4月5日清明节，为唤起四万万同胞抗击日本帝国主义，建立抗日民族统一战线，毛泽东主席亲笔撰写碑文，并派林伯渠为代表，以鲜花水果之仪，致祭中华民族始祖轩辕黄帝之陵。参加过南昌起义和长征等重要革命活动的林伯渠，时任陕甘宁边区政府主席，他代表毛主席和党中央，面对巍峨的黄帝陵，庄严地宣读了《祭黄陵文》。

　　高陡桥山上，关河万里长。又是一年清明到，壮哉中华，乾坤朗朗。在实现全国农村人口全面脱贫，贫困县全部摘帽，全民走向小康社会的决胜之年，我原计划要赶在清明节公祭轩辕黄帝后，再次爬上黄帝陵的。然而新冠疫情干扰了我的计划，使我未能如愿。但我不会放弃，我是一定要爬黄帝陵的。在把写作任务完成了的今日，我带着写好的稿子，攀爬上了黄帝陵。在此之前，我到黄帝陵拜谒中华民族的始祖轩辕黄帝，已有多次了。每一次来，我是都要烧一炷高香的，并要双膝跪倒在陵墓前，虔诚地磕三个头。必须说的是，我未在其他地方烧过香、磕过头。但我面对巍峨轩昂的黄帝陵，不由得心里发热，就要烧香，就要磕头。跪拜叩首，是认祖归宗，是血脉传承。我完成了这必需的程序后，是还要去拜读耸立在黄帝陵轩辕庙碑亭的碑刻哩，这是我必须去做的又一个功课。

　　自然地，我会站在毛泽东主席亲撰亲书的那通碑前，久久驻足，用心阅读碑文中的每一个字。我阅读着，总能体会到一种伟大的民族精神，热烫烫地涌动着，给人一股向上、向前的力量……毛主席的这篇祭文，当时还发表在延安的中央机关报上，任弼时评价说，毛主席撰书的这篇祭文，是中国共产党人和中华民族奔赴前线誓死抗日的"出师表"。

任弼时的评价是中肯的，艰苦卓绝的抗日战争，在中华民族的浴血奋战中，取得了全面胜利。

伟大的祖国是站起来了，富起来了，还要强起来！实现中华民族伟大复兴，全面建成小康社会，我们每一位中华儿女都要为之不懈奋斗。唯如此，也才能告慰我们的始祖轩辕黄帝……致力于书写脱贫攻坚的我，身在黄陵县，岂能不来祭拜始祖黄帝？

二

我把业已完成了的脱贫攻坚报告文学，拿到黄帝陵来，是来寻找自信的。

走在黄帝陵碑廊中，我仔细地一一阅读，看到自汉武帝堆土筑台祭祀黄帝起的两千多年时间里，历代祭祀黄帝的碑文，有四十六通之多，其中三十六通碑刻，为历代皇帝的御制祝文。这些古碑，犹如一部"活历史"，彰显着中华文明的世代传承。

二十一年前，我还在西安报业集团从业，受命参加黄帝陵祭祖活动。那是我头一次拜谒始祖黄帝，在全面完成新闻报道的同时，是写了一篇随笔的。

在那篇随笔里，我被黄帝陵那诸多参天古柏感动，便把自己虚拟成了一棵老柏树，借用黄陵县老百姓的话说："我身高与天齐，我腰围

'七搂八拃半，疙里疙瘩不上算'，我五千岁了……"进入我笔下的这棵老柏树，传说是黄帝的手植柏。陪伴着这棵古柏的柏树群，漫山遍野，有八万余株，1/3的年龄在千岁以上。

桥山起伏绵延，翠柏千年成荫。黄帝在中华儿女的心中，就是如此崇高。正如《史记》所云，"有土德之瑞，故号黄帝"，"时播百谷草木"，带领族人在土地上耕种。使"其民不引而来，不推而往"；并使"日月精明，星辰不失其行，风雨时节，五谷登熟，虎狼不妄噬，鸷鸟不妄搏，凤凰翔于庭，麒麟游于郊"……他制作衣冠、建造舟车、教民蚕桑、规范音律、发明指南车……传说蹴鞠（足球）也是在他的努力下，成为老百姓闲暇时的娱乐项目的。身为部落首领，黄帝身体力行，亲力亲为，与热爱他的百姓，一起追逐安居乐业的梦想。

共产党人的梦想，可不就是要天下百姓安居乐业、美满小康吗？

离开这片红色土地二十多年的周恩来总理，陪同柬埔寨外宾回到延安来了。这一年是1973年，总理想看看延安人民的真实生活，他在吃饭的时候，邀请来了毛主席和他当年在王家坪的老邻居杨步浩。

周总理没有忘记杨步浩，杨步浩更时刻想念着毛主席和周总理。

在杨步浩的内心深处，毛主席就是人民的大救星。他一个揽工的苦汉子，土改时分到一座山头八十垧地，他在自己的土地上精耕细作，过上了不愁吃、不愁穿的好日子。吃米不忘种谷人，翻身感谢共产党。为了支援抗战，早日打败日本，杨步浩起五更睡半夜，努力生产。他种植的小麦、谷子长得格外好，曾被选为边区农展会的展品。他年年多打粮，多交救国粮，并带领全村搞变工互助、发展牲畜、组织妇纺、打井抗旱、办学、植树、备荒、安置移民难民。在他的带动下，川口区六乡成为远近闻名的模范乡。1943年，他光荣地被推选为陕甘宁边区的劳动英雄。边区政府实行大生产运动，杨步浩听说毛主席也有生产任务，也要同战士一样开荒种地。他心里想了，毛主席为咱受苦人翻身解放，过上好日子操碎了心，每天都要谋划革命的大事情，咋能让他也去生产呢？于是他就自觉为毛主席代耕代种粮食了。

中华人民共和国成立后，杨步浩担任村党支部书记，仍在农村默默耕耘，为新中国的繁荣富强努力奋斗。1952年，延安组织老区人民参观团赴京参观国营农场，杨步浩被推荐为代表之一。到北京后，毛主席还派车把他接到家里，亲自给他倒水端饭，而且一再要他不要拘束，吃饱喝好。

周总理回到延安来了，他是一定要与老邻居杨步浩吃一顿饭的。与老杨一起吃饭，既是老邻居相聚，也方便了解延安人民生活。有报道说，杨步浩吃饭的时候，看见白花花的米饭，顿时控制不住自己，大口大口地往自己嘴里塞。周总理见状，自己都没吃，看着他吃完了一碗。周总理再给他添满一碗的时候，杨步浩这才反应过来。从杨步浩的吃相上，周总理感受到了老区百姓的疾苦，他当时就流了眼泪。接下来给当地政府开会，周总理批评了自己。他说："革命都胜利二十多年了，革命老区却依然贫困。"为此，总理还提出，延安要在三年内改变面貌，五年内粮食产量翻一番。总理十分激动地说道："五年内粮食翻一番，我一定来！我一定来！只要我在世就一定来！"

遗憾的是，敬爱的周总理没有再能回延安来。

四十多年过去了，周总理的愿望，对延安人民来说，言犹在耳。而延安人民在党中央大力推行的脱贫攻坚战役中，阔步走向小康生活。他们大力退耕还林、绿化荒山，目前植被覆盖率已经提高到81.3%。他们创立的"垧塬苹果、沿黄红枣、河谷川道棚栽、沟道养殖"扶贫脱困产业模式，取得了非常好的效益。

我起手书写的报告文学，即立足于此，并以黄陵县索洛湾村为点，对延安的脱贫攻坚战役，进行了较为深入的挖掘与报道。

在延安市委常委、宣传部部长柯昌万的关心指导下，我走访了宝塔区、延川县、子长市、延长县、甘泉县……最后落脚在黄陵县，扎根在索洛湾村。我走访过的区县，在脱贫攻坚战中，各有各的重点，各有各的成就。延川县已经历史性地摘掉了贫困县的"帽子"，但并没有放慢致富奔小康的脚步，而是紧盯贫困人口"两不愁、三保障"目标，坚持摘帽不摘责任、摘帽不摘政策、摘帽不摘帮扶、摘帽不摘监管，"抓减贫和防返贫并重、抓整改和促提升并举"的思路，奋蹄扬鞭，踏上了巩固提升奔小康的新征程。素有"红都"和"将军县"美誉的子长市，为确保高质量完成脱贫攻坚目标任务，从上到下，坚持以脱贫攻坚统揽全局，以脱贫攻坚促进发展，聚焦主攻点、聚力主战场，抓重点、强弱项、补短板，使脱贫攻坚工作扎实认真地向前推进。子长市创造性地在广大乡村推行的"家风馆"与"红白理事会"，对实现脱贫攻坚任务起到强大的精神推动作用，如今家家争当"十星级文明户""脱贫光荣户"。

总而言之，红色的延安，到处都可见到脱贫攻坚的鲜活情景。

"脱贫先要引导贫困村和贫困户'精神脱贫'。"子长市委常委、宣传部部长张史奇这么说，是扎根在脱贫攻坚的现实基础上的。市里的史家畔便民服务中心推出的甜滋滋专业合作社，实行"贫困户+合作社""大手拉小手"的举措。合作社目前有苹果园280亩，百头养猪场一个。合作社每年给贫困户保底分红400元，实现贫困户"旱涝保收"。在一次猪出栏分红会上，每户1万元股金即分到红利1100元。

子长市还开办"爱心超市"，采取"积分制"办法，围绕贫困群众户容户貌、参与公益、邻里和睦等多个指标进行分值设定，在达到一定分值后可免费领取相应分值的物品，从而达到"积分改变习惯，勤劳改变生活，环境提振信心，共建美好乡村"的目的。

佘春妮2015年担任延长县安沟镇阿青村第一书记。这里每一户家门她都进过，每一家的炕她都坐过。冯海霞享受低保待遇，肖文安家住进了新房，村上给果园上防雹网、建设休闲广场……处处都有佘春妮的身影。真心换真心。她在村里参加冬季田间劳动，村民给她送来了手套；到了饭点，村民硬拉她到家里吃饭；明知道她不会收，村民还是要给她送苹果、核桃、鸡蛋……

扶贫干部做的事情都很琐碎，却都办到了群众心上。在群众心中，扶贫干部就代表着党和政府。在脱贫攻坚战役中，卢继霞到延长县安沟镇高家川村担任第一书记。她得知村民刘延平家的现实问题后，不怕刘延平烦她，他躲到哪里，她就追到哪里，后来把他堵在了家门口。连续数天，卢继霞每天早早就到刘延平家里，中午在他家"蹭饭"，天黑走人，终于把这块"冰冷的石头"焐热了。看到扶贫干部这么热心，刘延平变勤快了，认真学习苹果管理技术，家里的果树大变样，当年收入3万多元，一举摘掉了"穷帽子"。卢继霞发现变化了的刘延平很有致富头脑，就在2017年协助他牵头成立了一家种养专业合作社。刘延平建设菌棒加工房需要资金，卢继霞不但帮着联系贷款，还把她买订婚戒指的钱悉数借给了他。

"没有卢书记，就没有我的今天！"刘延平发自肺腑地这么说。

革命老区的脱贫攻坚工作，始终是党中央和习近平总书记的牵挂。2015年2月13日，习近平总书记在延安干部学院主持召开陕甘宁革命老区脱贫致富座谈会时强调："我们实现第一个百年奋斗目标、全面建成小康社会，没有老区的全面小康，特别是没有老区贫困人口脱贫致富，那是不完整的。"

三

延安市的党政领导班子，把落实习近平总书记的谈话，看作脱贫攻坚的最大动力。他们坚持扶贫要让贫困群众获得实实在在的好处，全面提升群众的幸福感。近年来，延安市新修整治道路2500多千米，修建农村饮水工程2913处，对1.73万户5.63万人实施易地扶贫搬迁，实现农村危房"清零"……延川县乾坤湾镇苏丰村贫困户冯新平说他身体不好，山坡地种起来很费劲。现在把土地流转给了企业，一年能收入9000多元。当爱心超市负责人和护林员，每个月还有收入。冯新平还说，以前苏丰村路不好，村民出行不便：晴天一身土，下雨浑身泥。每年4月到5月，要是不下雨，尘土很厚，村民骑着摩托车犹如"腾云驾雾"。2017年，20千米的通村路终于修好了，可把乡亲们高兴坏了。让冯新平高兴的事情还有不少：以前吃水，得用牲口驮着大桶到山沟里去拉，一趟得半天，现在自来水通到了家里；以前吃饭没有菜，现在经常吃肉。

延安地处黄土高原腹地，沟壑纵横、生态脆弱，历史上极度贫困。"黄沙漫天"是延安的真实写照。二十年前，延安每年流入黄河的泥沙约占入黄泥沙总量的1/6。面对生态环境整体脆弱这一发展制约因素，延安干部群众大力退耕还林、绿化荒山，植被覆盖率已经提高到81.3%。

延安的贫困是新中国之痛，是共产党之痛。国家在努力，延安人民在努力，贫困在退却，这充分证明了习近平总书记关于脱贫攻坚论述的正确性："扶贫开发是全党全社会的共同责任，要动员和凝聚全社会力量广泛参与。"

延安人民牢记习近平总书记的殷切嘱托，高举延安精神的伟大旗帜，自力更生、艰苦奋斗，全心全意为人民服务。在扶贫攻坚过程中，始终保持奋发有为的精神状态、高度自觉的责任担当、高效有序的工作本色，用科学的方法推进帮扶，激发出贫困户的内发动力，全面精准脱贫攻坚，豪迈地在红色土地上，建成了全世界都要注目的小康社会。

"指针没有在那一时刻停留，时间继续向前走去……"路遥在他的长篇小说《平凡的世界》里，说过的这句话，此时此刻，仿佛一曲振聋发聩的陕北信天游，倏忽鸣响在我耳畔。我向黄帝陵爬攀着，遗憾我没能参加2020年的黄帝陵祭祖大典，但我还能感受到当日当时的氛围。因为新冠肺炎疫情，虽然没了往年万人参祭的宏大场景，却依然不失应有的庄严与隆重。

桥山巍巍，沮河汤汤，是日黎明起，黄陵县的群众即有组织地捧着贡物，抬着贡品到陵前来……祭乐阵阵，伴随着《百鸟朝凤》的雅乐，待万紫千红、二龙戏珠、灵狮猛虎等造型毕肖的饼羹时果敬献上祭坛，就到了诵读祭文的时刻。

今年的主祭人是陕西省省长刘国中。

与此同时，在台湾的新党荣誉主席郁慕明亦率领党内同志在新党党部遥祭轩辕黄帝。郁慕明先生说了，过去八年清明节，自己每年都率团到陕西黄帝陵祭拜黄帝，今年是第一次在台湾遥祭。他表示，怀念人文始祖是中华儿女的责任，每次拜祭黄帝陵，看着几千年的苍松翠柏，亲历庄重肃穆的宏大典礼，一种民族自豪感油然而生——那是我们华夏儿女真正的根。

天佑中华！中华儿女万世永昌！

网络牵连着两岸，两岸现场同步祭祖，大陆看见了台湾对黄帝的祭奠，台湾也看见了庄严肃穆的黄帝陵前，大陆今年的祭祖活动，如这个特殊时期一样，是怎样的特殊！

陕西省省长刘国中恭读公祭轩辕黄帝的祭文：

岁次庚子，节届清明；桥山巍丽，松柏翠凝。轩辕胄裔，敦诚敦敬，谨备尊礼，恭祭圣灵。……

天地玄黄兮，开来继往；潮流浩荡兮，壮阔轩昂。回首七十载，只争朝夕，奇迹史册彪炳；儿女十四亿，不负韶华，拼搏玉汝于成。不忘初心，恒念人民幸福；牢记使命，追梦民族复兴。坚定自信，制度创新守正；埋头苦干，大道笃定前行。经济腾达，国力坚毅昌盛；隆治安泰，华诞礼赞峥嵘……两岸同根同源，大势不可阻挡；港澳繁荣稳定，逆流情法不容。尽锐出战，脱贫攻坚决战决胜；奋力拼搏，全面小康必达必成！

2020年5月10日　黄陵县索洛湾村